新潮文庫

塩狩峠

三浦綾子著

新潮社版

2131

塩狩峠

一粒《ひとつぶ》の麦、
地に落ちて死なずば、
唯《ただ》一つにて在《あ》らん、
もし死なば、
多くの果《み》を結ぶべし。
（新約聖書　ヨハネ伝　第一二章　二四節）

鏡

明治十年の二月に永野信夫《ながののぶお》は東京の本郷《ほんごう》で生まれた。

「お前はほんとうに顔かたちばかりか、気性《きしよう》までおかあさんにそっくりですよ」

祖母のトセがこういう時はきげんの悪い時である。亡《な》き母に似ているということは、決してほめていう言葉ではないことを、信夫は子供心にも知っていた。

(おかあさまって、どんな人だったのだろう?)

母は信夫を生んだ二時間あとに死んだと聞かされている。信夫は今、鏡にむかってつくづくと自分の顔をみつめていた。形のよい円《つぶ》らな目、通った鼻筋、きりっとしまった厚くも薄《うす》くもない唇《くちびる》。

(おかあさまは、きれいな人だったんだなあ)

十歳《さい》の信夫は、その濃《こ》い眉《まゆ》に走る自分の利《き》かん気な表情には気がつかない。

(何でおかあさまにそっくりなのが悪いんだろう?)

信夫はトセの胸の中を知るはずもない。

やがて信夫は口をへの字に曲げてみる。死んだ母親もこんな風な顔をしたのだろうかと信夫は思う。片目をつぶる。眉をつりあげて鏡に向かってにらみつける。ちょっとこわいぞと思う。おちょぼ口をして笑ってみる。

（おかあさまはこんなにして笑ったのかな）

信夫はもう一度笑ってみた。こんどは大きく口をあけて歯をながめた。一本のむしばもなく白い歯がならんでいる。おくに下がっているのどちんこを信夫はじっとみた。

（何でこんなものがあるんだろう）

母にも、こんな妙《みょう》なものが下がっていたのかと思うと、信夫の胸のあたりが、ふいにへんなかんじがした。ふだんはそれほどにも思っていなかった母が、急に恋《こい》しい心持ちになった。信夫は口の中に指をさし入れて、のどちんこにさわろうとしてゲッと吐《は》きそうになった。すると目に涙《なみだ》がにじんだかと思うと、涙がポロポロとこぼれてしまった。

「信夫、何を泣いています？」

うしろで祖母のトセの声がした。祖母はがっしりとした体つきで、怒《おこ》ると父の貞行《さだゆき》よりずっと恐《おそ》ろしい。だがだいたいにおいて信夫をかわいがってくれたから、信夫は祖母がきらいではなかった。ただ母のことを口にする時の祖母だけは、妙に意地悪くていやであった。

「のどに手を入れたら涙が出たの」

信夫はそういったが、ほんとうは何となく悲しくなって出た涙のようにも思われた。

「ばかなまねをしてはいけませんよ。人前で涙を見せるのは平民《へいみん》です。うちは士族《しぞく》ですから、そんな恥《は》ずかしいことをしてはいけませんよ」

祖母はそういって、信夫のそばにぴたりと坐《すわ》った。祖母がひざをくずした姿を、信夫は一度もみたことがない。だから女はみんなこうして坐るものと信夫は思っていた。ところがそうでもないことを、信夫はつい先日発見した。

信夫の家に出入りしている小間物屋《こまものや》の六《ろく》さんという男がいる。六さんは櫛《くし》とか羽織のひも、半えり、糸、はさみなどを、重ねた箱《はこ》に入れ、からくさ模様の大風呂敷《おおぶろしき》に包んで背負ってくる。

「ごいんきょさま」

六さんはトセのことをそう呼んだ。六さんはこの二、三年ほど前、新潟《にいがた》から東京に出てきたばかりである。トセの故郷も新潟だったから、六さんと祖母は話が合った。西洋フワッションなどという流行語を得意そうにつかったりして、六さんは長いこと台所のあがりがまちで話しこんでいく。

信夫も六さんがくるのを待ちかねていた。六さんが好きなのではない。六さんがときどき連れてくる虎雄《とらお》という子供がいたからだ。虎雄は信夫より二つ年下の八歳だった。

信夫の父は日本銀行につとめていた。家は本郷の屋敷《やしき》町にあり近所にはあまり同じ年ごろの子もいなかったせいもあって、信夫は虎雄のくるのが楽しみであった。

いつか信夫は六さんにつれられて、一度虎雄の家に遊びに行ったことがある。ガタゴト音のするどぶ板を踏《ふ》んで、戸をあけるといきなり部屋があったのに信夫はおどろいた。だがそれよりいっそう信夫をおどろかせたのは、三十ぐらいの女が胸をはだけて、足を横に出したまま食事をしている姿だった。

(女もあんなにぎょうぎが悪いのか)

信夫はつくづくと思ったものである。

今も祖母がきちんとひざをそろえて信夫のそばに坐った時、信夫は何となく虎雄の母の姿を思いだした。

「涙はぜったい人に見せてはいけませんよ」

祖母がくりかえした。

「はい」

と信夫はうなずいてから、

「おばあさま。おばあさまの口をあけて見せて」

とトセのひざに手をかけた。

「どうするんですね、口をあけて」

「のどの奥《おく》にこんなものがあるかしらん？」

信夫は大きく口をあけてみせた。

「女が大きな口をあけることは恥ずかしいことなのですよ」

トセは信夫の相手にならなかった。

父の永野貞行は温厚《おんこう》であった。旗本《はたもと》七百石《こく》の家に生まれたというよりは、公家《くげ》の育ちのような、みやびやかな雰囲気《ふんいき》の人柄《ひとがら》であった。信夫を勝気な母のトセにまかせたきりで、ほとんど信夫には干渉《かんしょう》することもなかった。だから、信夫は父が恐《おそ》ろしいとも、やさしいとも思わなかった。だが、生まれてはじめて、その父にきびしく叱責《しっせき》される事件が起こった。

もう四月もまぢかな、あたたかい日曜日のことだった。その日も小間物屋の六さんが虎雄をつれて、永野家にきていた。信夫は虎雄と物置の屋根に腹ばいになって、日なたぼっこをしていた。虎雄は名前に似ぬやさしい子で、黒豆を二つならべたような愛らしい目をしていた。

「ちょうちょう　ちょうちょう
　なのはにとまれ……」

近くの屋敷からきこえてくるオルガンに信夫は耳をすましていた。信夫には、オルガンを弾《ひ》いているのが、なぜか大好きな根本芳子《ねもとよしこ》先生のような気がした。根本先生は色が白く、その細い目がやさしかった。えび茶色のはかまを胸高《むなだか》にしめて足早に歩く姿が、その辺の女たちとは全く別の人間のように信夫には思われた。

根本先生は毎年一年生ばかり教えている。信夫も一年の時に、根本先生に受け持たれた。先生はよく生徒の頭をなでた。先生が近よってきて、そっと頭をなでると、いたずらをしていたわんぱく小僧《こぞう》たちはもじもじしておとなしくなった。先生が近よってくると、何かいい匂《にお》いが漂《ただよ》う。祖母のトセのようにびんつけ油の匂いとはちがうと信夫は思った。先生と手をつなぐと、やわらかくて、すべすべしていて、信夫の手までつるつるになるような感じだった。

信夫は一年生のとき、根本先生がどこかにお嫁《よめ》に行ってしまうのではないかと、急に不安になったことがある。

(あした学校に行ったら、先生はもういないかも知れない)

そう思うと信夫は心配でたまらなくなってしまった。

(そうだ。ぼくが根本先生をお嫁さんにすればいいんだ。そしたら先生はずっとどこにも行かずにいてくれる)

名案だと信夫は思った。

翌日休み時間の鐘《かね》がなって、生徒たちはぞろぞろと外の運動場に遊びに出た。しかし信夫はぐずぐずと教室に残っていた。

「あら、永野さんはどうしました? 遊びに行かないんですか」

信夫はだまって、こっくりとうなずいた。先生はおどろいて足早に近づいてきた。

「おなかでも痛いのですか」

先生のいい匂いがした。信夫は首を横にふった。

「じゃ、外へ出て元気にあそびましょうね」

先生は信夫の頭をなでた。

「先生……」

信夫は口ごもった。

「なあに?」

先生は信夫の顔をのぞきこむようにした。

「……あの……ぼくが大きくなったら、先生をお嫁さんにもらうの。だから、それまでどこにも行かないで待っててね」

信夫は思いきって一気にいった。言ってみるとそう恥ずかしくもない。

「お嫁さんに?」

先生はおどろいたようにそういってから、

「わかりましたよ」

とにっこりして、信夫の着物の肩《かた》あげをちょっとつまんだ。

「ほんとうにどこにも行かないでね」

念を押《お》すと、先生は信夫の手をそっと握《にぎ》って微笑《びしょう》した。信夫はうれしかった。

(もう先生はどこにも行かないぞ)

信夫は得意満面という顔つきで、元気よくバタバタと廊下《ろうか》をかけて外に遊びに出た。

信夫は今三年生である。そんなことを先生にいったことは忘れている。しかし依然《いぜん》として根本先生は好きだった。廊下で会うと、校長先生におじぎするよりも、もっとていねいにおじぎをする。根本先生と廊下で会った日は一日たのしかった。

「虎ちゃんの先生はやさしいなあ」

　虎雄は一年生である。

「うん。うちのおっかあさんは物さしを持って追いかけるけどもよ。信ちゃんのおばあさんも物さしで殴《なぐ》る？」

　虎雄は先生のことよりも、自分の母親のことが気がかりのようであった。

「いや、おばあさまは殴らない」

　いつのまにか、オルガンの音は途だえていた。父に叱《しか》られる事件はこのすぐあとに起こった。

「ねえ信ちゃん、あの空の向こうに何があるか知っているかい」

　屋根の上でみる空は、下でみる空とどこかちがう。

「知らん」

　信夫はきっぱりとした口調で答えた。

「ふうん。三年生でも空の向こうに何があるのか、わからんの」

　虎雄の黒豆のような目がにやりと笑った。

「空の向こうに行かなきゃ、わかるわけがないや」

信夫は利かん気に眉をピリリとあげた。

「行かなくっても、わかってらあ」

虎雄は下町の言葉づかいになった。

「ふん、じゃ何がある？」

「おてんとうさまがあるよ」

「なあんだ。ばかだね虎ちゃんは。おてんとうさまは空にあるんだよ」

「うそさ。空の向こうだよ」

「空だよ」

「ちがう！　空の向こうだったら！」

めずらしく虎雄が強情《ごうじよう》をはった。

「お星さんや、おてんとうさまのあるところが空なんだ」

信夫は断乎《だんこ》とした口調でいった。

「うそだい！　ずがをかく時、家の屋根のすぐ上は空じゃないか。ここが空だよ」

虎雄は自分の腹ばいになっている屋根の上の空気を、かきまわすように腕《うで》を振《ふ》った。

「あっちだよ、空は」

信夫はゆずらない。

「うそだ！　空の向こうだ」

二人はいつしか自分たちがどこにいるのか忘れていた。二人はにらみ合うようにして物置の屋根の上に立っていた。

「うそだったら！」

虎雄が信夫の胸をついた。信夫は体の重心を失ってよろけた。

「ああっ！」

悲鳴は二人の口からあがった。

（しまった!!）

虎雄が思った時、もんどりうって信夫は地上に落ちていた。

しかし信夫は幸運だった。その日はトセが布団《ふとん》の皮をとって、古綿をござの上に一ぱいに干してあった。信夫はその上に落ちたのである。まっさかさまにころげ落ちたと思ったのに、打ったのは足首であった。

「信ちゃん、ごめんよ」

虎雄が泣きだしそうな顔をして屋根から降りてきた。

「おれはお前に落とされたんじゃないぞ！　いいか！」

信夫は眉をしかめて足首をさすりながらいった。

「えっ！　なんだって？」

虎雄は信夫の言葉がわからなかった。

「お前がおれをつき落としたなんて、だれにもいうな！」

信夫は命令するように、口早にいった。虎雄はポカンとして信夫をみた。

悲鳴をきいてまずかけつけたのは六さんであった。

「坊《ぼっ》ちゃま、どうなさった」

六さんは青い顔をして立っている虎雄をねめつけた。

「なんでもないよ。遊んでいて屋根から落ちたんだ」

「屋根から！」

六さんは叫《さけ》んだ。そしていきなり虎雄のほおをいやというほど殴りつけた。

「虎！　お前だな」

虎雄はいくじなく泣き声をあげた。

「どうしたというのです？」

祖母のトセだった。

「どうも、ごいんきょさま、すみません。虎の奴《やつ》が……」

言いかけた六さんの言葉を信夫が鋭《するど》くさえぎった。

「ちがう！　ぼくがひとりで落ちたんだ！」

信夫の言葉に六さんの顔がくしゃくしゃにくずれた。

「坊ちゃま！」

「そんなことより怪我《けが》はありませんか」

トセは取り乱してはいなかった。

「大したことはないようですが、お医者さまにつれて行って下さい」

祖母は信夫の顔色をみて六さんにいった。あわてて六さんが信夫をおぶって近所の医者につれていった。足首の捻挫《ねんざ》だけで骨折はなかった。それでも医者から帰って、一応布団の上にねかされると、信夫は大分つかれていた。

「大したことがなくて結構でした」

貞行が部屋にはいってくると、トセはそういって、入れ代わりに台所に立って行った。

貞行をみると、六さんがあわててたたみに額をこすりつけた。

「どうも、虎雄がとんだことを致《いた》しまして……」

虎雄もしょんぼりとうつむいていた。

「虎雄ちゃんじゃないったら！」

信夫がじれた。

「いったい、どうしたというのだね」

貞行はきちんと正座したままで、おだやかに言った。

「実はこのガキが、物置の屋根から……」

「信夫をつき落としたというのだね」

「はあ」

六さんは鼻に汗《あせ》をうかべている。

「ちがう。ぼくがひとりで落ちたんだ」

信夫がいらいらと叫んだ。貞行は微笑して、二、三度うなずいた。信夫に年下の友だちをかばう度量のあることが嬉《うれ》しかった。

「そうか。お前がひとりで落ちたのか」

「そうです。ぼく町人の子なんかに屋根から落とされたりするものですか」

信夫の言葉に貞行の顔色がさっと変わった。六さんはうろうろとして貞行をみた。

「信夫っ！　もう一度今の言葉を言ってみなさい」

凛《りん》とした貞行の声に信夫は一瞬《いっしゅん》ためらったが、そのきりりときかん気に結ばれた唇《くちびる》がはっきりと開いた。

「ぼく、町人の子なんかに……」

みなまで言わせずに貞行の手が、信夫のほおを力いっぱいに打った。信夫には何で父の怒《いか》りを買ったのかわからない。

「永野家は士族ですよ。町人の子とはちがいます」

祖母のトセはいつも信夫に言っていた。だから、町人の子に屋根からつき落とされたなんて、口が裂《さ》けても言えなかったのだ。信夫は父をにらんだ。

（ほめてくれてもいいのに！）

「虎雄くん。君の手を見せてほしい」

貞行は虎雄に微笑をみせた。虎雄はおどおどと汚《よご》れた小さな手を出した。

「信夫！　虎雄君の指は何本ある？」

「五本です」

殴られたほおがまだひりひりと痛んだ。

「では、信夫の指は何本か？　六本あるとでもいうのか」

信夫はむすっと唇をかんだ。

「信夫。士族の子と町人の子とどこがちがうというのだ？　言ってみなさい」

（ほんとうだ。どこがちがうのだろう）

言われてみると、どこがちがうのか信夫にはわからない。しかし祖母はちがうと言うのだ。

「どこかがちがいます」

信夫はやはりそう思わずにはいられない。

「どこもちがってはいない。目も二つ、耳も二つだ。いいか信夫。福沢諭吉《ふくざわゆきち》先生は天は人の上に人を造らず、人の下に人を造らず、とおっしゃった。わかるか、信夫」

「………」

信夫も福沢諭吉の名前だけはよくきいていた。

「いいか。人間はみんな同じなのだ。町人が士族よりいやしいわけではない。いや、むしろ、どんな理由があろうと人を殺したりした士族の方が恥ずかしい人間なのかも知れぬ」

きびしい語調だった。父がこんなきびしい人だとは、信夫はそれまで知らなかった。しかしそれよりも、

「士族の方が恥ずかしい人間かも知れぬ」

と言った言葉が胸をついた。士族はえらいと当然のように思ってきた信夫である。それは雪は白い、火は熱いということと同じように、信夫には当然のことであった。

（ほんとうに人間はみんな同じなのだろうか）

信夫は唇をきりりとかみしめて枕《まくら》に顔をふせていた。

「信夫。虎雄くんたちにあやまりなさい」

厳然として貞行が命じた。

「ぼく……」

信夫はまだ謝罪するほどの気持ちにはなれなかった。

「信夫あやまることができないのか。自分のいった言葉がどれほど悪いことかお前にはわからないのか！」

そういうや否《いな》や、貞行はピタリと両手をついて、おろおろしている六さんと虎雄にむかって深く頭を垂れた。そして、そのまま顔を上げることもしなかった。その父の姿は信夫の胸に深くきざまれて、一生忘れることができなかった。

菊《きく》人《にん》形《ぎょう》

秋も終わりの日曜日であった。澄《す》んだ空に白い雲がひとひら、陽《ひ》に輝《かがや》いて浮《う》かんでいる。

縁側《えんがわ》でキセルをくわえながら、貞行はしばらくじっと雲をながめていたが、ふと視線をかたわらの信夫にうつした。信夫は描いたような黒い眉《まゆ》を八の字によせて、何か考えている。

「何を考えている？」

貞行は微笑《びしょう》した。

この春に信夫が屋根から落ちた日以来、貞行は信夫をトセにだけまかせてはおけないという気になっていた。無論、信夫が屋根から落ちたからではない。

「町人の子供なんかに落とされるものか」

といった、あの時の信夫の言葉に、貞行は心を痛めていたからである。貞行は目だたぬ程度に、信夫を見守るようになっていた。今までトセに任せきりであっただけに急激《きゅうげき》に介入《かいにゅう》することはできなかった。トセは激《はげ》しい気性《きしょう》で、万事《ばんじ》自分の思うようにしなければ気のすまない人間であった。

「ぼく、根本芳子先生のことを考えているの」

「根本先生？」

「うん、ぼく一年生の時においでになった先生だよ」

「その先生がどうかしたのか」

いく分憂鬱《ゆううつ》そうな信夫の様子に、根本先生に叱責《しっせき》されたのかと貞行は思った。

「先生をやめて、お嫁《よめ》にいくんだって……」

信夫がつまらなそうにいった。

「それは、おめでたいお話じゃありませんか」

次の間で縫《ぬ》いものをしていたトセが口をはさんだ。

「おめでたくなんかない」

根本先生が退《や》める話を、信夫はきのうきいたばかりだった。根本先生に、どこにも行かないで自分のお嫁さんになってほしいと頼《たの》んだ一年生の時のことを信夫は忘れていた。しかし、先生の退職はやはり淋《さび》しかった。廊下《ろうか》であうと、にっこり笑って礼を返してくれる先生が、もういなくなってしまっては困るのだ。なぜかわからないが無《む》性《しょう》に淋しいのだ。

「何ですね、信夫、その口のききようは。ほかの学年の先生が退めていかれたって、信夫と何の関係がありますか」

トセが、縫う手をとめて、たしなめた。

(関係だか何だかわからないが、やめて行ったらいやなんだ)

信夫はむっつりとトセをみた。

「そんな女の先生のことなど、男の子は考えるものではありませんよ」

トセはおはぐろを塗《ぬ》った黒い歯をあらわにして、糸をきった。トセの言葉が何となく信夫を不快にさせた。

(何で女の先生のことを、男の子が考えたら悪いんだろう)

「おかあさま。先生をしたうことはよいことではありませんか」

貞行がいった。母のいない信夫が、女の先生をしたうあわれさが貞行の心にしみた。祖母のトセでは母の代わりにはならないのだと貞行は思った。

「男の子が、女の先生を思うなんて、めめしい恥《は》ずかしいことですよ。貞行。お前がいくらすすめても、再婚《さいこん》をしないから、信夫が女の先生などをしたうのですよ」

その口調に、妙《みょう》に意地の悪いものを感じて、信夫は貞行をみあげた。

「これは、これは」

貞行は苦笑して、キセルの灰をぽんと落とした。

「どうだ、信夫。おとうさまと菊人形を見に行こうか」

貞行はそういって立ちあがった。

「菊人形？　ほんとう、おとうさま」

信夫は、貞行につれられて外出することはほとんどなかった。信夫は根本先生のことも、何もかも忘れて貞行のあとにつづいた。嬉《うれ》しくて下駄《げた》の鼻緒《はなお》がうまく足の指にかからない。

「何ですか。そんなにあわてて、士族《しぞく》の子が見ぐるしい」

トセの声に信夫はちらりと父をみて、

「おばあさま、行ってまいります」

と、大声であいさつをした。手をついてあいさつをしなければ、トセの機嫌《きげん》がわるいのも、今は信夫は忘れていた。

「菊人形って、団子坂《だんござか》だね、おとうさま」

父と歩くと、いつも見馴《みな》れているはずの家々が、目新しく思われた。垣根《かきね》越しに見える柿《かき》の木でさえ、新鮮《しんせん》に思われた。

「おとうさま、菊人形ってどんなものなの」

貞行は何か考えているらしく返事はない。だが信夫には気にならない。父と歩いているだけで満足であった。

「お人形が菊の花をつけているの？　人が菊の花をつけて立っているの？」

「うむ」

貞行は立ちどまった。

「信夫」

「なあに？」

「いや、何でもない。菊人形をみたら、ラムネでも飲ませようか」

秋の終わりとはいっても、東京の陽ざしはあたたかい。歩いていると汗《あせ》ばむほどであった。

「ラムネ？　ああ、うれしい」

（おばあさまはラムネはおなかに悪いといっていたけれど……）

しかし、一度でいいから、あの玉をぐっと指で押《お》しこんで、シューと泡《あわ》の吹《ふ》きあがるラムネを飲んでみたいと、信夫はいくど思ったことだろう。

信夫の嬉しそうな顔をみて、貞行も嬉しかった。

「それから、団子でも食べようか」

父と二人で菊人形をみて、ラムネを飲んだら、それ以上の何を望む気もなかった。

その時、横の小路《こみち》から五、六歳《さい》の色白の女の子がかけてきた。

（かわいい女の子だな）

と、信夫が思ったとき、その子が貞行をみて、パッと顔を輝かせた。

「おとうさま」

女の子はそういったかと思うと、両手を大きくひろげて貞行にしがみついた。貞行はだまって、女の子の手をとった。

「これはぼくのおとうさまだよ。君なんかのおとうさまじゃない」

信夫は、自分も甘《あま》えたことのないような、女の子の大胆《だいたん》な甘え方に腹をたてた。

「あら、わたしのおとうさまよ。あなたのじゃないわ」

女の子は敵意のこもった視線を信夫になげた。

「うそだい。おとうさま、うそですよね」

「うそじゃないわ。ねえ、おとうさま」

貞行は当惑気《とうわくげ》に二人をかわるがわるみていたが、女の子の肩《かた》にやさしく手をおいた。

「待子はひとりでこんなところまで遊びにきていたのか。道に迷わないで帰れるかね」

言葉づかいもやさしかった。信夫はかるく口をとがらせた。

「ええ、帰れるわ。……この人、だあれ？　おとうさま」

女の子はまだ貞行にしがみついたままだった。

「うむ。……待子の……」

いいさして貞行は、

「ほらあぶない」

と、かけてきた人力車から待子をかばった。どじょうひげの中年の男が乗っていた。

「さあ、行きなさい。おかあさまが待っているよ」

貞行に肩をおされて、女の子はしぶしぶと歩きだしたが、二、三歩いってふり返った。そして信夫をにらみつけるように、みつめたかと思うと、くるりと向き直ってかけていった。

「変な子！」

信夫は女の子のうしろ姿を見送りながら、つぶやいた。貞行はちょっと顔をくもらせて歩きだした。

「ぼくのおとうさまを、自分のおとうさまだなんて、おかしな奴《やつ》だ」

だが歩いているうちに、信夫は女の子のことは忘れた。菊人形を見に行く楽しみの方が大きかったからである。

菊人形の小屋が近づくにつれて、人通りが激しくなった。

「おとうさま。やっぱり菊人形っておもしろいんだね。こんなにたくさん人が集まっているもの」

信夫は坂道をのぼりながら、珍《めずら》しそうに行き交《か》う人を眺《なが》めた。

「おとうさま。こんなにたくさん人がいるのに、みんなちがう顔をしているよ」

「顔が同じでは、人の見わけがつかないよ」

流行の黒衿《くろえり》の女たち、小さな洋傘《ようがさ》をさした洋装《ようそう》の女、かすりの着物を着た男の子、被布《ひふ》を着た老婦人、そんな中に、ひとりのいざりがいた。

「おとうさま」

「なんだね」

「あのいざりの人も、士族と同じぐらいえらいの？」

信夫は、父のいった「天は人の上に人を造らず、人の下に人を造らず」の言葉を半分ほど思いだした。言葉は忘れたがとにかく、人間はみんな同じものだと父がいったことだけはおぼえていた。

「ああ、そうだよ。人間というのはね、両手両足がなくても、目がみえなくて、耳がきこえなくても、一言も口がきけなくても、みんな同じ人間なのだよ」

「ふーん」

どうして両手両足がなくても、同じなのか信夫にはまだわからない。

「みんな心というものがある限り、同じ人間なのだよ」

「でも、いい心の人と、悪い心の人があるでしょう？　いい心の人は、悪い心の人よりえらいとぼくは思うよ」

「ちょっとむずかしい問題だな。人間にはどの人の心がいいか悪いか、ほんとうの話は見当がつかないんだよ。とにかく、天はどの人間も、上下なく造ったことはまちがいないね」

（そうかなあ）

団子坂の上までくると、もう信夫の胸はわくわくしていた。

人におされおされて、やっと小屋の木戸をはいると、小屋の中は身動きもできないほどの人だった。信夫には、そんな苦しいほど人が大勢いることも楽しかった。

信夫は生まれてはじめてみた菊人形を心から美しいと思った。一番たのしかったのは、まさかりをかついで熊《くま》にのった金太郎《きんたろう》や、鬼《おに》とたたかっている桃太郎《ももたろう》、犬、さる、きじであった。

「おばあさまも連れてくるとよかった」

小屋を出てから信夫はいった。

「うむ」

貞行は浮《う》かない返事をした。

(でも、おばあさまときたら、ラムネは飲めないや)

信夫はラムネを忘れてはいなかった。

よしず張りの茶屋にはいって、信夫はラムネをはじめて飲んだ。

「ああ、すーっとした。おいしいね、おとうさま」

「うむ」

貞行は思案するように、腕《うで》を組んだまま信夫をみた。

「信夫。……さっきの、あの女の子のことだがね」

「さっきの女の子って?」

信夫はとっさには父の言葉がのみこめなかったが、思い出して、

「ああ、あのなまいきな女の子?」

といまいましげにいった。

「あの子にあったことを、おばあさまには……」

言いかけて貞行は口をつぐんだ。子供に口どめすることがはばかられた。その時、信夫の目の前に腰《こし》をかけていた少年が、吹き出たラムネの泡を胸に浴びた。それに気をとられた信夫は、父の言葉をきき流してしまった。

茶屋を出て、人ごみの中を歩きながら、信夫は満足であった。

帰宅するとすでに夕食の仕度《したく》ができていた。歩きまわって空腹であろうとのトセの配慮《はいりょ》だった。

「おばあさま、菊人形ってみたことがあるの」

信夫は箸《はし》をとりながらいった。

「食事の間はだまっておあがり」

トセがたしなめた。少し早い夕食だったが、信夫は空腹で、またたく間に食事を終えた。食べ終わってから、何を食べたか思い出せないほどだった。

「あのね、おばあさま。金太郎も桃太郎もあったよ」

「そう。それはよかったですね。きれいでしたか」

「うん、とてもきれい。犬や、さるや、きじだって菊の着物をきているの。ぼく菊人形って、顔も菊かと思ったら、ちがってたよ」

「菊で顔はつくれませんよ。それから何かおもしろいものがありましたか」

トセはきげんよく相づちをうった。

「四十七士もいたね、おとうさん。雪の中で陣太鼓《じんだいこ》をたたいているの。あれ、大石良雄《おおいしよしお》かしらん」

「ほう、四十七士がねえ。それなら、おばあさまも見たかったですね」

「でも、人がたくさんでおしつけられましてね。おかあさまにはご無理ですね」

貞行が口をはさんだ。信夫がうなずいていった。

「そうだね。おばあさまは外を歩くと、すぐくたびれるものね。きっと肩《かた》もこるかも知れないな」

トセは肩こり性で、三日にあげずあんまにかかっている。

「まあ、そんなにたくさんの人出でしたか。それでは知った人も行っていたでしょうね」

トセは急に肩がこったように、自分の肩をトントンと叩《たた》いてみせた。

「それが知らない人ばかりなの。子供や、大人や、洋装の女の人やいろいろいたけれど」

「洋装の女の人？」

トセは眉根《まゆね》をよせた。

「何だか、異人さんの女みたいだったね、おとうさま」

「そう、それからどんな人がいました？」

「ええと、よくわからない。あんまりたくさんいるんだもの。あ、そうそう、へんな女の子に会ったけれど……」

　貞行の顔色がさっと変わったことに、信夫もトセも気づかない。

「へんな女の子って、おこもさんですか」

「ううん、ちがうの」

「どんなふうにへんな女の子ですか」

「それが、うちのおとうさまに抱《だ》きついてきて、〈おとうさま〉なんていうんだもの」

「え、何ですって。信夫！　一体それはどこでですか」

　はげしい見幕《けんまく》であった。子供心に信夫は自分がいってならないことをいってしまったことに気がついた。そっと父の顔をうかがうと、貞行は膝《ひざ》を正してうつむいている。

「信夫、どこでその女の子にあいました？」

　きげんのよかったトセの顔が一変している。

「どこだったか……ぼく忘れたけれど……」

　信夫はうろたえた。何でトセが怒《おこ》っているのかが、よくわからないながらも、不安だった。

「では、どんな子供ですか。いくつぐらいでした？」

　トセの顔が怒《いか》りであからんでいた。

「ぼくより……」

信夫が言いかけた時である。

「申し訳もございません」

貞行が、がっくりと両手をついた。

「どうも様子がおかしいと思ったが……母にかくれて、……そんな、そんな……」

トセの鼻孔《びこう》が大きくふくらんだ。

「お怒りは、ごもっともですが、そんなにお怒りになっては、お体にさわります」

貞行の声は落ちついていた。それがトセの激怒《げきど》を買った。トセの体がぶるぶるとふるえた。

「そんな……」

トセの唇《くちびる》がわなないた。

「そんな言葉は……ききたくない！　子供まで……子供までである……」

トセは苦しそうに肩であえいだ。

「しかし、それは……」

貞行がいいかけると、トセは大きく頭を振《ふ》って、

「……この、親不孝者！」

と大声をはりあげた。その瞬間《しゅんかん》、トセの体がのめるように、ずしりと音をたてて、たたみに倒《たお》れた。

トセはその夜死んだ。脳溢血《のういっけつ》であった。

母

葬式《そうしき》がすんで、貞行と信夫と、そして新しく雇《やと》い入れた女中のツネと三人の生活が始まると、信夫は急にトセが恋《こい》しくなった。学校から帰ってきて、トセのいない家の中にはいると、ふいに淋《さび》しくてたまらなくなった。庭で土いじりをしていて、着物を汚《よご》すと、

(おばあさまに叱《しか》られる)

と思わず縁側《えんがわ》の方をふり向いてから、涙《なみだ》をこぼすこともあった。おとぎ話をたくさん知っていて、毎晩きかせてもらったことや、夜半に信夫が咳《せき》ひとつしても、起きあがって、肩《かた》のあたりをあたたかくしてくれたことなどが思いだされた。トセのよいところだけが、次第《しだい》に信夫の心に残っていった。しかし、なぜあんなに怒って死んだの

かと思うと、信夫は、あの女の子のことをいいだした自分が悪いようで、ひどく心が重かった。

年もあけて、トセの四十九日もすんだある夜、いつになく貞行の帰りがおそかった。女中のツネを相手にトランプをしていると、玄関《げんかん》先に人力車のとまる音がした。走って出てみると、父が車から降りるところだった。つづいてもう一台の人力車が門の中にはいってきた。

(だれだろう?)

父が夜おそく客をつれてくることはない。梶棒《かじぼう》がおろされ、前のほろが外されると、お高祖頭巾《こそずきん》の女がすらりと降りたった。月の光を受けて、その女のぬれたような目が美しかった。車が去ると女は信夫の肩をかきいだいた。

「信夫さん!」

信夫はうろたえた。恥《は》ずかしいような腹だたしいような気もした。信夫は身をもがくようにして、その女の胸をついた。女は思わずよろけた。

「だれ!　この人は」

信夫は父も、その女もいとわしいような気がして、思わずそう叫《さけ》んだ。

「まあ、とにかく家へはいろう」

貞行はそう言って、信夫の肩に手をかけた。

その女の人は家にはいると、すぐにまっくらな仏間にはいって行った。

(まるで自分の家みたいな顔をして)

信夫は、トセの位牌《いはい》にローソクと線香《せんこう》をあげている女のうしろに立って眺《なが》めていた。女の人は長いことうつむいていて、なかなか居間にもどらなかった。そのうちに貞行も女の人の傍《そば》に坐《すわ》って線香を上げた。しばらく二人は仏壇《ぶつだん》の前に黙然《もくねん》としていたが、やがて女は、

「お参りさせていただいてありがとうございました」

と、ていねいに貞行の前に手をついた。

居間にもどった貞行は、信夫を手招きして自分の傍《かたわ》らに坐らせた。

「信夫、お前のおかあさまだ」

低いが、声がややふるえていた。

「おかあさまだって?」

ランプの光に、やや青白く見える女を信夫は、じっとみた。

「そうだよ」

貞行に続いて女が何か言おうとした時、

「ぼく、二度目のおかあさまなんて、いりません」

と、信夫が腹だたしげにいった。貞行は女と顔を見合わせた。

「信夫さん。わたしがお前を産んだおかあさまですよ」

女の人は、にじりよるようにして信夫の手をとった。

「うそだ！　ぼくのおかあさまは死んだのだ！」

信夫はその手をふり払《はら》って叫んだ。

「死んだのではない。よく顔をみてごらん。お前とそっくりではないか」

貞行の言葉に、信夫は再びじっと女の人をみた。いわれてみれば、たしかに似ている。そして、自分の顔を鏡にうつして、心ひそかに想像していた母よりも、ずっと美しかった。

「似ているかもしれないけれど……」

「信夫さん！」

女の人は手をのばして信夫の手をとった。その黒い目から涙《なみだ》が溢《あふ》れおちるのを信夫はみた。

「……生きていたの？」

信夫は変な心持ちがした。長い間死んだとばかり思っていた母が、自分の手を握《にぎ》り、ものを言っているのがふしぎだった。

「生きていましたとも、いつも、あなたのことを思って……」

女の人は信夫を抱《だ》きよせようとした。信夫は後ずさりして、

「生きていたのなら、どうして……どうして、この家にいてくれなかったの」

「おばあさまが……菊《きく》を、菊というのはおかあさまだがね。おばあさまが、このおかあさまを気に入らなかったのだ。そしておかあさまを出されてしまったのだ」

「そしたら、おとうさまはどうして、そのことを教えてくれなかったの？　どうしておかあさまに会わせてくれなかったの？　おかあさまは生きているよ、とどうして……どうしてぼくに知らせてくれなかったの」

いつしか信夫は涙声になっていた。

「お前にはほんとうにかわいそうなことをした」

貞行は深いため息をついた。

「大人なんてうそつきだ。ぼくにうそをいうななんて教えて……。おばあさまも、おとうさまも、こんな大うそをついていた」

信夫は、わっと泣き声をあげた。

トセがいたから、それほど淋しくはないにしても、どんなに母が恋しかったろう。

死んだ母は、あの星になったのだろうかと、いく度空を見上げたことか。ぼくにもおかあさまがいたらと、よその子が母と連れ立って歩く姿をどんなに羨《うらや》ましく思ったろう。そんな時に、どうして来てくれなかったのかと、信夫は何ともいえず口惜《くや》しかった。

「信夫、何で泣くのだ。おかあさまに会えたのが嬉《うれ》しくはないのか」

貞行がいく分きつい口調でいった。

「あなた、そんなことおっしゃっては信夫がかわいそうですよ。喜んでいいのか、口惜しがっていいのか、わからないのが当たり前ですもの。長いこと一番かわいそうだったのは信夫なんですもの」

信夫はその言葉をきくと、もうこらえきれずにいっそう大きな泣き声を上げた。信夫は、こんなにやさしくかばってくれる人が自分の母かと思うとうれしかった。だがうれしいとばかりもいえなかった。長い間、死んだと思っていた母が、生きてここにいるということが不思議でもあった。

「よい、もうよい。泣かんでもいい」

貞行はそういって信夫の背をなでた。

「とにかく、わかっただろう。それから、いつか会ったあの女の子だが、あれはお前の妹だ。待子という名前だ」

信夫は泣くことも忘れて父をみた。

（あのなまいきな奴《やつ》が、妹だって？）

坂道をかけて行った女の子の姿を、信夫は思い浮《う》かべた。

（ちき生、あれが妹か）

信夫は、自分にも妹か弟がほしいと、どんなに思ったことだろう。あの六さんの子の虎雄と仲よくなったのも、きょうだいがいないためだった。

（あの女の子なら、きっとおてんばだぞ）

そう思っただけで信夫はうれしくてたまらなくなった。あの子をつれて、どこにでも遊びに行く自分を想像して、信夫は心がはずんだ。

「……だけど、どうしておばあさまは、おかあさまを出してしまったの」

おかあさまという言葉が自然に出てしまってから、信夫は恥ずかしくなった。

「おかあさまが至らなかったからです。おばあさまのせいではありませんよ」

母が、信夫の涙をそっと拭《ぬぐ》ってくれた。

（何だ。この人は自分をおい出したおばあさまを、どうして悪くいわないのだろう？）

そう思った時、貞行が言った。

「むずかしいことは、お前が大きくなったらわかるだろうがね。実はおかあさまはね……」

いいかけて、貞行は菊の顔をみた。菊がやさしく微笑《びしょう》してうなずいた。

「おかあさまはキリスト信者なのだ。ところが、おばあさまはたいそうなヤソ嫌《ぎら》いでね。ヤソの嫁《よめ》はこの家におけないと、出してしまわれた」

「ヤソだって？」

信夫は急におびえた顔になった。ヤソというのが何であるかを信夫は知らない。しかし、トセがヤソというのは、人の血をすったり、人の肉を食べるのだと言っていたことを思い出した。それから、ヤソは日本の国を亡《ほろ》ぼすために、いろいろ恐《おそ》ろしいことをやっているとか、魔法《まほう》をつかって、人をたぶらかす悪者だとか、言っていたことも忘れてはいなかった。

要するに、信夫にとっては、ヤソとは許すことのできない悪い者であった。そのヤソに母がなっているときいて信夫はうす気味わるくなった。やさしそうな声をして、何をしでかすかわからないような気がした。おばあさまが、母のことを死んだといったのがわかるようにも思った。死んだ母の方が、ヤソの母よりもいいに決まっていると、信夫はそっと母をみた。

　ヤソさん　ヤソさん
　お馬の小屋で
　生まれたなんて
　おかしいな
　トコトンヤレトンヤレナ

　子供たちが、時々「宮さん宮さん」の替え歌をうたって、路傍《ろぼう》伝道をしているキリスト信者の男をからかっていたのも、信夫は知っていた。

「よう、来たな。きょうはひとつおもしろい話をしてやろう」

　男がいうと、子供たちは急に浮き足だって、わあっと逃《に》げた。

（とにかくヤソがいいわけがない）

「いやだなあ、ヤソなんて」

　信夫はむずかしい顔になった。貞行と菊はだまって、やさしく信夫を見守った。

「あしたから来ますからね」

　そういって、菊はその夜帰って行った。

貞行は、菊が出て行かなければならなかったころのことを思った。菊はトセの知人の娘で、トセのメガネにかなって貞行と結婚《けっこん》した。だが、結婚して三年ほどたったころ、菊がキリスト信者であることをトセは知った。トセは、貞行と菊を呼びつけて叱った。

「貞行、お前は今まで、菊がヤソだということに気づかなかったのですか」

貞行は知っていた。しかし頑《かたく》なトセに育てられた貞行は、少年のころからかえって次第に進歩的な人間に成長していた。ヤソ、ヤソと母がキリスト教徒を目の仇《かたき》にすることが、貞行には合点《がてん》が行かなかった。

「知っていました」

「まあ、知っていて今まで何とも思わずに、夫婦《ふうふ》になっていたのですか」

けがらわしいと言わんばかりであった。

「キリスト信者だからと言って、別段いけないこともありますまい」

貞行はトセに口答えをしたことはない。トセがいきり立つと手のつけられなくなる人間であることを知っていたからだ。貞行は父の血を受けておだやかな性格だった。

だがきょうは、事情がちがった。貞行は菊をかばってやらねばならなかった。

「まあ、何ということを言います。それ、その通り母に向かって口を返すのは、ヤソの魔法にかかった証拠《しょうこ》ですよ。恐ろしい」

トセは怒った。

「魔法などと……そのようなものが文明開化の今の時代にあるわけがありません。キリスト信者は別に悪いとわたしには思われませんが……」

「日本古来の神仏があるのに、何も毛唐《けとう》の拝む神を拝むことは要《い》りません。それが日本人としてどんなに恥ずかしいことかわからないのですか」

「おかあさま、おかあさまの拝む仏教だって、奈良時代に外国からはいってきた宗教ですよ」

貞行は呆《あき》れたようにいった。

「貞行。また口を返しますか。とにかく、永野家にヤソの嫁はおけません。菊！　この家を出てもらいましょう」

「それは、ひどい！」

思わず貞行はトセをにらんで、

「菊には何の罪もないものを……」

「では、この母を去らしてもらいましょう。貞行、お前は母を捨てて、ヤソの菊と一生暮《く》らすがよい」

トセはいきりたった。それまで、だまってうつむいていた菊が顔をあげた。

「おかあさま。どうぞお許しになって……」

キリスト信者になると、実の息子でも勘当《かんどう》されることが多かった。トセだけが頑迷《がんめい》だとは言えない時代であった。

「嫁がヤソだったから離縁《りえん》しました」

と言っても、世間の人々は、

「それは、それは。嫁がヤソでは致《いた》し方ございませんな」

と答えて、姑《しゅうとめ》や夫を非難することはほとんどなかった。

「菊、許せというのは、ヤソをやめるということですか」

トセは疑わしそうに菊をみた。一度ヤソになった人間の中には、召《め》しとられて火あぶりになっても、その心を変えない人間がいると、トセはきいていた。

「………」

案の定、菊はうつむいたまま何とも答えない。

「菊。去っていただきましょう」

トセのきっぱりとした言葉に、菊は青ざめた。貞行は、

「おかあさま、そうまでおっしゃらなくても、信夫もいることですし、わたしからよ

く言ってきかせますから」

と、手をついた。

「お前が菊に言ってきかせることができますか。今、そんなことをいうくらいなら、なぜ先に言ってきかせなかったのです？

菊！　菊はそんなにヤソが大事ですか。この家を去られても、ヤソから離《はな》れられないのですか」

トセは、菊の強情《ごうじよう》に腹が立った。離縁するといえば、信夫という子供もいることだし、心を改めて許してくれというはずだと思った。何もいわずに、ただうつむいている菊の顔が、ひどくふてぶてしく思われた。

〈人の前で我を否定する者を、我もまた天の父の前で否定する〉

というキリストの教えを菊は思っていた。菊はその言葉を心の中で繰《く》り返していた。

（わたしは信じている。たとえ殺すといわれても、わたしはイエス・キリストを否《いな》むことはできない）

菊は、迫害《はくがい》されて十字架《じゆうじか》につけられた、イエス・キリストを思った。十字架につけられたイエスが、祈《いの》った言葉を思った。

〈父よ、彼らを許したまえ。その為《な》す所を知らざればなり〉

今、菊はトセが気の毒だった。最愛の夫と子をおいて去れという姑が哀《あわ》れであった。キリストを知らずに、信ずる者を責めたてているトセが気の毒だった。

（だれだって、みんなヤソ、ヤソときらうんだもの。おかあさまが怒られるのは無理もない）

菊は、夫や信夫と別れるのは死ぬよりも辛《つら》かった。幼い信夫のために、

「もう、キリストは信じませんから」

と、あやまろうかと幾度《いくど》か思った。だが、口先だけではあっても、キリストを否定することは菊には不可能であった。それは神を否定すると同時に姑を欺《あざむ》くことでもあった。菊の純真な信仰《しんこう》は、口先だけで事を済ませることを恥じた。

（だけど、信夫と別れなければならない。母を失った信夫はどんな生涯《しょうがい》を送ることだろう）

菊は進退きわまった。ともすれば心がくずおれそうであった。

（でも、いよいよとなれば、信夫のことは神さまにおまかせするより仕方がないかもしれない）

やっと歩きかけた信夫の、愛らしい顔を思うと、菊は涙がこぼれた。

「やはり、ヤソは鬼《おに》ですね。わが子と別れようが、わが夫と別れようが、かまわない

というのですからね」

トセは、呆れたように言った。別れさせようとしている自分の方が鬼だとはトセは思わない。士族《しぞく》ともあろう者が、邪教《じゃきょう》といわれる宗教を信ずることは断じてゆるすことができないのである。

「おかあさま。わたしは菊を去る気はないのですが……」

貞行は言いかけると、

「おだまり！　菊は永野家の嫁です。母の目の黒いうちは、ヤソの嫁をおくことはできません。どうしても菊をこの家におきたいのなら、わたしが去りましょう。ヤソの嫁をおいたとあってはご先祖様に申しわけがたちません」

と、トセには妥協《だきょう》のすきがなかった。寝室《しんしつ》に引きとった貞行も菊も、すやすやと眠《ねむ》る信夫の顔をだまってのぞきこんだ。

「申しわけございません」

菊は貞行の前に手をついた。

「いや、母が頑迷なのだ。許してほしい」

「とんでもございません。みんなわたしが至らないからですもの。いっそのこと、もう信じませんと申し上げた方がとも思いますけれども……」

「菊。節は曲げるなよ」

それは貞行がよく父に言われた言葉である。今の世に受け入れられない信仰を持っている少数のキリスト教徒が、貞行には尊敬すべき人々に思われた。自分がその信仰は持ち得ないにしても、最愛の妻にはその道を全《まっと》うさせてやりたかった。

「言いだしたら、決して後へひくことのない母だ。といって、まさか母に去り状を書くわけにも行くまい、この家さえ出れば何をしようと菊の自由なのだ。たとえ菊の所に男が通ったとしても……」

「男など……そんな、お恨《うら》みいたします」

「いや、よく後まで聞くことだ。その通い男が、このわたしであってもいいではないか。どうだ、菊」

「まあ」

菊は涙をこぼした。

信夫を連れていくことはトセが許すまい。そのうちに、トセも孫不憫《ふびん》さで、菊を家に入れると言わんでもないと、貞行は思案した。

勤め先の日本銀行と、自宅の本郷弓町《ゆみちょう》との間に、菊の家を定め、菊の実家の内諾《ないだく》を得て、菊は永野の家を去って行った。母にさからって菊を家に置いたとしても、永野家はもはや、菊にとって安住の地ではあり得ないと貞行は思った。

菊が家を出ると、トセは菊をののしった。

「あんな女は、信夫の母とは言わせない。わが子よりも、キリストとやらの方がいい母など決して母などと呼ばせません」

そしてトセは、お前の母は死んだと信夫に言いきかせて育てたのである。

(今は辛くても、きっとこのことも、結果としてはよいことであったという日が来る。神が生きておられる以上、信夫のことも、神が守って下さるにちがいない)

菊はそう思って耐《た》えてきた。

桜《さくら》の下

菊は翌日、信夫の妹の待子をつれてふたたび永野家の人となった。信夫が学校から帰ってくると、待子が門のそばで、地面に何やら書いて遊んでいた。

「あら、ここはわたしの家よ」

信夫をみて立ち上がった待子は、両手をひろげて通せんぼをした。

口をきりっとしめて通せんぼをしている待子の顔を、信夫はまじまじとみた。

(これがぼくの妹なんだ)

待子は目がくるりとした丸顔で色が白い。きりっとむすんだ口もとが生意気なのも愛らしかった。妹だと思うと信夫はうれしくて、わざとだまって待子の横をすりぬけようとした。待子は、

「だめよ。ここはわたしの家よ」

と、ゆずらない。

(ふん、チビのくせにいばっている)

ぼくはお前の兄なんだと信夫はいいたくてたまらなかった。信夫はだまって待子を見おろした。そのおかっぱ頭は、信夫の肩《かた》ほどの背丈《せたけ》もない。

「あら、信夫さん。おかえりなさい」

菊が玄関《げんかん》から姿をあらわした。信夫は何となくあかくなって、ぺこんとおじぎをした。

「まあ、待子。おにいさんにむかって何ですか」

菊がやさしくたしなめた。

「あら、この人がおにいさん?」

たちまち待子はあかるい笑顔《えがお》になって、

「おにいさん。待子、知らなかったの。ねえ、待子、あねさま人形を持っているの。あそびましょうよ」

と信夫の手をひっぱった。そのふっくらとした小さな手の感触《かんしょく》が、妙《みょう》にくすぐったくこころよかった。甘《あま》える声もあいらしかった。しかし信夫は何となく恥《は》ずかしくなって、

「うん」

といったまま、さっさと家の中にかけこんでしまった。

「信夫さん、おひるですよ」

菊が信夫のそばにきて肩に手をかけた。根本芳子先生のようないい匂《にお》いがして、信夫はうれしかった。膳《ぜん》につくと、待子が信夫のひざに手をかけて、

「あとでお手玉しましょうね」

と、重大そうに耳にささやいた。

(甘えん坊《ぼう》だな)

そう思いながら、信夫が、

「いただきます」

と箸《はし》をとった時、待子がびっくりしたようにいった。

「あら、おにいさん。お祈《いの》りをしないの」

「お祈りなんかしないよ」

「おかしいわ。神さまにお祈りもしないなんて。ねえおかあさん」

「いいえ、おにいさんはいいんですよ、まだ」

菊はそういって、しずかに祈りはじめた。信夫は両手を組んで、祈っている母と待子をだまってみつめていた。祈り終わると、待子が大きな声で、

「アーメン」

といった。

ふっと、信夫は淋《さび》しくなった。自分だけが除《の》け者にされたような気がした。

（おばあさまなんか、お祈りをしなかったのに）

信夫は不満だった。

信夫は皿《さら》の上の黄色い半月型のものが何であるかわからなかった。祖母も、女中のツネも、こんなものは作ってくれたことはない。待子がそれをおいしそうに食べているのをながめながら、信夫は漬物《つけもの》ばかり食べていた。

「あら、信夫さんは卵焼きがきらいでしたか」

菊にきかれて、信夫はだまって箸をつけた。きらいも好きもない。食べたことがないのだからと、信夫は箸の先にいらだたしいような思いをこめて、卵焼きをつついた。一口ほおばって、信夫はびっくりした。こんなおいしいものが、この世にあったのかとおどろいた。

(卵焼きって名前はきいていたけれど、そうか、これが卵焼きか。待子はこんなおいしいものを、いつも食べていたんだな)

信夫は待子にねたましさを感じた。祖母のトセは肉も卵も食べなかった。魚とか、野菜の煮付《につ》けとかが永野家のおかずであった。

夕方になって父の貞行が帰ってきた。待子は、いつか道であった時のように、大手をひろげて貞行の腰《こし》にまつわりついた。信夫は、おかえりなさいとあいさつすることも忘れて、ぼんやりとそれを眺《なが》めていた。貞行が、ちらりとその信夫をみて、肩をたたいた。

「どうした、元気がないぞ」

「何でもない」

信夫はちょっとすねたようにいって、貞行の顔をみなかった。

夕食の時、信夫は箸をとろうとして、ハッとした。貞行も菊も待子も、じっと頭を

たれている。菊が祈りはじめた。信夫は、

（かまうものか。ぼくはヤソじゃない）

と、箸をとった。菊が祈り終わったとき、貞行も待子と共に、

「アーメン」

といった。貞行が「アーメン」という声をきいて、信夫は父にうらぎられたような感じがした。

（何だ。今まで、おとうさまだって祈ったことがなかったのに。アーメンなんていったこともないのに）

信夫は父が少しきらいになったような気がした。

寒い日曜日の朝だった。信夫が目をさました時は、もう貞行も待子も起きていた。朝食が終わると、待子はよそゆきのちりめんの被布《ひふ》に着がえて信夫にいった。

「おにいさん、早く教会に行きましょうよ」

「教会って、何さ」

「あら、教会って、おいのりをしたり、お話をきいたり、それからうたをうたうのよ」

「ふーん」

嬉しそうに片足をあげて部屋の中をはねまわっている待子を、信夫はだまってみていた。

「信夫さんもまいりましょうか」

菊は黒い羽織を着ていて、それがよく似合うと信夫は思った。

「いや、いかない」

信夫は内心、母と一緒《いっしょ》に外出したいような気がした。しかし、教会にいくのはいやだった。いやというよりうす気味が悪いといった方がほんとうだった。

菊と待子が出て行くと、貞行は火鉢《ひばち》に手をかざして本を読みはじめた。信夫は凧《たこ》でもあげに外に出ようと思ったが、妙に気がのらない。仕方なく本を読んでいる貞行のそばでぼんやりとしていた。

「どうした」

貞行が本から信夫に視線をうつした。

「おかあさまは、いつも日曜日には教会にいくの？」

「まあ、そうだね」

「ヤソなんて、やめればいいのに……」

信夫は腹だたしそうにいった。

「信夫」

貞行は本をたたみの上においた。あらたまった声である。

「はい」

信夫もあらたまって返事をした。

「人間には、命をかけても守らなければならないことがあるものだよ。わかるか?」

何のことか、信夫には見当がつきかねた。

「大人になったら、またよく話をしてあげるがね。おばあさまは、キリスト教ぎらいだったので、おかあさまを出してしまわれたのだ。お前が赤ん坊の時だった」

「どうして、ぼくも連れていかなかったの」

明るい陽《ひ》ざしに、部屋もあたたかくなってきた。

「おばあさまが、いけないとおっしゃったのだ」

貞行は信夫にこんな話がわかるかとあやぶんだ。

「じゃ、ヤソをやめて、家にいてくれればよかった」

信夫は不満をかくさない。

「だがね、信夫。人間には、やめることのできるものと、できないものとがあるんだよ」

「だって、ぼくよりもヤソが大事だったの？」

信夫に菊の気持ちがわかるはずはない。おかあさまは、たとえはりつけになっても、信者であることをやめなかっただろうな」

「はりつけって、どんなこと？」

「そうだね、ちょっと待っていなさい」

貞行は立ちあがって寝室《しんしつ》にいったが、やがて一枚の小さなカードを持って、もどってきた。

「信夫、はりつけとは、こんなことだよ」

カードを手にとった信夫は、一目みてハッとした。それは今まで見たこともない、きれいな色刷りの絵だが、そこにえがかれているものは、むごたらしいものだった。両手両足を釘《くぎ》にうたれ、その脇腹《わきばら》から血を流している十字架《じゅうじか》の上のやせたキリストがいた。信夫はしばらく息をつめて、その絵をみつめていた。

「それをはりつけというのだ」

信夫は、母がはだかにされて、こんなむごいはりつけになったらと、思っただけでも身ぶるいがした。こんな目にあっても、ヤソをやめないという母の気持ちが、信夫には無気味だった。

「この人は、よっぽど悪いことをしたんだね、おとうさま」

信夫の声は少しかすれた。まだ三年生の信夫に、このはりつけの絵は強烈《きょうれつ》でありすぎた。

「いや、このイエス・キリストは何も悪いことをしなかった。人の病気を治してやったり、神様のお話をしたり、人々をかわいがってやったのだよ」

「いいことをしていたのに、はりつけになったの？　ひどいな。それはひどいよ」

高等科の生徒の中には、学校の廊下《ろうか》を歩いている信夫たちの頭をいきなり殴《なぐ》ったり、背中を叩《たた》いたりするのが何人かいる。殴られただけでも、利《き》かん気の信夫は腹がにえくりかえるほど口惜《くや》しくて、自分より大きな生徒にかかってゆく。まして、よいことばかりしていたのに、こんなはりつけにされては、どんなに口惜しくて残念だろうと、信夫は涙《なみだ》が出そうだった。

「ひどいだろう？」

貞行はそういって、自分もカードをながめた。

「怒《おこ》ったでしょう？　このイエスという人は」

「いや、それが怒らなかったのだな。その反対だったそうだよ。神さま、どうかこの人たちをゆるしてあげて下さい。この人たちは、自分が何をしているかわからない、かわいそうな人たちですからと、はりつけにした奴《やつ》たちのために祈ったそうだよ」

「ふーん」

イエスというのは変な奴だと信夫は思った。怒らなかったのは、やっぱり何か悪いことをしたからだとしか信夫には思えない。

(やっぱりヤソって変なものだな)

信夫には、ただはりつけのむごたらしさだけが心に残った。

もう汗《あせ》ばむぐらい暑いことがあって、校庭の桜が満開だった。四年生になった信夫は級長になった。先生の仕事を手伝い、少しおくれて学校を出ると、一番大きな桜の木の下で、同級生が十人ほどかたまって何かひそひそと話しあっていた。信夫が近づくと、みんなはちょっと顔を見合わせてから、信夫のために場所をひらいた。

「何かあったの」

「知らないのか？　高等科の便所に女の髪《かみ》の毛があったんだって。そして血がいっぱい落ちているんだって」

重大そうに答えたのはクラス一のガキ大将松井である。

「知らないな」

「そしてな、夜、女の泣き声がきこえるんだとよ。おばけが出るんじゃないかな」

副級長の大竹が恐《おそ》ろしそうにつけくわえた。

「いったいだれがその泣き声をきいたのさ」

信夫はおちついていった。

「知らん。知らんけれどほんとうらしいよ。なあ」

松井がみんなの顔をみた。みんな一斉《いっせい》にまじめな顔でうなずいた。信夫はばかばかしそうに笑った。

「うそだよ、そんなこと」

「うそだって、どうして永野にわかるんだ？　みんなはほんとうにおばけが出るっていってるんだぞ」

松井の言葉に、そうだ、そうだというように、生徒たちはうなずいた。信夫は少し困ったが、いい返した。

「だって、おばけなんかいないって、おとうさまがいっていたもの」

「うちのとうさんは、おばけをみたことがあるって」

「うん、うちでも、おばけはほんとうにいるって、いつでもいうよ」

みんな、いるいると口々にいった。たしかにおとなも幽霊《ゆうれい》やおばけの存在を信ずる者が多かった。

「そんなものはいないよ」

信夫が断乎《だんこ》としていった。

「そうかい。じゃ、ほんとうにおばけが出るかどうか、今夜八時にこの木の下に集まることにしないか」

松井がいった。みんなおしだまってしまった。そっとどこかに行くふりをして離《はな》れた者もいた。

「どうする？ 集まらないのか？」

松井が返事をうながした。風が吹《ふ》いて、うつむいている男の子供たちの上に、桜の花びらが降りしきった。

「みんなで集まるんだから、こわくはないぜ」

「そうだ。みんなで夜集まるのはおもしろいぞ」

副級長の大竹が、ガキ大将の言葉に賛成した。

「永野はくるだろうな」

松井は、逃《の》がさないぞという顔をした。

「くるよ。今夜八時にここに集まるのだな」

信夫は級長らしい落ちつきをみせてうなずいた。

「よし。じゃ、みんなもくるだろうな。どんなことがあってもな」

松井はそういって一同をみまわした。みんな口々に「うん」といった。

夕食の時になって、雨がぽつぽつ降りだしていたが、七時をすぎたころには、雨に風をまじえていた。

「おかあさま、ぼくこれから学校に行ってもいい？」

さっきから、暗い外をながめていた信夫がいった。

「まあ、これから学校にどんな用事がありますの」

菊はおどろいて、信夫をみた。

「つまらないことなんだけれど……。そうだ。行ってもつまらないことだから、やめようかな」

信夫はふたたび外をみた。雨の音が激《はげ》しかった。

「何かあるのか」

新聞を見ていた貞行が顔をあげた。

「高等科の便所に夜になると女の泣き声がするんだって。みんなで今夜集まって、それがおばけかどうかみるんだって」

「まあ、おばけなんて、この世にいるわけがありませんよ。そんなことで、こんな雨ふりに出かけることはありませんよ。ねえ、あなた」

菊はおかしそうに笑った。貞行は腕《うで》を組んだまま、少しむずかしい顔をしていた。

「ええ、ぼく、いかないよ。こんなに雨が降ってきたらだれも集まらないのに決まっているから」

「そうか。やめるのはいいが、信夫はいったい、みんなとどんな約束《やくそく》をしたんだね」

「今夜、八時に桜の木の下に集まるって」

「そう約束したんだね。約束したが、やめるのかね」

貞行はじっと信夫をみつめた。

「約束したことはしたけれど、行かなくてもいいんです。おばけがいるかどうかなんて、つまらないから」

こんな雨の中を出ていかなければならないほど、大事なことではないと信夫は考えた。

「信夫、行っておいで」

貞行がおだやかにいった。

「はい。……でも、こんなに雨が降っているんだもの」

「そうか。雨が降ったら行かなくてもいいという約束だったのか」

貞行の声がきびしかった。

「いいえ。雨が降った時はどうするか決めていなかったの」

信夫はおずおずと貞行をみた。

「約束を破るのは、犬猫《いぬねこ》に劣《おと》るものだよ。犬や猫は約束などしないから、破りようもない。人間よりかしこいようなものだ」

(だけど、大した約束でもないのに)

信夫は不満そうに口をとがらせた。

「信夫。守らなくてもいい約束なら、はじめからしないことだな」

信夫の心を見通すように貞行はいった。

「はい」

しぶしぶと信夫はたちあがった。

「わたくしもいっしょにまいります」

菊も立ちあがった。待子はすでに夕食の途中《とちゆう》でねむってしまっている。

「菊。信夫は四年生の男子だ。ひとりで行けないことはあるまい」

学校までは四、五丁ある。菊は困ったように貞行をみた。

外に出て、何歩も歩かぬうちに、信夫はたちまち雨でずぶぬれになってしまった。まっくらな道を、信夫は爪先《つまさき》でさぐるように歩いていった。思ったほど風はひどくはないが、それでも雨にぬれた、まっくらな道は歩きづらい。四年間歩きなれた道ではあっても、ひるの道とは全く勝手がちがった。

(つまらない約束をするんじゃなかった)

信夫はいくども後悔《こうかい》していた。

(どうせだれもきているわけはないのに)

信夫は貞行の仕打ちが不満だった。ぬかるみに足をとられて、信夫は歩きなずんだ。春の雨とはいいながら、ずぶ濡《ぬ》れになった体が冷えてきた。

(約束というものは、こんなにまでして守らなければならないものだろうか)

わずか四、五丁の道が、何十丁もの道のりに思われて、信夫は泣きたくなった。

やっと校庭にたどりついたころは、さいわい雨が小降りになっていた。暗い校庭はしんとしずまりかえって、何の音もしない。だれかきているかと耳をすましたが話し声はなかった。ほんとうにどこからか女のすすり泣く声がきこえてくるような、無気

味なしずけさだった。集合場所である桜の木の下に近づくと、

「誰《だれ》だ」

と、ふいに声がかかった。信夫はぎくりとした。

「永野だ」

「何だ、信夫か」

信夫の前の席に並《なら》んでいる吉川修《おさむ》の声だった。吉川はふだん目だたないが、落ちついて学力のある生徒だった。

「ああ、吉川か。ひどい雨なのによくきたな」

だれもくるはずがないと決めていただけに、信夫はおどろいた。

「だって約束だからな」

淡々《たんたん》とした吉川の言葉が大人っぽくひびいた。

(約束だからな)

信夫は吉川の言葉を心の中でつぶやいてみた。するとふしぎなことに、「約束」という言葉の持つ、ずしりとした重さが、信夫にもわかったような気がした。

(ぼくはおとうさまに行けといわれたから、仕方なくきたのだ。約束だからきたのではない)

信夫は急にはずかしくなった。吉川修が一段えらい人間に思われた。日ごろ、級長としての誇《ほこ》りを持っていたことが、ひどくつまらなく思われた。

「みんな、こないじゃないか」

信夫はいった。

「うん」

「どんなことがあっても集まるって約束したのにな」

信夫はもう、自分は約束を守ってここにきたような気になっていた。

「雨降りだから、仕方がないよ」

吉川がいった。その声に俺《おれ》は約束を守ったぞというひびきがなかった。信夫は吉川をほんとうにえらいと思った。

かくれんぼ

「永野は大きくなったら、何になるつもりだ」

吉川修が信夫にたずねた。あの雨の夜に、校庭の桜《さくら》の木の下まで行ったのは、信夫と吉川だけであった。それ以来、級友の誰《だれ》もが二人に一目おくようになり、自然、信夫と吉川は親しくなっていった。

六月にはいった今日、信夫は吉川の家にはじめて遊びにきていた。家には吉川修だけがいた。吉川の家には信夫の家のような門も庭もない。信夫の屋敷《やしき》の三分の一もない三間ほどの二戸建ての家である。よしずでかこった出窓に植木鉢《うえきばち》が並《なら》べられ、窓のすぐそばを人が通る。窓すれすれに人が通るということが、信夫には珍《めずら》しかった。吉川の父は郵便局につとめていた。

「大きくなったらか?」

信夫は吉川の丸いおだやかな顔をながめた。どうして、こんなに吉川が好きになったのだろうと信夫はふしぎに思っている。いや、どうして今まで吉川と仲よしにならなかったのか、ふしぎだといった方が的確だった。信夫にとって吉川は、あの雨の夜、突然《とつぜん》桜の木の下に現れた人間のような存在だった。あの夜までは、信夫は吉川に注意を払《はら》ったことがない。吉川は口重で、目立たなかった。

「吉川は何になる?」

信夫は問い返した。信夫自身、とりたてて何になろうと思ったことがない。男の子らしく軍人になる夢《ゆめ》もない。第一、信夫には、大人になるということが、実際にはどんなことか見当がつかなかった。何だか、いつまでも、自分は大人にならないような気さえしていた。

「おれか。おれは、お坊《ぼう》さまになろうと思っているよ」

「何？　お坊さま？」

おどろいて信夫は思わず大きな声をだした。

「うん、お坊さまだ」

「どうして、お坊さまになりたいの？　頭をつるつる坊主《ぼうず》にして、長いお経《きよう》を読むんだろう？」

祖母のトセが生きていた頃《ころ》、毎月一回は僧侶《そうりよ》が経をあげにきていた。しかし、この頃はあまり見かけないような気がする。

「そうだよ。永野は何になるつもりだ？」

「そうだなあ。学校の先生なんかいいな」

信夫は根本芳子先生の白い顔を思いだした。学校の先生の方が、寺のお坊さまよりいいような気がした。学校の先生には、生徒たちも、親たちもきちんと立ちどまって礼をする。

「学校の先生か。それもいいな」

吉川は考え深そうにうなずいてから、

「しかし、学校の先生は大人を教えることができないだろう？　おれは子供も大人も教えることのできるお坊さまになりたいんだ」

「ふうん」

信夫は吉川がひどく大人に見えた。

「永野は死にたいと思ったことはないか」

「何だって？」

一度だって死にたいなどと思ったことはない。信夫は何だか吉川が無気味になってきた。吉川が何を考えているのか、さっぱり見当がつかなかった。信夫はトセが死んだ時、たった今まで生きていた人間が、あまりにも、あっ気なく死ぬのに恐怖《きょうふ》をかんじた。今まで生きていた人を、死んでしまったと思うことにも、ふしぎな感じがした。トセの死は、病気で死んだというより、何ものかにいきなり命を奪《うば》われたというような印象を与《あた》えた。

そのトセの死を思いだすことさえ、信夫には恐《おそ》ろしかった。そして、信夫にとって死というものは、突如見舞《とつじょみま》うものとしてしか感ずることができなかった。長いこと病気をしていて、次第《しだい》にやせ細り、苦しみ、そしてやがて死んで行くという死があることを、信夫には考えることができなかった。信夫はたまに、くらがりの中でうしろをふり返ることがあった。突如として死神が自分を捉《とら》えはしないかという恐怖におそわれるからであった。

「死にたくなんかないなあ。ぼくはいつまでも生きていたいよ。吉川は死にたいと思うの？」

「うん、死にたいと思うことがあるな」

吉川が寂《さび》しそうに笑った。信夫は吉川をじっとみつめていたが、鉢の万年青《おもと》に目を外《そ》らした。窓の向こうを子供たちが四、五人走って行った。

「だけど、死ぬって、こわいだろう？」

「そりゃ、こわいかも知れないけれどさ。でも、うちのおとうさんは酒をのむと、おかあさんをけっとばすんだ」

「へえ、けっとばすの？　いやだなあ」

自分の父は、大きな声さえめったに出したことがないと信夫は思った。

「そうなんだ。おかあさんがかわいそうだから、殴《なぐ》ったりけったりしないで下さいって、おとうさんに手紙をかいて死のうかなあと思うことがあるんだよ」

「ふうん」

信夫はまじまじと吉川の顔をみた。えらいと思った。そして、そんなにまで母のことを思う吉川が少しうらやましくもあった。

「だけどね。ふじ子のことを考えると、ふじ子のこともかわいそうだしね」

「ふじ子って、吉川の妹か？」

「うん。足が少しびっこなんだ。生まれた時からびっこなんだ。外にでると、みんながびっこびっこっていじめるからね。おれがついていてやらなければ、かわいそうなんだ」

「ふうん」

信夫は何となく自分が吉川より子供のように思われた。今まで友だちの家に行くと、たいてい外で鬼《おに》ごっこをしたり、相撲《すもう》をして遊んだ。しかし吉川は遊ぶよりも、話をしたがった。吉川には話をしたいことが、いっぱいあるようであった。

「まあ、ようこそ。いつも修が仲よくしていただいて」

外から帰ってきた吉川の母は、初対面の信夫に愛想よく声をかけた。あかるい声であった。

（この人が、けられたり殴られたりしているのだろうか）

母がかわいそうだから死にたいといった吉川の言葉がとてもほんとうとは思えなか

った。

「こんにちは」

その母親におくれて、外から元気よくはいってきた吉川の妹のふじ子はくるりと愛らしい目を信夫にむけた。待子と同じ年ごろである。

「こんにちは」

信夫がこたえて、ぺこりとおじぎをすると、ふじ子は急にはにかんで母の肩《かた》にかくれるようにした。

「何だ、ふじ子。はずかしいのか」

吉川がいうと、ふじ子は、

「もう、はずかしくないわ」

と、無邪気《むじゃき》に部屋の中を横切って、お手玉を持ってきた。歩くと足をひきずって肩が揺《ゆ》れた。歩くたびに肩が上がり下がりしたが、何だかふじ子がおもしろがってそうやっているように見えた。

お手玉はふじ子が一番上手だった。いつも相手をしているのか、吉川も案外上手だった。信夫が一番下手だったが、少し上手にやると、ふじ子のつぶらな目が嬉《うれ》しそうにそっと笑った。

信夫は家に帰って、妹の待子をみるとふじ子の顔が目に浮《う》かんだ。あのふじ子が外に出て、子供たちにいじめられるなんて、信夫には信じられなかった。母親が殴られたり、けられたりすることも、ふじ子がいじめられることも、何だか吉川修がうそをついているような気がしてならなかった。それほど吉川の母は明るく、ふじ子は愛らしかった。

「おかあさま、お仏壇《ぶつだん》にごはんをあげてきます」

信夫は母の菊に手をさしのべた。

「え？　お仏壇に？」

菊はいぶかし気に信夫をみた。今まで信夫はこんなことをいったことがない。

「はい」

信夫はこの頃、母が仏壇の前で手を合わせないのが、ひどく気になりはじめた。この前、吉川の家に遊びに行くと僧《そう》が来て経をあげていた。仏壇に燈明《とうみよう》が上がり、線香《せんこう》の煙《けむり》が部屋に漂《ただよ》っているのをみて、信夫は自分の家の仏壇が、ずっと閉《と》ざされたままになっていることに気がついた。

(おばあさまの生きていた時は、毎日お仏壇にごはんを上げたり、おローソクを上げ

た)

そう思うと、信夫は急に母が冷たい人間に思われてきた。

「貞行。わたしが死んだら、お線香ぐらいは上げてくれるでしょうね」

よく祖母のトセがそんなことを言っていたことを、信夫は思いだした。死んだ祖母がひどくかわいそうに思われた。

(おかあさまは、おばあさまのことを、何にも思っていないのだろうか)

信夫は母がきらいではない。申し分のないほどやさしい母に思われた。しかし、食事の時になると、何となく母がきらいになるような妙《みょう》な気がした。

食前には、必ず菊が祈《いの》り、父の貞行と待子は指を組んで祈る姿勢になった。その度《たび》に信夫は自分だけが除《の》け者にされたようで、三人の祈る姿をじっと見すえるように眺《なが》めた。その寂しさは、ともすると食事中も消えないことが多かった。信夫はなかなか祈りに馴《な》れることができなかった。自分も祈ってみようと思うこともあったが、なぜか素直《すなお》についていけなかった。

(お祈りなんか、なきゃいいのに)

食事時が近づくと、信夫はふっとそう思って侘《わび》しくなることがあった。そして、きょうはわけても寂しかったのである。

「おかあさま。あした美乃《みの》ちゃんのおうちにおさかなを見に行きましょうよ」

待子がさっきから何度も母にせがんでいる。

「美乃ちゃんのおとうさまはご病気ですからね。おじゃまになりますよ」

母の菊は、その度にそう答える。待子はまたそれを忘れたように、

「ねえ、美乃ちゃんのおうちにあしたお魚を見に行きましょうよ」

とねだっている。それをきいているうちに信夫はひどく寂しくなってきたのだ。信夫には美乃がどんな子供でどんな家に住んでいるかもわからない。どんな魚がその家にあるかもわからない。しかし、母の菊と待子には、よくわかっているのだ。自分の知らない人たちや、知らない家の話を、話し合っている二人に信夫は嫉妬《しっと》した。自分だけが母の子でないような、ひがみすら感じた。

(いいよ。ぼくはおばあさまがまもっていてくれるから)

信夫はふっとそう思って慰《なぐさ》められた。

「おかあさま。お仏壇にごはんを上げてきます」

信夫は表情をかたくして繰《く》り返した。菊は当惑《とうわく》したように何かいいかけようとした。

その時、待子が、

「ねえ、おかあさま、おとうさまはまだお帰りにならないの」

と、信夫のことには頓着《とんじゃく》せずに菊のひざをゆすった。

「ええ。おとうさまはね、今日は夜おそくお帰りになるんですって」

菊は待子に微笑《びしょう》を向けた。

「おみやげを買ってきて下さるの？」

「さあ、どうでしょうね」

（やっぱり、ぼくはおかあさまのほんとうの子供じゃないかもしれない）

ほんとうの母は、祖母の言ったように、自分を生んで二時間で死んでしまったような気がした。信夫は菊と待子を半々に見ていたが、すっと立ちあがると台所にはいった。だが、どこに仏壇の膳《ぜん》があるのかわからない。

祖母のトセは、信夫が台所にみだりにはいることを、きびしく禁じていた。

「男子厨房《ちゅうぼう》に入るべからず」

「男子厨房に容喙《ようかい》すべからず」

そんなむずかしい言葉をつかって、トセは信夫をいましめた。

「男子には男子の分があり、女子には女子の分があるのですよ。男子はお上《かみ》に忠義をつくし、家の誉《ほま》れをあげることだけを考えていればよいのです」

台所に顔を出すと、トセは必ずそういった。もっとも、トセのお上は天皇になったり、徳川様になったり、定《さだ》かではなかったが。

今、その禁制を破って台所にはいったとたん、信夫はトセのきびしい言葉を思い出した。こんなところにいてはトセがなげくと思ったが、そのまま台所から出ることもできなかった。

「信夫さん」

菊の呼ぶ声がした。信夫はだまってうつむいた。ふいにポタリと涙《なみだ》がこぼれた。

「信夫さん、ごはんにいたしますよ」

菊が立ってきた。

「あら、おにいさま泣いていらっしゃるの」

かけてきた待子が心配そうに信夫を見あげた。

「一体どうしました？」

菊が顔をのぞきこんだ。信夫は顔をそむけて菊のそばをすりぬけ、仏間にかけこんだ。仏壇の前に坐《すわ》ると、何か自分でもわからぬ悲しみがドッと胸に溢《あふ》れた。祖母がかわいそうなのか、自分がかわいそうなのか信夫にもわからない。ただ、涙が次から次と頬《ほお》を伝わった。

「信夫さん。おかあさまが、ご仏壇にごはんを上げないから怒《おこ》ったのですね」

菊が信夫の肩に手をかけた。

「だって……おばあさまが……かわいそうです」

信夫は菊の手をのがれて、体をずらせた。

「でも、おかあさまはおばあさまのことを忘れているから、ごはんをあげないのではないのですよ」

菊は信夫の前にきちっとすわった。今まで見たことのないようなきびしい菊の姿だった。

「それなら、どうしてお線香もあげないのですか」

「だから、それは……」

いいかける菊の言葉を信夫はきこうともせずに続けた。

「おかあさまは、もともとおばあさまがきらいなんだ」

「そんな……」

「おばあさまが、おかあさまを追いだしたから、だからおかあさまはお線香もあげないんだ」

「……そんな……」

菊はおどろいて信夫の手をとった。信夫は手をふり放して叫《さけ》んだ。

「死んだおばあさまがかわいそうだ」

「信夫さん、おかあさまはね」

菊は信夫をなだめようとしたが、いったん心をぶちまけると、信夫はそれをおさえることができなかった。

「ぼくは、大きくなったらお寺のお坊さまになるんだ」

信夫は思わず言い放った自分の言葉におどろいた。今の今まで、僧侶になる気など少しもなかった。だが、思わず言ってしまった言葉が、自分のほんとうの気持ちのような気がした。そうだ、自分はほんとうにお坊さまになって、ありがたいお経を祖母のトセに上げてやりたいと心から思った。

「お坊さまに？」

菊は信夫から仏壇に視線をうつした。

「そうです。吉川もお坊さまになるんです。ぼくもなるんです」

頭をまるめた自分と吉川が、並んで経をあげている姿を信夫は想像した。

菊はだまってうなずき、そっと目頭《めがしら》をおさえてうつむいた。その夜、信夫は布団《ふとん》の中にはいってからも、ねむられなかった。母の涙が気になった。自分が母に悪いことをたくさん言ったような気がした。

(あんなことをいわなければよかった)

信夫は、それが母への甘《あま》えであることを、自分では気がつかなかった。

「おにいさま、お友だちよ」

庭の蟻《あり》の巣《す》を見ていた信夫のところに、待子がかけてきた。

「誰だろう?」

立ちあがった信夫に待子が低くささやいた。

「あのね。びっこの女の子も一しょよ」

信夫は待子をにらみつけた。

「びっこなんて二度と言ったら承知しないぞ」

信夫はそう言い捨てると、門の方に走って行った。

「暑いなあ」

吉川修がふじ子の手を引いて立っていた。

「暑いなあ」

信夫も同じことをいった。ふじ子が、ちょっとはにかんで笑った。

木陰《こかげ》にむしろを敷《し》いて、待子とふじ子はすぐにままごとをはじめた。二人は以前から遊び馴れた友だちのように仲よく見えた。

「おにいさまが、おとうさまよ。ふじ子さんがおかあさまよ」

待子は、信夫にいった。

「そうよ。そして、待子さんとおにいさんが、おとなりのおとうさん、おかあさんね」

信夫と吉川は顔を見合わせて笑った。

「あなた、お帰り遊ばせ」

待子が母の菊をまねて吉川の前に手をついた。

「あら、おとうさん、今日はつかれたでしょう」

ふじ子も、どうやらその母をまねているらしかった。

「だめねえ。おにいさまも何かごあいさつをしてちょうだい」

信夫と吉川はげらげら笑って逃《に》げだした。

二人は物置のうらの銀杏《いちょう》の木に登った。庭で遊ぶ待子とふじ子の姿が見えた。

「吉川、ぼくもお坊さまになろうと思うんだ」

この間から言おう言おうと思いながら言いそびれていたことを、信夫は木に登ったとたんにすらすらといえた。

「ふうん」

吉川は木の枝《えだ》にまたがって足をぶらぶらさせながら、そう答えただけだった。喜んでくれるかと思っていた信夫は拍子《ひょうし》ぬけした。

「おとうさまたちはどこへ行ったのでしょう」

待子の声がした。

「また、きっとお酒でも飲んでいるのでしょうね。いやですこと」

ふじ子の答える声に、ぶらぶらさせていた吉川の足がとまった。

「信夫さん、おやつですよ」

菊の呼ぶ声がした。澄《す》んだ声である。いちょうの木の上に登っている信夫と吉川修には、縁側《えんがわ》に立っている菊のすらりとした姿が見える。菊は方角ちがいの方をみて呼んでいる。

「ハーイ」

信夫は答えて、いちょうの枝をゆさゆさとゆすった。菊の白い顔がこちらを向いて笑った。

「あの人がおかあさんか」

「うん」

信夫はいくぶん得意であった。だれに見せても恥《は》ずかしくない美しい母だと信夫は思っている。

「おにいさまあ、おやつですよう」

待子のかんだかい声がきこえた。

「行こうか」

「うん」

二人は木からおりると、かけ足で縁側にもどって行った。菊をみると、吉川はぼうっと耳まであかくなって、ぺこりと頭を下げた。

「おりこうそうでいらっしゃいますね」

菊は縁側に手をついて、ていねいに礼を返した。

「かわいらしい、お妹さんですことね」

吉川は頭をかいた。

「かわいらしいでしょう？　おかあさん。わたし、ふじ子さん大すき。おにいさまは？」

待子が信夫をみあげた。

「吉川。手を洗ってこよう」

信夫はとっさにかけ出していた。かけながら、どうして、ふじ子をかわいいと言えなかったのかとふしぎだった。

「男だものな」

井戸《いど》に行って、つるべから冷たい水を飲んだ。

「うん？」

ふしぎそうに吉川が信夫を見た。

「おれたちは、男だな」

「当たり前だ」

吉川は、ばかだなというように笑った。

縁側に腰《こし》をかけて、二人は盆《ぼん》の上の塩せんべいを食べた。菊の姿は、すでにそこにはなかった。

「やさしそうなおかあさんだな」

だまってせんべいを食べていた吉川がいった。そのことを言おうとして、ずっとだまっていたような感じの言いかただった。

「そうかなあ」

信夫は待子たちの方を見た。待子とふじ子は、陽《ひ》をさけて八つ手の下のむしろにすわっていた。

「ほんのおひとつですけれど、どうぞおあがり下さいませ」

澄ました待子の声に、

「ごちそうさまですわね」

と、ふじ子もすました声ながら、ややあどけなく答えている。どうやら、せんべいもようかんも、ままごとの道具になってしまったらしい。

「だけど、……うちのおかあさまはやさしいのかな」

信夫は声をひそめた。

「どうして？　やさしいじゃないか」

吉川はバリッと音を立てて、せんべいをかじった。

「だってさ。うちのおばあさまが死んだのに、ご仏壇にお線香も、ごはんもあげないんだよ」

信夫には、それは大きな不満であった。

「ふうん」

信じられないというような顔で、吉川はようかんを口に入れた。吉川の母は、朝夕仏壇にお燈明をあげて必ず拝む。

「おばあさまとおかあさまは仲が悪かったんだよ。だから、お線香もあげないんだ」

自分が何でこんなことを言いだしたのか、信夫にもわからない。母を好きだと思っているのに、どこかに、なじめないものを、信夫は感じていた。だからといって、母のことを人に悪くいうつもりはなかったのに、

「やさしそうなおかあさんだな」

といわれると、何か反発しないでいられない気持ちもあった。

「いくら仲が悪かったからといって、死んだらみんな仏さんじゃないか」

吉川はふしぎそうであった。

「そうだとぼくも思うよ。でも、仏さまにお線香もあげないんだもの、おばあさまがかわいそうだよ」

「うん」

吉川は考え深げにうなずいた。

「だから、ぼくもお坊さまになって、おばあさまにお経をあげようと思ったのだよ」

「ふうん」

吉川はまじまじと信夫をみた。

「じゃ、ほんとうにお坊さまになるのか、永野」

「うん、げんまんだ」

信夫は小指を出した。信夫よりふとい吉川の小指がそれにからんだ。

「あら、おにいさま、何のげんまん？」

待子が走ってきた。

「何のげんまん？」

ふじ子も待子におくれて、足をひきひき走ってきた。

「ないしょだよ」

吉川は待子たちをふり返っていった。

「教えて下さいな」

待子は吉川のひざをゆすった。吉川はきりっと結んだ唇《くちびる》に人さし指を当てて、信夫にうなずいてみせた。

「ないしょだ。ないしょだ」

そういった信夫をみあげて、ふじ子が人なつっこく笑った。信夫は何だか胸の奥《おく》がへんにくすぐったかった。

「まあ、楽しそうですこと。何のないしょか、おかあさまもうかがいたいと思いますよ」

いつのまにか、菊が縁側に出てきていた。ハッとして信夫は母をみた。母の悪口をいったようで、うしろめたかった。

「おかあさまも知っていることです」

信夫はぶっきら棒にいった。

「まあ、何でしょうねえ」

菊はほほえんで、ふじ子の頭をなでていた。


今にも降り出しそうな空を気にしいしい、信夫は吉川の家にむかって歩いていた。風がにわかにぴたりとやんで、家々の庭の草木も動かない。

(もうじき夏休みも終わるんだな)

けやきの木の下で、信夫はいつものように何となく立ちどまった。このけやきは、吉川の家の道に曲がる角の空き地に立っている。このけやきをみると、もう吉川の家だなと信夫は思う。そして何となく、いつも立ちどまってしまうのだ。吉川に会いたくて、やってくるのに、どうしてか一目散に走って行くことができないのだ。

(吉川はいるだろうか)

そんなことを考えたりするのは、このけやきの下にきてからである。しかし、ここでちょっと立ちどまると、信夫はもう元気にかけ出していた。

「いいものを見せてやろうか」

吉川は待ちかねていたように、そういった。

「いいものって、何さ」

吉川の家は部屋の隅々《すみずみ》まで、なめたように掃除《そうじ》がしてある。玄関の下駄《げた》も飾《かざ》ってあるように、きちんとぬいであって、決して乱れていることはない。

（甲《こう》ノ上だな）

信夫は級長になってから、毎日教室の整理整頓《せいとん》の点を黒板に書く。そのことを、信夫は思い出して、吉川の家の整然とした様子が甲ノ上だと思ったのだ。

「あてたら、そのいいものをやってもいいよ」

吉川はニヤニヤした。

ふじ子も母親もるすだった。

（今に雨が降るのにな）

ちらりと信夫はそんなことを心の片すみで思いながら、

「何だろう。コマかな」

といった。吉川は笑って首を横にふった。

「そんな、子供のものじゃないよ」

「じゃ、おとなのもの？」

「子供も大人もみるものさ」

「みるもの？　絵双紙《えぞうし》？」

「まあね」

吉川は仏壇の下のひき出しから本を出した。第一ページを開くなり、信夫は眉根《まゆね》をよせた。

そこには、やせた死人たちが、青鬼《あおおに》や赤鬼に追われて針の山に逃げて行く絵があったからである。

「どうしたの、この絵は」

「恐《おそ》ろしいだろう？」

吉川はちょっと得意そうに言った。

「何だか気持ちが悪いな」

信夫は次を開いた。まっ赤な池に人が沈《しず》みそうになって助けを求めている。そして岸から這《は》いあがろうとする人を鬼たちが金棒でついているのだった。

「かわいそうになあ」

信夫はひどくいやな心持ちがした。

「仕方がないよ。この世で悪いことをしたんだからね。これは血の池なんだ」

「血の池？」

ぬるりとした血のぬめりを信夫は思い出した。

「うん。この死人たちは、人殺しをして人の血を流させたから、血の池に入れられたんだって、おかあさんがいっていた」

「ふうん」

次を開くと火にかけられた釜《かま》の中で人が手をあげて、わめき泣いている絵である。

「ひどいなあ」

信夫はだんだん気がめいってきた。

「仕方がないよ。地獄《じごく》って、悪い奴《やつ》たちが落ちるところなんだもの」

吉川は信夫の不安そうな顔をみて笑った。

「悪いことをしたら、こうなるより仕方がないのかなあ」

信夫は何だか不安になった。

(もし、悪いことをしたら、どうしよう)

吉川は信夫の憂鬱《ゆううつ》そうな顔をみて、ぱらぱらと頁《ページ》をくった。

象や兎《うさぎ》や獅子《しし》が、子供たちを背に乗せたり、子供たちと角力《すもう》をとったりしている絵であった。動物たちも子供たちも笑っていた。思わず信夫も笑った。

「極楽《ごくらく》の絵だよ」

吉川も笑った。

「極楽はいいね」

次を開くと、仏のまわりにおだやかな顔の男たちが集まって話をきいている絵であった。

「この人たちは、いい人たちだったの？」

「そうだよ」

「ふうん」

信夫は、さっきの釜ゆでの絵をそっとめくってみた。

「吉川。地獄に行った奴は、一度だけ悪いことをしたのかい。毎日悪いことをしたのだろうか」

「さあ」

「ただの一度もよいことをしなかったのだろうか」

「そうかも知れないな」

「そしたらね。極楽に行く人は悪いことを一度もしたことがないことになるね」

「そうだろうな」

吉川は信夫の真剣《しんけん》な顔を見て、ちょっとおどろいた。

「吉川は自分が地獄に行くと思うかい」

「さあ。永野はどうだ?」

「うんと悪いことをしたことがないような気がするけどさ。妹とけんかするのも悪いことだろう? ぼく、けんかをしたこと何度もあるしね」

「けんかなら、俺《おれ》だってするよ。おとうさんがよっぱらって暴れると、俺は殴ってやりたいぐらいだしな」

吉川はげんこつをつき出してみせた。

「うん。でも、地獄や極楽ってほんとうにあるんだろうか」

「お坊さまはあるっていうよ」

「お坊さまなら、うそをつかないだろうな」

二人はうなずき合った。信夫はもう一度、地獄の絵を開いてみた。その時雷《かみなり》の音が遠くで鳴った。

「夕立がくるのかな」

吉川が窓から顔を出した。血の池から這いあがろうとする亡者《もうじゃ》の絵をながめながら、信夫はふと、父に見せてもらったキリストのはりつけの絵を思いだした。

（あの人は地獄に行ったのだろうか。天国に行ったのだろうか）

あれも地獄の絵でないかと信夫は思った。


今日でいよいよ夏休みが終わり、あすから学校に行かなければならない。まっ白い入道雲が南の空に高く見えた。その日信夫は湯島天神《ゆしまてんじん》にせみを取りに遊びに行った。帰ってくると、待子とふじ子の歌声がきこえた。二人はいつものように、八つ手の下にむしろを敷いて坐っている。その横に男の子がうしろ姿を見せていた。吉川ではない。

（だれだろう）

信夫が近づくと、三人がいっせいにふり返った。

「なあんだ。虎ちゃんか」

信夫はなつかしそうに叫《さけ》んだ。祖母のトセが生きていたころ、小間物屋《こまものや》の六さんに連れられて、いつも遊びに来ていた虎雄だった。

「信ちゃん、どこに行っていた？」

虎雄は例の黒豆を二つ並べたような愛らしい目をパチパチさせて、ちょっとはにかんだ。

「天神さんにせみとりに——。どうして遊びにこなかったの、虎ちゃん」

「だって、ご隠居《いんきょ》さんが死んだから——」

虎雄は父の口まねで、トセをご隠居と呼んだ。

「そうよ。ご隠居さんが死んだからよ。ねえ虎ちゃん」

待子は何もわからずにそういった。人なつっこい待子はもう虎雄と仲よくなっていた。

「六さんも来ている？」

「いや、このごろは本郷の方は回らないから——」

虎雄に久しぶりにあった喜びがおさまって信夫はふじ子をみた。

「吉川はきていないの？」

「おかあさまとおうちの中でお話をしてるわ」

待子がふじ子の代わりに答えた。

「おかあさまと？」

信夫は家にはいろうとして、ふっと気おくれがした。

「おにいさま。かくれんぼをしましょうよ」

待子が立ちあがった。虎雄も立った。虎雄の背が少し伸《の》びたようだと信夫はながめながら、じゃんけんをした。鬼は虎雄だった。

「――六つ、七つ、八つ」

間をおいてゆっくり数える虎雄の声が、信夫のかくれている物置小屋まで聞こえてくる。静かだった。虎雄の声のほかは何ひとつ聞こえてこない静かなひる下がりだった。

「――九つ、十。もういいかい」

のんびりとした虎雄の声に、

「まあだよ、まだよ」

あわてたように答えて、物置小屋の戸をあけたのはふじ子だった。

「もういいよ」

ふじ子は安心したように大きく叫んだ。

「ふじちゃん。声が大きいよ」

信夫は低く答えた。

「あら、ここにいたの?」

信夫をみて、ふじ子はおどろいた。

「ぼくのうしろにかくれなさい」

こっくりうなずいて、ふじ子は信夫のそばによった。ふじ子の着物の裾《すそ》から、悪い方の足が少し前に出ていた。かぼそい足だった。

「みつけた、待子ちゃん」

どこかで、虎雄のはずんだ声がきこえた。うす暗い物置小屋の中で、信夫とふじ子は顔を見合わせて首をすくめた。その時、信夫はふじ子を抱《だ》きしめたいような、へんに胸苦しいような気がした。

「ふじちゃん」

信夫はそっと呼んだ。

「なあに」

ふじ子もそっと答えた。長いふかぶかとしたまつ毛の下の澄んだ目も「なあに?」といっている。

「ううん、何でもない」

(いつまでもみつからないといいな)

信夫はふじ子と二人でそっとかくれているのが楽しかった。今まで、かくれんぼをして、こんな風に何か甘《あま》っ苦しいような楽しさなんか信夫は知らなかった。信夫はふじ子のかぼそい足をみつめた。

次は待子が鬼になり、次は信夫が鬼になった。

「もういいかい」

いちょうの木によって信夫は十まで数えて目をあけた。せみが鳴いている。だれも答えない。信夫はそっと足をしのばせて物置小屋をみた。だれもいない。勝手口の方に信夫はそっと歩いて行った。居間の方で菊の声がした。吉川の何かいう声も聞こえた。信夫は足をとめて居間の窓を見た。

菊が吉川の肩に手をおき、吉川はじっとうつむいている。ふいに信夫は胸の中にぽかっと穴のあいたような寂しさを感じた。母が吉川にとられ、吉川が母にとられたようなそんな感じであった。信夫はすぐに窓をはなれ、はなれてからたまらなくなって、

「吉川!」

と叫んだ。

「何だ、帰っていたのか」

窓から吉川の顔がのぞき、そのうしろに菊が立っていた。

「信夫さん、吉川さんはお別れに見えたのですよ」

菊の目がうるんでいた。

「お別れって？」

信夫は、何のことかわからなかった。

「俺、えぞへ行くんだ」

いつもおだやかな表情をしていた吉川が、今にも泣き出しそうな顔で、じっと信夫をみた。

「えぞ？　えぞへか？」

「うん」

うなずいた吉川の目に涙《なみだ》がみるみるうちに盛《も》りあがった。

鳥も通わぬえぞが島と歌に聞くさええぞは遠い寂しいところである。あまりにも突《とつ》然《ぜん》の話に、信夫は呆然《ぼうぜん》として、吉川を見あげていた。

二　学　期

二学期が始まった。長い夏休みのあと、はじめて学校へ行く日というものは、何となく妙《みょう》なものだ。信夫は先生や友だちに会うのは嬉《うれ》しいくせに、ちょっと気恥《きは》ずかしい。

友だちも、みんなちょっとはにかんでいるが、すぐになつかしそうに話し合ったり、いつものように喧嘩《けんか》をはじめたりする。みんな胸の中にたまっている話を一度に話そうとするので、ひどく騒々《そうぞう》しい。だが、その中に吉川の姿を見なかった。学校をやめるにしても、吉川は先生のところにくるはずだ。

（おそいなあ）

信夫がそう思った時、近くにいた副級長の大竹が大声でいった。

「おい、みんな、吉川の奴《やつ》、学校をやめたの知ってるか」

みんなはいっせいに大竹の方をみた。

「へえ、吉川は学校をやめたのか。どうしてだ？」

ガキ大将の松井がおどろいたように、大竹に近づいてきた。

「夜逃《よに》げしたんだ。あいつの家」

大竹は日ごろから、信夫と吉川の仲がよいことを心よく思っていない。副級長の自分より吉川と仲がいい信夫に、何となく腹をたてていた。

「夜逃げだって？」

だれかが、頓狂《とんきょう》な声をあげ、みんなが笑った。信夫は自分が笑われているような気がした。

「夜逃げじゃないよ。吉川のおとっつぁんが酒をのみすぎて、借金がたくさんになったんだって」

だれかがいった。

「ばかだな。借金がたくさんで払《はら》えないからいなくなるのを夜逃げというんだ」

大竹は大人くさいものの言い方をして笑った。

「いや、酒をのんで人と喧嘩して、相手の肩《かた》だか胸だかをつきさしたんだっていっていたよ」

「九州に行ったたって、うちのおばあさんがいっていたよ」

「ちがうよ、新潟《にいがた》だってきいた」

みんなは自分のきいたことを口々に言った。子供たちはおどろくほど大人たちの話を敏感《びんかん》にききとって、大人たちと同じぐらい熱心に、話し合うものである。

授業時間になっても吉川の姿は見えなかった。

(夜逃げか？　かわいそうになあ)

自分の前の、ひとつぽつんと空いた吉川の席をみつめながら信夫は寂《さび》しかった。

「何だ吉川は休んだのか」

受け持ちの田倉先生は、生徒の席を見渡《みわた》していった。

「ちがいます。吉川の家は夜逃げしたんです」

大竹は得々として告げた。

「夜逃げ？」

田倉先生はそういったまま、だまってしまった。

放課後、信夫は田倉先生に呼ばれて職員室へ行った。

「永野。吉川はどこに行ったか知らないか」

むしあつい午後である。どこかでひぐらしが鳴いている。

「さあ」

信夫は、吉川がえぞに行ったとばかり思っていた。だが、けさの友だちの話では、九州だとか新潟だとか行き先はまちまちである。だから、北海道に行ったという確信が信夫にはなかった。それに、信夫は吉川が北海道にほんとうに行ったとしても、そのことはだれにも知らせないでおきたいような気がした。いつかトセが、

「北海道に行くのは、よほどの食いつめ者か、悪いことをして逃げ場のなくなった者ですよ」

といっていたことを思いだしたからである。

「何だ。お前と吉川は仲よくしていたようだが……。やっぱり子供というのはあっさりしたものだな。行き先も知らせないと見える」

田倉先生はそういって笑った。信夫は吉川も自分も共に笑われたような気がしてむっとした。先生は扇子《せんす》をパチリと音をさせて開き、パタパタといそがしく風を送った。

「あの、吉川はえぞへ行きました」

信夫は思わずいってしまった。

「何？　えぞ？　なるほど北海道か。しかし、何もはるばるえぞくんだりまで逃げなくても、どこへでも逃げて行くところはあったろうにな。永野、お前それをだれにきいた？」

「吉川です」

「そうか。しかし永野。お前は級長のくせに嘘《うそ》つきだな」

田倉先生は、そういって扇子をいっそういそがしく動かした。

（嘘つき？）

信夫は唇《くちびる》をかんだ。不満そうな信夫の顔をみて先生はいった。

「だって、そうじゃないか。先生が吉川の行方《ゆくえ》を知っているかときいたら、お前は

〈さあ〉といったじゃないか。どうしてすぐ、北海道に行ったと言わなかったのだ」

（だけど、ぼくは嘘つきじゃない）

「武士に二言はないという言葉を知っているか。明治になって、ザンギリ頭になってから、どうも人間が軽薄《けいはく》になっていかん。級長というのは人の模範《もはん》にならなければならん」

田倉先生は信夫がなぜ〈さあ〉といったかを知らない。むし暑いせいか、教え子の吉川がだまって学校を去ったせいか、先生はいつもよりきげんが悪かった。

（ぼくは、吉川が北海道に行ったのが、かわいそうだから、だまっていたんだ）

信夫はうつむいたまま先生の言葉をきいていた。

「これから、決して嘘はいってはならんぞ。よし、帰れ」

先生はそういって机に向かった。信夫は先生におじぎをして職員室を出た。

（ぼくはうそをついたのじゃない）

信夫は少しすりきれたはかまのひもをだまってみつめていた。

（ぼくはうそつきなんかじゃないのに……）

信夫はくやしかった。先生がにくいのではない。うまく説明のできなかった自分がくやしかった。

(大人だったら、うまく説明できるんだ。早く大人になりたいなあ)

信夫はつくづくそう思った。この時のくやしさを、きかん気の信夫は長いこと忘れなかった。

その日は、日が落ちても、むしむしと暑かった。

「今夜あたり雨でしょうか」

濡《ぬ》れ縁《えん》にいる貞行のそばに、蚊《か》やりをたきながら菊がいった。

「うむ」

貞行はしずかにうちわをつかっている。いつも父はおだやかだと信夫は思った。どんなに暑くても、田倉先生のようにパタパタといそがしくうちわをつかうということもない。そんな父を、以前の信夫は好きだった。しかしこのごろは少しちがう。

食事の時など、ゆっくりと香《こう》の物をかみ、ゆっくりと茶をのんでいる父をみると、なぜか信夫はいらいらしてくる。話をしても、何かもどかしい。心が通じないような気がするのだ。と、いって父がきらいなのではない。もっともっと父と話をしたいと思うようになったから、悠然《ゆうぜん》とかまえている父がもどかしいのかもしれない。

「おとうさま」

信夫が呼んだ。貞行は一度ゆっくりとうちわをつかってから、

「何だ」

と信夫をみた。信夫はすぐに返事をしてほしいのだ。

「あのね、心の中のことを全部上手に話をするには、どうしたらいいの」

貞行はかるくまばたきをしてから、

「そうだな」

と、いった。

「信夫は何年生だ?」

「四年生です」

貞行はほかのことをいった。

「四年生か。来年は高等科一年だね。では自分の思っていることは大てい話ができるだろう」

「できません」

信夫は、田倉先生に「うそつきだ」といわれても、うまく弁解できなかったのだ。

「そうか」

貞行はしばらく庭をながめていた。

「やはり雨がくるな」

貞行はぽつりといった。信夫は返事を待っているのだ。少し、いらいらとしてきた。

「信夫。自分の心を、全部思ったとおりにあらわしたり、文に書いたりすることは、大人になってもむずかしいことだよ。しかし、口に出す以上相手にわかってもらうように話をしなければならないだろうな。わかってもらおうとする努力、勇気、それからもうひとつたいせつなものがある。何だと思う？」

「さあ」

信夫は首をかしげた。

「誠《まこと》だよ。誠の心が言葉ににじみでて、顔にあらわれて人に通ずるんだね」

貞行はそういって、またしずかにうちわをつかいはじめた。

（誠の心、勇気、努力）

信夫は少しわかったような気がした。

「おとうさま、それでも通じない時もありますね」

「うむ、ある」

貞行は、トセに通じなかった菊の信仰《しんこう》のことを思った。

「しかし、致《いた》し方ないな。人の心はいろいろだ。お前の気持ちをわからない人もいるし、お前にわかってもらえない人もいる。人はさまざまの世の中だからな」

（だけど、うそつきになんか思われるのはいやだな）

信夫は蚊やり線香《せんこう》のうすい煙《けむり》をながめていた。

（そうだ。もっと本を読もう。本を読んだら、自分の気持ちを上手にあらわすことができるにちがいない）

信夫はその時から、読書に力を入れようと決心した。そして、その本は本の方から信夫のところにやってきた。

それから二、三日して、信夫が学校から帰ると、大きな荷物が三つほど縁側《えんがわ》におかれてある。菊の甥《おい》の浅田隆士《たかし》が大学入学のため、大阪から出てきたのだった。隆士は信夫をみると、

「ふん、かしこそうやな。そやけど、日かげの草みたいにひょろひょろやないか」

とずけずけいった。声も体も大きいが、目が笑っている。信夫は一目で隆士が好きになった。

夕食の時になって、信夫はもっと隆士が好きになった。

「いただきます」

膳《ぜん》につくが早いか隆士は一番先に箸《はし》をとり、ごはんを口の中にほうるように入れた。

（お祈《いの》りがあるんだよ、おにいさま）

信夫ははらはらして隆士をつついた。

「なんや？」

隆士はそういってから、はじめて皆《みな》のようすに気がついた。菊がいつものように祈りはじめた。だが隆士は悠々《ゆうゆう》と食事をつづけた。菊の祈りが終わると、

「そうや、おばさんヤソやったな」

そういって、隆士は三口ほどでからになった茶わんを菊につきつけた。

「そやけど、ぼくはヤソやあらへんで。ぼくは祈らへんで」

隆士は快活に宣言した。信夫はおどろいて隆士をみあげた。待子も目をまるくして隆士をみつめていた。

「そうですね。それはご自由になさるといいわ」

菊もあっさりといった。何のこだわりもない隆士の宣言は、だれをも傷つけなかった。信夫は感動した。だが、その次にいった隆士の言葉には信夫はおどろいた。

「ウヘッ、ちょっとこの煮《に》つけからすぎるで」

祖母のトセは、男というものは、思ったことを何でも言ってはいけないと教えてくれた。

「信夫、武士は食わねど高楊枝《たかようじ》という言葉を知っていますか。おなかがすいたとか、寂しいとか、つらいとか言っては、男とはいえません。思っていることを、ぐっと腹の中におしこんでこそ、はじめて、ほんとうの肚《はら》のすわった男になれるのですよ」

そんなことをトセはいった。

「思ったことを顔に出すのはいけません。心で泣いても笑っているのが男というものです」

そうも、トセはいったものである。食物のうまいまずいをいうのは下賤《げせん》のもののすることだと戒《いまし》められもした。だから、たった今、煮つけがからいといって、けろりとしている隆士に信夫はおどろいてしまった。

「あら、それはすみませんでしたこと。関西の味とだいぶちがいましょう?」

菊も気がるに応対している。菊の実家の家風と、永野家のそれとは全くちがっていたのである。

(思ったことを言うって、いいことなんだなあ)

黙々《もくもく》と箸を運んでいる父の貞行を信夫はみた。次の食事の時も、隆士は菊の祈りを無視してさっさと食べはじめた。それでいて、隆士は決して気まずい空気をつくらなかった。否《いな》むしろ、隆士がきてから永野家はあかるくなったといった方がよかった。

「隆士おにいさま、好きよ」

待子もそういって隆士の大きなひざにすわりたがった。

その隆士の部屋には、おびただしい書籍《しよせき》が整然と並《なら》べられていた。

「ぼくは本だけかたづけとけばええのや。ほったらかしにしとくと探すのにしんどいからなあ」

そして、隆士は信夫にいった。

「読める本あったら、読んだらええで。本というものは丁度お前ぐらいの年から、何でも読むとええんや」

隆士は信夫のために少年園という雑誌や、名将豪傑《ごうけつ》武勇伝という赤本や、絶世奇譚《きたん》露敏孫漂流記《ロビンソンひようりゆうき》などを買ってきた。また、若い女性の読む女学雑誌などまで、どこからか借りてきて、信夫に読ませた。

女学生の投書のある雑誌をみて、自分からすすんで文章を発表している女のあることを信夫は知った。女というものは、祖母のトセや母のように、家の中の仕事をしているものだとばかり思っていた信夫にとって、これは大きな発見であった。

武勇伝もおもしろかったが、しかし露敏孫漂流記はいっそうおもしろかった。たったひとりで島に流れついたロビンソンの、希望を失わない忍耐《にんたい》づよい生き方に、信夫はたちまち魅《み》せられてしまった。

（もし、自分だったらどうするだろう）

たぶんロビンソンのように、ひとりっきりで無人島にいることはできないだろうと信夫は思った。

（もし自分だったら……）

読書は、人と自分の身をおきかえることを、信夫に教えた。

そのうち、信夫は坪内逍遥《つぼうちしょうよう》の当世書生気質《とうせいしょせいかたぎ》などを読むようになった。論語を小さい時から習っていた信夫には大人の小説も、そうむずかしくはなかった。

当世書生気質の小説の中で、信夫はいくつかの英単語をおぼえた。

そのおぼえたてのブックス、ウオッチ、ユースフルなどという言葉を、信夫は使ってみたくて仕方がなかった。自分がひどく大人になったようで、いく分得意だった。だがある日、隆士が読んでいるドイツ語や英語の本をみて、信夫の得意な気持ちは一ぺんに消しとんだ。信夫の読める字は一字もなかったからである。

「おにいさま」

思いきって、信夫はいった。

「なんや？」

「ぼくに英語を教えて下さい」

「なんやて?」

「ドイツ語や英語をならいたいんです」

「ぼんぼん、お前何年生や?」

「四年生です」

「ふん、まだ無理やな」

「どうしてですか」

信夫はあと へ退《ひ》かなかった。

「中学にはいったら習うもんや」

「だって、この英語は、アメリカやイギリスの国の子供も使っている言葉でしょう?」

「そりゃ、そうや」

「アメリカやイギリスの子供の使っている言葉ぐらい、日本の子供だって、おぼえられます」

信夫はきっぱりといった。

「ふーん、おもろい子やな、お前」

「アメリカ人より、日本人の方が頭が悪いわけはないでしょう？」

「そりゃ、そうやけど。向こうの子供たちは毎日その言葉で暮《く》らしているんや。おぼえているのは当たり前や。言葉ってくり返しつかわんと、おぼえられへんで」

「くり返して使えばおぼえられるのなら、そうむずかしいことではないでしょう？おにいさま」

信夫の言葉に、隆士はまじまじと信夫をみつめた。

「お前、体はひょろひょろやけど、えらいきつい根性《こんじょう》を持ってるんやな」

隆士はこの日から、信夫を見直したようであった。そして信夫は英語の勉強をはじめることになった。

あこがれ

信夫は、高等科三年になった。待子は小学校三年生である。

「おにいさま、学校におくれますよ」

待子が玄関《げんかん》で信夫を呼んだ。信夫は家の中でぐずぐずと、いくども本をかばんに入れたり出したりしている。

「おにいさまったら……」

待子が泣き出しそうな声になった。

「先に行ってもいいよ」

信夫が大声で叫《さけ》ぶと、待子は門をかけ出して行った。信夫はそのあとからゆっくりと歩いて行った。

高等科三年になってから、信夫は、待子といっしょに学校に行くのが、何となくいやになった。

「おにいさま、おにいさま。あの赤い花はなあに？」とか「あの方きれいね」とか、すぐ大声で信夫に話しかける。今までは何とも思わなかったそんなことが、信夫には急に恥《は》ずかしく思われてきたのだ。

昨日もそうである。

校門のところで、かわいらしい少女がかけてきた。

「おにいさま。宮川敬子さんよ。かわいらしい人でしょう」

待子が大きな声でいった時、信夫は体に火がついたように、熱くなってしまった。

(だいたい、待子の声が大きすぎるのだ)

信夫はそう思う。待子は人なつっこくて、だれとでも、すぐ友だちになった。待子の組の友だちだけでなく、高等科の女子とも、すぐに仲よくなった。だから、待子と学校に行く途中《とちゅう》で女の子が何人か連れになる。

それが高等科三年になってから、急に信夫は何となくいやになった。信夫は、小走りにかけて行く待子をうしろからながめながら、

(女って、へんなもんだな)

と、ふっと思った。

信夫はこのごろ、小説を読んでいても、女の人の出てくる場面になると何となく息ぐるしいような感じがした。それが美しい女性だと、いっそう息がつまるような妙《みよう》な気持ちになる。そして、いつの間にか、その美しい女性の顔を思い浮《う》かべる時、結婚《けっこん》している女性は母の顔になっていた。未婚の乙女《おとめ》はふしぎに、あの三年も前に別れた吉川修の妹ふじ子の顔になっている。これは、信夫ひとりの秘密だった。

まだ学校にもはいっていなかったあのふじ子の顔が、美しい少女になって、小説の中に現れるのはなぜなのか、信夫にもわからない。信夫の学年にも美しい少女がいた。大きな下駄屋《げたや》の娘《むすめ》で廊下《ろうか》で信夫にすれちがうとまっかになって、たもとで顔をおおってうつむいて行く。

そんな時、信夫はドキッとするが、しかし、小説の中にあらわれるふじ子ほどには美しくはなかった。

(吉川の奴《やつ》どこに、いるのかなあ)

四年生の夏に北海道に行くといって去ったまま、吉川からは何の便りもない。はたして北海道に行ったのか、どこに行ったのか、信夫には見当がつかなかった。北海道はあまりにも遠すぎて、生きてふたたび会えるかどうかわからないような気がする。

(吉川はお坊《ぼう》さまになるといっていた)

自分もまた、そういって吉川とげんまんしたことを信夫はおぼえている。吉川のふとい小指にこの自分の指をからませたのだと、信夫は思うことがある。

ずいぶん遠い昔《むかし》のような気もするが、吉川や、ふじ子はふしぎになまなまと思い出される。

「信ちゃん、花見にいかんか」

ある土曜日の午後、信夫は隆士に誘《さそ》われた。隆士と歩くのは、信夫は好きだった。だが、このごろは花見も祭りも格別楽しくはなくなった。

「勉強があるから」

信夫はそういってことわった。

「ふむ」

隆士の顔は西郷《さいごう》さんのようだと信夫は思う。目だけがいつも笑っていて、隆士には平気で甘《あま》えて行けるような気がする。

「ほんまに勉強があるのか」

隆士は目を大きく見ひらいて、信夫の顔をのぞきこむようにした。信夫は頭をかいて、あいまいに笑った。

「そうやろう？ このごろ、お前少し変わったんとちがうか」

隆士は信夫の前にどっかとあぐらをかいた。信夫は思わずひざを正した。

「すわり直さんでもええで」

隆士は微笑《びしょう》した。

「ぼく、変わったかしらん」

「まあ、年ごろになったんやな。色気がついたんやろ」

隆士は笑った。色気という言葉をきいて、信夫はあかくなった。

「お前、このごろ待子を連れて歩かんようになったやろ？ 色気づいたんや。ここ二、三年、人の家にもよう行かんようになるわ。今までおもしろかった花見がつまらんようになるのは、俺《おれ》にもおぼえがあるで」

隆士は、そういってうなずいた。

「おにいさまも、外に出るのがいやな時があったのですか」

信夫はほっとしたようにいった。隆士はひまさえあればよく外を出あるいた。だからどこに家が建ったとか、桜《さくら》のつぼみがふくらんだとか、どこの何がうまかったとか、たえず話題を提供するのは隆士だった。

「そりゃ、あったがな。どこにも出歩かんと部屋にひっこんで、俺は長生きするやろかと、妙に沈《しず》んでばかりいたもんや。そのくせ、めし時になったら、七杯《はい》も八杯も平らげてしもうてな」

隆士は大きな声で笑った。信夫はおどろいた。大きな笑い声におどろいたのではない。実は信夫もこのごろ、なぜか自分が長生きしないような気がしていたのだった。人間はなぜ死ぬのだろうとしきりに考えるようになっていた。祖母のトセの死に顔がまざまざと目に浮かび、自分はどのような死に方をするのかと思うことがある。

「おにいさま。人間ってどうして死ぬんですか」

信夫は真顔になった。

「生きてるから、死ぬんや」

隆士はけろりとした顔でいった。

「生きてるから死ぬんですか」

なるほどそうかもしれない。だが、信夫ははぐらかされたような気がした。

「生きているものなら、ずっと生きつづければいいじゃないですか」

「そりゃ、そうや。どうして生きつづけられんのやろと、俺もよう考えたもんや。信ちゃん、お前、生者必滅会者定離《しょうじゃひつめつえしゃじょうり》って知ってるか」

「先生にききました。生きてる者は必ず死ぬ。会った者は別れるって」

信夫は吉川修のことを思った。今いっしょに勉強している級友たちとも、あと二年したら別れるし、先生とも別れてしまう。この目の前にいる西郷隆盛《たかもり》のような隆士も大学が終われば別れなければならない。父や、母や、待子だって、いつか別れてしまうことになるのかもしれない。そう思うと、信夫は生きているということは寂《さび》しいものだと思った。

（会うということが別れなら、むしろだれにも会わない方がいい）

信夫は心の底がしんと寂しくなった。

「そのとおりや、信ちゃんのきいたとおり生者必滅とは、つまりな、生きている者は死ぬもんやっていうことだけやな。なぜ死ぬんやなんてたぶん、考えても人間どもにはわからないことや。わかっているのは、俺もいつか死ぬんや、お前もいつか死ぬんないやっていうことや」

　そうだろうかと信夫は思った。どうして死ぬのか、ほんとうに人間にはわからないのだろうか。

「おにいさまは死ぬのがこわくありませんか」

「恐《おそ》ろしいな。死ぬとわかっていても、一分でも長いこと生きていたいがな。まあ、しかたあらへんのやけど」

「どうしても、いつまでも生きてはいれないものですか」

「無理やろな。もっともおばはんなんかヤソやから、永遠の命なんて信じていやはるがな」

「永遠の命？」

「ふん、そんなことをヤソは信じてるわ」

　隆士はそういってから、

「信ちゃん。お前もヤソになるんとちがうか」

　と、笑った。

「ぼく、ヤソになんて、死んだって絶対になりません」

　信夫は憤然《ふんぜん》としていった。

「何も、そんなにいばらんでもええがな。人はそうかんたんに絶対なんて言えへんで」

「だって……」

信夫は不満だった。

「人間ってなあ、自分の思ったとおりの人生を送るというわけにはいかんもんや。俺だって、東京に出て、がりがり勉強して、帝大《ていだい》を一番で出てやろうと思ったことは思ったんや。しかし、会う女子《おなご》、会う女子にふらふらや。勉強より女子と遊びたくてうずうずしてるがな」

隆士の言葉に信夫はあかくなった。

「お前はどうや、女子の夢《ゆめ》など見たこともないんやろ？」

隆士はたばこの煙《けむり》を信夫に吐《は》きかけるようにした。信夫はますますあかくなった。信夫の体はもう大人になっていた。どこの女とも知れない人の夢を、信夫はいくどか見ていた。

「女子の夢もみる。手をにぎってみたいとも思うようになる。それが男や。女子のことでくよくよ考えることもある。それでいいんや。女子のことを考えるのはめめしいなんていう奴がいるやろ。ありゃ大うそや。女子は男の大事な生きる相手やからな。

女子のことを考えるのはめめしいことでも、きたないことでもあらへんで」
隆士はまじめな顔でそういった。信夫はふじ子の顔を思った。小さな女の子だった
ふじ子が、信夫と同じ年ごろの女性と思われた。
二人ともその日はとうとう花見に行かずに終わってしまった。

このごろ、貞行は日曜になっても教会へ行くことが少なくなった。隆士が来たころ
から、貞行は菊といっしょによく教会へ行っていた。

「年のせいかな。どうも疲《つか》れるようだ」

貞行はそういって、家の中でぶらぶらするようになった。

「四十すぎたばかりやで。何が年かいな。早《はよ》う医者にかからんと、あかん」

隆士は心配したが、貞行も菊ものんきだった。

「お仕事が重なってお疲れなんでしょう。日曜日はごゆっくりお休みになって」

その日も菊はさして貞行の体に気をとめてはいなかった。だが、信夫は疲れた顔で
横になっている父を見ると不安になった。

「おかあさま。おとうさまは医者にみていただかなくてもいいんですか」

言外に、父を置いて教会に出かける母を、信夫は責めていた。母は雨が降っても雪

が降っても、日曜日の午前は教会に行った。父母と待子が出かけたあとの、言いようもないむなしさに、信夫はどうしても馴《な》れることができなかった。

隆士が来て以来英語をならったり、いっしょに浅草に遊びに行ったりして日曜日の父母のるすも、信夫は信夫なりに過ごしてきた。しかし、それでも、待子をつれて出かける父母の姿に、信夫は嫉妬《しっと》に似た妙な気持ちを味わわずにはいられなかった。

「そうやな。おばはん、たまに教会休んだらええがな。信ちゃんは、日曜日いつも寂しい顔をしてはるで。医者のことより、信ちゃんはおばはんに家にいてもらいたいんやで」

隆士は遠慮《えんりょ》がなかった。

「そんなことはありませんよ。ただ、おとうさまが……」

信夫はしどろもどろになった。

「医者はいいよ。菊、行っておいで」

貞行はひじ枕《まくら》をしたまま、菊を促《うなが》した。信夫は何となく貞行に無視されたような気がした。

「でも……」

菊は貞行の体よりも、今の隆士の言葉が気にかかって信夫の顔をみた。信夫は知らぬ顔をして、読みかけの本を開いた。

「信夫は子供じゃないよ。もう高等三年だ」

貞行は菊を促した。

「ぎょうさん、うまいもん買《こ》うてきてや」

隆士がいった。

「はい、はい。では行ってまいります」

菊はにっこり笑って隆士にうなずいた。信夫は隆士と菊のこの親しさにも、ついていけなかった。母は自分よりも、隆士と親しいような気がした。

「おにいさまも早く教会にいらっしゃるといいのにねえ、おかあさま」

待子はちょっと信夫をあわれむような目でみた。いつも待子が教会に行く時に見せる表情である。信夫はこの時の待子がきらいだった。この表情もきらいだったが、母をわがもの顔に独占《どくせん》している待子に、腹を立てていた。

「信ちゃん、何をぼんやりしてるねん」

隆士が信夫の肩《かた》をおすようにして、自分の部屋に連れて行った。

「お前、自分の母さんに何を遠慮してるんや」

部屋にはいるなり、隆士はずけずけといった。

「何も遠慮などしていないけど……」

「そうやろか。お前、母さんをきらいとちがうか」

隆士はまじめだった。

「きらい？」

きらいどころか、信夫は菊にあこがれのような愛情すらいだいていた。きらいではない。ただ、何となく馴じめないのだ。腹の底を全部きいてもらいたいと思うのに、やはり話しづらいのだ。

「あのね、おかあさま。となりの犬がわたしを見ると笑うんですよ」

待子はそんなたわいのないことを母にいう。

「犬が笑うんですか」

菊もおかしそうに笑ってきいている。

「そうよ。待子さん、あなたはきょううれしいことがありますね。きっといいことがありますねって笑うのよ」

「それはよかったわね」

そんなことを言っている待子が信夫はうらやましい。どうして、自分はあんなふうに言えないのかと思う。

「おかあさま、ゆうべおかあさまのゆめを見たわ。とってもきれいなお花をたくさん持っていらっしゃったの」

待子が夢の話をする。自分だって、母の夢をみることはある。

しかし信夫は言えないのだ。

「おかあさま。ゆうべ、おかあさまは夢の中で、ぼくと二人で学校へ行きましたよ。おかあさまははかまをはいて、ぼくと同じ生徒だったのです」

そういいたいが、何となく気恥ずかしくて言えないのだ。決して、母をきらいなのではない。

「もっとはきはきと自分の思ったことを言わにゃ、あかんで。心の中なんて、親子でもそう見透《みとお》せるもんやないからな。そのために言葉っていうもんがあるんやないか」

隆士はそういって、

「お前の気性《きしよう》じゃ、ラブしてもしんどいなあ」

と笑った。

(ラブ？)

信夫はふいに胸が動悸《どうき》して、うつむいてしまった。

毎日じめじめとうっとうしい日が続く。信夫が学校から帰ると、待子がとんできた。

「おにいさま、たいへんよ」

「なにが大変なの？」

父でも体が悪くなったのかと思ったが、待子はにこにこ笑っている。

「あてでごらんなさい」

待子はじらした。

「何だ？　わからん」

信夫はわざととりあわずに家の中にはいった。待子が追いかけてきて、信夫のはな先に手紙をつきだした。

「これよ」

信夫には手紙などきたことがない。おどろいて信夫は封書《ふうしょ》をうら返した。

「吉川からだ！」

信夫は持っていた勉強道具を放《ほう》りだして、封をきった。封をきる指先がふるえた。

「永野君。ずいぶん長いことごぶさたしてしまった。君は元気か。少し肥《ふと》ったろうか。ぼくも北海道にきて、三年になった。ぼくと母と妹は元気だが、父はついこの間死んでしまった。血を吐《は》いて死んだんだよ。酒をのみすぎて胃を悪くしていたそうだ。

生きている間は、母をいじめてひどい父だと思ったが死なれてみると、やっぱり悲しかった。

人間が死ぬというのは、おかしなものだよ。どうして憎《にく》しみが消えるのだろうな。

ふじ子は元気だ。このごろはよく本を読んでいて、ずいぶん大人になった。やっぱり足が悪いので、同じ年ごろの子より大人になるのだろうか。

北海道にくるまではいやなところだと思ったが、住めば都よふるさとよだね。札幌《さっぽろ》はいいところだよ。冬は雪が背丈《せたけ》よりも高く、屋根までつもるのでおどろいたが、まっしろい、けがれのない雪げしきもいいものだ。

君はすっかり、ぼくのことなど忘れたかもしれないね。

父は借金をたくさんのこして東京を出たので、ぼくが先生や友だちに手紙を書いてはいけないといっていた。だから手紙は書けなかった。今、ぼくはむしょうに君にあいたいと思っているよ。

永野信夫君」

吉川のまるい字がなつかしかった。信夫は立ったまま二度読み返し、すわってまた読んだ。北海道がにわかに近くなったような気がした。

もう信夫は、じめじめとした梅雨《つゆ》も気にはならなかった。吉川の手紙を読んだだけで、体の中に新しい力がみなぎるのを感じた。すぐ返事を書こうとして机にむかったが、妙に胸がわくわくする。

信夫は鉛筆《えんぴつ》を丹念《たんねん》にけずった。

「吉川君、ずいぶん久しぶりだね。君の手紙を読んで、ぼくはうれしくて、うれしくてたまらなかった」

ここまで書いて、信夫は少しおかしいなと思った。吉川の父親が死んだと書いてあるのに、うれしくてたまらなかったなどと書いては、何と薄情《はくじょう》な奴だろうと吉川は思うことだろうと考えた。

（しかしほんとうにうれしかったんだ）

信夫は、吉川の手紙をもう一度読み返した。これで四度読んだことになる。よく読むと、やっぱり吉川が父親に死なれたということは、たいへんなことなのだと信夫はつくづく思った。

（もし、ぼくのおとうさまが死んだとしたら……）

このごろ、元気のない父の姿を見るだけでも信夫は心配だった。今、父に死なれたら、自分はどうなることだろうと思っただけでも、信夫は不安な気持ちにおそわれた。

(第一、だれが働いて、ごはんを食べて行くことになるのだろう？)

母親の菊が働けるとは思えない。自分自身が働くより仕方がないではないかと信夫は思う。働くとしたら、どこかの大きな店の丁稚奉公《でっちぼうこう》ぐらいしかないような気がする。母親と待子はどんなに寂しいだろう。そう思うと、吉川が父を失ったという事実が、どんなにたいへんな現実であるかということに信夫は気づいた。

こんなにたいへんな生活の中にいる吉川に、手紙を読んでうれしかったなどと書く気になった自分が、何とも冷たい人間に思われて仕方がなかった。信夫はいろいろと吉川の生活を想像しながら、鉛筆をとり直した。

「吉川君。ほんとうに久しぶりだね。君が北海道に行ってから、ぼくはずいぶん君に会いたいと思っていた。ときどき思い出しては、北海道のどの辺にいるのだろうかと地図をながめたりしていた。

きょう、手紙をもらって、喜んで封を開いた。うれしくて、指先がふるえて封を切ることもできないくらいだったよ。だけど、手紙を読んで、おとうさんが死んだと知って、ぼくはびっくりした。どんなに悲しかっただろうね。おとうさんが死んだら、いったいだれが働いて食べて行くのだろう？　君が働くのか。ぼくと同じ年の、まだ十四歳《さい》にしかならない君が働くのだとしたら、これはたいへんなことだとぼくはつくづく思った。どうか力を落とさずに元気を出してくれ。北海道も、住めば都だそうだね。雪が屋根までつもるときいて、おどろいたよ。さぞ寒いことだろう。ぼくの方は変わりがない。大阪から従兄《いとこ》がきて、大学に通っている。この従兄はおもしろい人で英語を教えてくれている。待子はますます元気だ。学校の方はあまり変わらないが、君がやめて行く時の受け持ちの先生は、やめていったよ。ではまた、手紙を書きます。さようなら

永野信夫

吉川修君」

信夫は書いた手紙を読み返してみた。吉川の手紙を見て、ほんとうはうれしかっただけなのに、いかにも吉川の父の死を悲しんで、吉川のことを思いやっているような自分の手紙に、信夫は心がとがめた。自分が不正直のような気がした。

(変だなあ)

信夫は書いた手紙を机の上においたまま、窓の外をみた。雨がしとしと降っている。待子がつくったてるてる坊主《ぼうず》が軒《のき》に濡《ぬ》れていた。

(変だなあ)

信夫はふたたび、そう思った。信夫は吉川が好きだった。ときどき思い出して会いたいと思っていたことも事実である。それなのに、その吉川の父の死を聞いても、信夫は吉川の上に起きた不幸を心から悲しんでやることができない。

(友情ってこんないいかげんなものだろうか)

信夫はそう思った。人の身になって、共に泣いてやることのできない自分が、冷たい人間なのだろうかとも思った。

信夫はもう一度、手紙を読み返した。読み返して、もうひとつ大事なことに気がついた。ふじ子のことについて、何も書いていないことである。ほんとうはふじ子のことも書きたかったのに、信夫は自分自身でもそんなことは考えなかったように、ふじ子のことは書かなかった。

(何だか、うそばかり書いたようだな)

一通の手紙にも、自分のほんとうの気持ちをさらりと書くということはむずかしいと信夫は思った。もし、ほんとうの気持ちを書いても、それが正直な手紙ということにもならないような気がする。しかし、この何となく自分でも納得《なっとく》のいかない手紙を、吉川が読むのだと思うと、信夫は心もとないような気がした。信夫と吉川の友情が、こんな心もとないものの上に結ばれるのかと思うと、信夫はやっぱり変な気持ちだった。

信夫はそう思いながら、しかし、この手紙をとうとう出してしまった。

日曜の朝目をさますと、信夫は何だか背中が寒いような気がした。毎日雨が降っているせいでふとんが湿《しめ》っているのかも知れないと思ったが、のどが痛く体もだるかった。

例によって待子が朝早くから外出着を着て、はしゃいでいる。

(待子は学校に行くより教会に行く方がうれしいんだ)

変な奴だと信夫はふきげんに、ねがえりをうった。

「おにいさま、ごはんですよ」

待子が信夫を起こしにきた。信夫はものをいうのもけだるいようでだまって目をつむっていた。

「おねぼうおにいさまぁ」

待子は、信夫のふとんをさっとはぎとった。信夫は体中がぞくっとして思わず身をちぢめた。

「さむいじゃないか」

信夫がどなった。

「あら！」

信夫の怒《おこ》った顔をみて待子はおどろいた。信夫が本気で怒っているからである。

「おねぼうさん」

待子はそのまま茶の間の方に逃《に》げて行った。信夫ははがされたふとんをふたたびかけたが、どうにも寒くていやな心持ちだった。

「どうした？　まだ起きないのか」

洗面を終わった貞行が声をかけた。信夫は返事をせずに貞行をみあげた。

「何だ？　からだの具合が悪いようだな」

貞行は片ひざをついて、信夫のひたいに手を当てた。

「菊、菊」

貞行はめずらしく、あわただしく菊を呼んだ。

「どうなさいました」

菊は部屋にはいってくるなり、信夫を一目みて、信夫のひたいに自分のひたいをつけた。信夫は恥ずかしさとうれしさにまっかになった。今まで、菊が待子にほおずりするのを見たことはあったが、信夫はほおずりされたことはない。

　はじめて信夫が菊を見た日に強く抱《だ》きしめられたことはあった。しかし、その後はたまに肩に手をおかれたことがあるくらいであった。信夫は母が自分のひたいに、ためらわずにひたいをつけてくれたことで、心の底に深い安らぎをおぼえた。

　すぐに医者が呼ばれた。菊は真剣《しんけん》な表情で医者の診察《しんさつ》の様子を見守っていた。信夫は母の心配そうな顔をみながら、いつしかねむってしまった。

（ずいぶん暗いなあ）

　信夫ははだしでまっ暗な道を歩いていた。足が冷たくて仕方がない。信夫は学校に行こうと思って歩いているのに道がわからない。ただ足が冷たいのだ。足は冷たいのに、頭は熱い。

（ああ火の粉がふってきたんだ）

　信夫はどうしてこんなに頭が熱いのだろうと思いながら、うしろをふり返るとどこかの家が燃えている。信夫はひどくからだがだるくなった。

（つかれた、つかれた）

　信夫はその場にしゃがみこむようにしてねむりはじめた。

　しばらくして信夫はふっと目をさました。電球が黄色く見える。

「信夫さん」

菊の顔が信夫をさしのぞいた。その菊の心配そうなまなざしが、かすかに笑った。

「ずいぶんねむりましたね」

そうか、ねむっていたのかと信夫はぼんやりと母をみていた。

「頭がいたみますか」

菊は手ぬぐいをしぼった。どこかで夜番の拍子木《ひょうしぎ》の音がした。

(ああ、真夜中なんだな)

信夫は菊をみて何かいいたかったが、いつのまにかまた眠ってしまった。医者がきて何か言っていたおもゆをだれかに食べさせてもらったような気がする。寝《ね》まきを取りかえてもらったような記憶《きおく》もかすかにあった。のどがひどく痛んだのだけはおぼえている。

信夫がはっきりと目をさましたのは、その翌日の夜半であった。

「信夫さん」

菊の顔が信夫のまぢかにあった。

「もう大じょぶですよ。のどが痛かったのでしょう」

菊が安心したようにいった。

「うん」

信夫は、ひどくすなおな気持ちでうなずいた。

「おかあさま、もうねてもいいですよ。ぼく何時間ぐらいねむったの」

「信夫さんは昨日の朝から、今まで熱が高くて、はっきり目がさめなかったのよ」

「昨日の朝から！」

信夫はおどろいて母をみた。

（昨日の朝から、おかあさまはずっとぼくのそばにいてくれたのだろうか）

信夫は、帯をしめたまきちっとすわっている母をみた。

「おかあさま。ずっとねむらなかったの？」

「信夫さんの病気が心配でしたからね」

菊はやさしい笑顔《えがお》でうなずいた。

（そんなに、おかあさまはぼくのことをかわいがってくれていたのか）

信夫は、何ともいえない甘《あま》い喜びが、わきあがってくるのを感じた。

信夫は、自分でも理由のわからないままに、母にうちとけることができなかった。それは、長い間別れて暮《く》らしていたという理由もあったかもしれない。母が食事のたび祈《いの》ることに、何とはなしにとり残されたような寂しさを感じていたこともそのひとつかもしれない。しかし、信夫は無意識の中に、幼い自分を捨てて家を出てしまった母を、心の中で決して許していなかったのかもしれなかった。母を美しいと思い、やさしいと思い、あこがれのような愛をすら抱《いだ》きながら、しかし心の奥底《おくそこ》では、そのやさしさ、美しさを全く信じ切っていたわけではなかったのかも知れない。いや、やさしければやさしいだけ、どこかで油断のならないものを信夫は子供心に感じていたのかもしれなかった。自分よりも大事なものが母にあるということが、信夫には納得できなかったのだ。

(子供を捨てて家を出て行く母がこの世にあるだろうか)

そんなみじめな気持ちを、子供の時に知ったということは、わずかの年月ではとていいやすことのできないものであった。信夫はほんとうに母が自分を愛しているということを知りたかったのだ。

いま、母が自分の病気を案じて、昨日から眠《ねむ》らなかったことを知った信夫は、いいようもない深い安堵《あんど》にも似た喜びを感じた。

(おかあさまは、やっぱりぼくのおかあさまだったのだ。待子だけのおかあさまではなかったのだ)

信夫は心からうれしかった。

「おかあさま」

信夫は、その喜びをいいたいような気がして母を呼んだ。だが、ひとことおかあさまと呼んだだけで、何もいわなくてもいいような、そのままそっくり自分の気持ちが母に流れていっているような、そんな気持ちがした。こんなことは、今まで一度もないことであった。

「なあに、信夫さん」

菊の目がうるんでいた。

「どうしたの、おかあさま。どうして泣いているの」

いままでの信夫ならこうは素直《すなお》にたずねることはできなかった。

「おかあさまはね、もし、あなたがこのまま病気が悪くなってしまったらと思うと、心配で心配で、生きたここちもしなかったのですよ。だってずいぶん長いこと高い熱がでて眠っていたでしょう。でも、いま目がさめた信夫さんをみて、ほんとうに安心したんですよ」

「安心して涙《なみだ》がでたんですか。おかあさま」

「変ですねえ。うれしくても、悲しくても涙がでるなんて」

菊はそっと目頭《めがしら》を袖口《そでぐち》でおさえた。

(ぼくが死ななくて、おかあさまは喜んでいる。おかあさまはほんとうにぼくのおかあさまなんだ)

信夫はくり返しそう思った。

「おにいさま、よかったわねえ。ほんとうによかったわねえ」

待子が、おおいかぶさるように信夫の顔をさしのぞいて言った。翌朝のことである。

「ああ」

信夫は、待子をきらいではなかった。しかし、ときどき待子と母がひどく親密に思われる時があって、そんな時の待子を信夫はにくらしかった。だが、今朝はちがう。待子の丸い目がたまらなく愛くるしく思われた。

「わたしは子供でしょう。だから、夜はねなさいって、おとうさまもおかあさまもおっしゃるの」

そう言った待子は、かたわらにあった人形を信夫にさし出して、

「このお人形さんが、おにいさまのそばでずっとねないで心配してくれたのよ。わたしのかわりにね。このお人形おにいさまにあげるから早くなおしてくださいって、イエスさまにお祈りしたのよ」

待子は、そういってすぐに両手を胸に組んだ。

「神さま、待子のお祈りをきいてくださってどうもありがとうございます。ほんとうにありがとうございます。もう、おにいさまはきょうはごはんをたべることができるのです。ほんとうにこのお人形さんをおにいさまにあげますから、もう、おにいさまを病気にしないでください。イエスさまのみ名によってお祈りいたします。アーメン」

信夫は、待子の祈る言葉を初めてきいた。信夫は感動した。待子のその人形は一尺五寸ほどの人形で、赤い花模様の長い振《ふ》り袖《そで》を着ていた。待子はふだんその人形を母の菊にさえさわらすことをしないほどたいせつにしていた。むろん、友だちがどんなに頼《たの》んでも、抱《だ》かすことさえしなかった。そのたいせつな人形を信夫にくれようとするのは、考えることができないほどたいへんなことであった。

信夫は待子に、自分の一番大事なラデン入りの文鎮《ぶんちん》をやることができるだろうかと思った。

(どうしても、やることはできない)

二番目に大事なソロバンをやることができるだろうかと考えてみた。

(とてもやることはできない)

そう思うと、信夫は待子がどんなに自分を好きなのかがよくわかった。自分にはできないことをこの小さな妹はできるのだと思うと、急に待子がたいそう偉《えら》い人間に思われてならなかった。

「待子、ありがとう。ぼくは男だからお人形はいらないよ」

信夫はやさしく言った。

「いいのよ。あげるわよ。あげるってイエスさまにお約束《やくそく》したんだもの」

待子はまじめな顔でいった。

「いいよ、このお人形は待子の大事な大事なお人形なんだから」

「そしたらね、おにいさま。おにいさまがイエスさまにお祈りしてちょうだい。待子がくれるといったお人形を、待子に返してもどうか待子を怒らないでくださいって」

「お祈り？　ぼくヤソじゃないもの。お祈りなんて知らないよ」

そういってから信夫は、こんな小さな待子が自分のためにお人形もいらないと祈ってくれたことを思って、何だかヤソヤソときらっていたことが、急に恥ずかしいような気がした。

「おにいさまが、お祈りできなかったら、待子がお祈りを教えてあげましょうか」

待子の言葉に、信夫は何と答えてよいかわからなかった。お人形をもらうことはできない。と、いって、祈ることもできない。信夫は途方《とほう》にくれて待子の顔をながめていた。

門の前

信夫が、中学を出る年であった。大阪から、従兄《いとこ》の隆士が遊びに来た。隆士は大阪で、家業の呉服問屋《ごふくどんや》を手伝っていた。

「商人なんて、つまらんで。月給取りの倍も長いこと働いて、だれを見てもペコペコせにゃならん」

そんなことを言いながら、隆士は大してつまらなそうな様子でもなかった。日清《にっしん》戦争の後で、全般《ぜんぱん》に景気の悪いころであったから、隆士が商人をつまらないと思うのも、決して口だけではなかった。しかし、持ち前の楽天的な性格が、そんな苦しさをまともに感じている様子でもないのが、信夫にはうらやましい気がした。

「信ちゃん。お前、えらいいい男ぶりになったやないか」

隆士は、大きな手で信夫の肩《かた》をポンと叩《たた》いた。

「待ちゃんもえらいべっぴんやけどな」

隆士は如才《じょさい》なく待子にも世辞を言ったが、待子はつんとして、

「隆士おにいさまにほめられても、うれしくありませんわ」

と、応酬《おうしゅう》した。信夫の方が美しい菊によく似ていることを、待子は十分に承知していたのである。

久しぶりに隆士を迎《むか》えての夕食後、信夫は隆士に誘《さそ》われて、町へ出た。

「信ちゃん、もう卒業やろ」

「はあ」

「きょうは卒業祝いに、いい所に連れてってやろう」

隆士は、先に立ってずんずんと歩いて行った。時々、立ちどまって、

「東京も変わったなあ。道がわからんようになってしもうたわ」

と、信夫をふり返った。

「お前、おなごと遊んだことがあるんか」

不意に声を低めて隆士が言った。

「女の人と遊ぶって？」

信夫は隆士の言った意味がのみこめなかった。

「たとえばやな。吉原《よしわら》で遊んだことがあるかっていうことや」

吉原ときいて、信夫は真っ赤になった。何と答えてよいかわからぬほど体の中がカッとほてる思いであった。

「何や」

信夫の様子を見て、隆士は大声で笑った。三十歳《さい》の隆士には、妻も子もある。

「どうせ、男がいつか一度は行く所や。卒業祝いに今夜連れてってやろう」

信夫は、二、三歩後ずさって立ち止まった。吉原という所は信夫も話にきいて知ってはいた。そこには、見たこともない美しい女たちが、幾百《いくひゃく》となくいるように想像されていた。そして、そこで男たちが女と遊ぶということが、何を意味するかも信夫は知っていた。

行きたくないと言ったらうそになる。しかし、行きたくないという気持ちも強かった。何となくそこは信夫にとって恐《おそ》ろしい所であった。ちょうど、化け物屋敷《やしき》をみたいと思う一方、恐ろしいと思う子供心に似ていた。

信夫にとって、女とはいかなる者か、皆目《かいもく》見当のつかないものであった。この世に男性と女性の二つの性しかないことは、信夫にとってひどく不思議な感じのすることであった。

母はたしかに女性であり、待子も十六歳の初々《ういうい》しい乙女《おとめ》であった。同じ屋根の下に起き伏《ふ》ししているこの二人の肉親にさえ、信夫は時に妙《みよう》な圧迫感《あつぱくかん》を覚えることがあった。待子が信夫の間近に寄って来ると、信夫は不意に狼狽《ろうばい》して、待子を避《さ》けることがある。妹なのになぜか嫌悪《けんお》することもある。そしてまた、言いようもなく愛らしく思うこともある。そこには理由がなかった。不意に嫌悪し、そしていとしく思うのだ。そんな感情を起こさせる女というものを、信夫は何かしら恐れていた。

夜、夢《ゆめ》の中でどこのだれともわからない女性が、あらわれることがあった。そんな後、いつまでも信夫は、夢の中の女のことを忘れることができなかった。顔も姿もさだかではないのに、たしかに女性として感ずることのできるというのは、考えてみるとやはり無気味であった。そんな女のことが、学校で友だちと話をしている最中にも、不意に信夫の胸の中に浮《う》かぶことがある。信夫は、首まで赤くなって友人を驚《おどろ》かすことがあった。

時々、夕ぐれの町を人力車の上に、体を斜《なな》めにした美しい姿勢で、女の人が乗って行くのを見ることがある。すると、信夫はその女の体温をじかに感じたように体が熱くなり、その夜一晩、女の幻影《げんえい》から逃《のが》れることができなかった。信夫はかなり意志的で、理性的な人間のつもりであったが、一たん女性のこととなると、自分自身がどうにも自由になることができない。自分を不自由にしてしまう女性という存在が、信夫には恐ろしくもまた無気味であり、しかも厄介《やっかい》なことにひどく慕《した》わしくもあった。

そのころ、兵隊前に男が女を知ることは、当然のようになっていた。だから、同級生の半数以上は得意になって、女を知った話を披露《ひろう》していた。今、隆士が信夫を吉原に誘うということも、世間一般からみるとさして不道徳でも、また珍《めずら》しい話でもなかった。

「何や、弱虫が！」

そう言って、隆士に背を押《お》されると、信夫は呼吸を静めるようにして歩き出した。町並《な》みも、行き交《か》う人も何も目にはいらない。信夫は体がだんだんこわばってくるのを感じながら、幾度か大きく深呼吸をした。

「信ちゃん。女なんか、こわいことあらへんで。知ってしまえばどうということもないがな」

そう言いながら、隆士も遊びに行く楽しさで幾分興奮しているのか、いつもより声が大きくなりがちだった。

信夫は歩いている中に、何の脈絡《みゃくらく》もなく吉川修のことを思い出した。

(吉川はもう女を知っているだろうか)

小学校四年の時に別れたっきりで、今は、文通しているだけの吉川の顔が目に浮かんだ。吉川の顔は、別れた時の四年生の顔なのに、ひどく分別くさく、大人に思われた。

(吉川なら、女と遊びはしないにちがいない)

このごろ、よく寺に通っているという吉川の手紙を信夫は思った。北海道の炭鉱鉄道にはいって母と妹のふじ子を養いながら、一方では寺に通って、僧《そう》の話をきいているという吉川に、女と遊ぶ余《よ》裕《ゆう》も思いもないにちがいないと信夫は思った。今の信夫にとって、吉川はひとつの良心の基準でもあった。

(あいつのしないことを、おれはしようとしている)

信夫は、よほど一人で家へ帰ろうかと思った。しかし、足は依《い》然《ぜん》として、隆士の後に従っていた。

(どうして帰ることができないのだろう)

そう思いながらも、歩みをとめることはできなかった。やはり、一度も見たことのない吉原の華《はな》やかさを、信夫は期待しながら歩いていた。

(どんな女たちがいるのだろう)

(女に何と話をしたらいいのだろう)

次第《しだい》に、そんなことすら想像しながら、信夫は黙《だま》って隆士と歩いていた。

「信ちゃん、ホラ、向こうに大きな門が見えるやろ。あの向こうが吉原や。いよいよ来たんやで」

隆士の指さす方を眺《なが》めた時、信夫の胸がひどく動悸《どうき》しはじめた。気がつくと、人力車に乗った男たちや、着流しの男たちが、幾人《いくにん》も信夫たちを追い越して行く。みんな、楽しそうな様子であった。若い学生たちが五、六人大声で、

「敵は幾万ありとても……」

と、わめきながら手をふって歩いて行った。どれもこれも、暗い中で影絵《かげえ》のように見えながら、ひどく鮮明《せんめい》に信夫の胸に灼《や》きついた。

「ずい分たくさんの人がいくんですねえ」

信夫は自分の声がおかしいほど、ふるえているのに気がついた。

「そりゃあ、男やもん」

こともなげに言って隆士は笑った。

自分も、この多くの男たちの一人かと思うと、信夫はふっと淋《さび》しくなった。

(おれは今、どこに行こうとしているのだろう)

信夫は、自分が急にいやになった。女を買うということは、今の時代では必ずしも

悪いことではないかも知れない。しかし、ほめられることでもないと信夫は思った。しかも、心の奥底《おくそこ》で信夫は決してそのことをいいことだと、思ってはいなかった。

（吉川なら、おめおめとこんな所までやってきはしないだろう）

信夫は、明るい吉原の一画を遠くに眺めながら、まだ帰る決心がつかなかった。夢の中に出てくるあの柔《やわ》らかい女の肌《はだ》が、現実のものとなることに、やはり執着《しゅうちゃく》があった。

「おい、どうしたんねん。男らしくないぞ」

そう隆士に言われたとたん、信夫はハッとした。

（そうだ。おれは男らしくはない）

そう思うと、信夫は心の中で、大きく自分自身に気合いをかけた。

（回れ右！）

足がきっぱりと、回れ右をしたかと思うと、信夫はもう駆《か》け出していた。うしろで叫《さけ》ぶ隆士の声も、行き交う人のあきれたようにふり返る姿も、目にはいらなかった。

信夫は、

（前へ進め！　前へ進め！）

と、繰《く》り返し、号令をかけながら、走っていた。

布団《ふとん》の中で、信夫は、さっきから自分の体をあちらこちらつねりあげていた。

(こんな姿を吉川に見られたら、どうしよう)

信夫は、吉原の大門《おおもん》までついて行った自分の弱さを罰《ばっ》するように、幾度も幾度も自分の体をつねっていた。しかし、心はなかなか静まらなかった。信夫は、起き上がって電灯をつけた。机に向かって、便箋《びんせん》をひらくと、やはり吉川に告げずにはいられなかった。明日読み返して、破り捨てるかも知れないとしても、ひとこと書いておかずにはいられなかった。

「吉川君。

今、午後十時だ。急に、君に書かなければならないことが起きて、筆を取った。

吉川君。人間て、不自由なものだね。実はぼくは、今夜初めて、人間というものが、いかに不自由な存在かということを痛切に知った。ぼくは中学にはいっても学力では決して人に劣《おと》りはしない。体は細いが、柔道《じゅうどう》だって、講道館《こうどうかん》の二段だし、実のところ、自分という人間は、何をしても、人より優《まさ》っていると心ひそかに自負していた。人間としても、同じ年ごろの青年とくらべれば、かなり分別もあるし、意志も人より強いつもりでいた。だから、実のところ、人間は万物《ばんぶつ》の霊長《れいちょう》という言葉を、何の抵抗《ていこう》もなく、ぼく自身も使っていた」

そこまで書いて信夫は、この先、書き続けようかどうかと、思案した。遠い北海道にいて、何も知らない吉川に、ことさらに自分の弱点をさらけだすこともあるまいという思いがかすめた。しかし、信夫にとって、吉川は単なる友人以上の存在であった。常に吉川は、信夫よりも一歩先を歩いている人間に思われた。いや、先というより、一段高い所に生きているように思われた。

それは、遠くに離《はな》れているために、吉川を美化して考えているというのではない。小学校の時以来、信夫は吉川に対して、そんな印象を今も変わることなく持っていた。

信夫は再び筆をとった。

「吉川君。

恥《は》ずかしい話だが、ぼくは今日吉原に行くところだった。吉原といえば、遊女のいる所だが、ぼくは従兄に誘われて、その近くまで行ってしまった。ぼくはそのすぐそばから走って逃《に》げて帰って来たが、それは、君のおかげなのだ。

ぼくは、君ならこんな所に来るはずがないと思った時、急に恥ずかしくなったのだ。もし、君という人間がほんとうに立派な人間でなければ、ぼくは今ごろ遊女とひとつ枕《まくら》でねていたことだろう。

吉川君。ありがとう。君は遠い北海道にいながら、ぼくの危機を救ってくれたのだ。いい友だちというものはほんとうにありがたいものだね。君を知らなかったら、ぼくはどんな無反省なことをしでかしたことだろう。

吉川君。ぼくが不自由だと言ったのは、実はこの女性に対する迷いのことなのだよ。ぼくは、たぶん目の前に百円落ちていたとしても、それを自分のものにしようとする気持ちはないだろう。その点においては、ぼくは金銭に対してとらわれない自由な人間といえるかもしれない。

しかし、だれも見ていないところで女の人に手を握《にぎ》られたら、それをふり切って逃げてくるということはできないような気がする。端的《たんてき》に言って、ぼくにとって最もむずかしいのは性欲の問題なのだ。

吉川君。ぼくは性欲に関する限り、決して一生自由人となることができないような気がする。幾度か、性的なあやまちを犯《おか》しそうな不安すら感ずる。君、どうか、ぼくを笑わないでくれ。そして、ぼくにこのことから自由になる道を教えてくれないだろうか。何だか妙な手紙になったけれど、二十歳のぼくにとって、今これ以上の大問題はないのだ。どうか笑わずに助けてくれないか。君。頼《たの》むよ。おねがいだ。至急の返事を待っている。

きょうは吉原の灯《ひ》を見ただけで逃げて帰って来たけれど、この後はたして逃げ帰れるかどうか、ぼくには自信がないのだ。

永野信夫

吉川君

追伸

すまないが、この手紙はすぐ焼き捨ててくれないか。おかあさまや、ふじ子さんにみられてはどうにも恥ずかしくて仕方がないから」

書き終わって、信夫は少し心が落ち着いた。しかし、ふじ子さんと書いたその時に、思いがけなくやさしい感情が胸に広がるのを感じずにはいられなかった。

隆士が大阪に帰って二、三日たった。その日は一月というのに、四月のような暖かさて、朝から空が晴れ渡《わた》っていた。

「桜《さくら》が咲《さ》きそうな日和《ひより》ですわね」

菊がいうと、

「うむ、暖かすぎるというのはどうも体によくないんじゃないのかな」

貞行は答えた。

「あら、おとうさま、どこかお悪くって？」

おさげ髪《がみ》に白いリボンをつけた待子が、貞行を見た。

「うむ。どうも肩がこるねえ」

貞行は、めっきり娘《むすめ》らしくなった待子を見て微笑《びしょう》した。

（具合が悪ければ休むといいよ）

信夫はそう言おうとしたが黙っていた。

このごろ信夫は、いつも口まで出かかってやめることがしばしばある。なぜか、言おうとしている言葉が、どれも大した意味のある言葉に思えなくなってしまうのだ。言おうとした言葉を心の中で言ってみると、どの言葉もその大半は言わずにすむような気がするのだ。信夫は、人と言葉を交わすことにむなしさを覚えはじめていた。

「あなた、大丈夫《だいじょうぶ》でしょうか」

「大したことはないだろう」

服に着がえながら、答える父の顔を信夫は見つめていた。

(休めばいいのに)

父の顔が疲《つか》れて見えた。しかし、やはり信夫は黙っていた。自分より分別のある父に、何もいうことはあるまいと思ったのである。その信夫をふり返って貞行が言った。

「受験勉強は順調かね。少し疲れた顔をしているようだが、体をこわしてはいけないよ」

信夫は顔をあからめた。受験勉強よりも信夫の心を悩《なや》ましているのは、性欲の問題であった。信夫は、門を出て行く父の人力車をぼんやりと見送った。

「行ってまいります」

待子が、ふろしき包みを抱《かか》えて、信夫の横をすりぬけた。

「ああ」

ぼんやりと答える信夫をみて、待子が歩みを返した。えび茶の袴《はかま》のひだがやさしくゆれた。

「おにいさま、こんないい日和にどうしてそんなお顔をしていらっしゃるの」

「なに、何でもないよ」

「それならよろしいけれど、おとうさまもおにいさまもお元気がないのでは、わたくしは淋《さび》しくってよ」

待子はそう言い捨てると、今度はふり返らずにさっさと門を出て行った。待子の後を信夫は門までゆっくりと歩いて行った。ついこの間までは、どこへ行くにもついて来たがった待子も、このごろは決して信夫といっしょに歩きたがらない。

同じ方向の学校に行くにも、待子は必ず信夫よりひと足先に家を出る。信夫は門の前に立って、もう半丁ほども先を行く妹の元気な後ろ姿をじっと見ていた。何の苦労もない、明るい待子の持つふんいきはさわやかで、妹ながら気持ちがよかった。

信夫も学校に行こうと、門を離れて二、三歩行った時、うしろからけたたましく呼ぶ男の声がした。ふり返ると先ほど父を乗せて家を出たいつもの車屋であった。車夫は、人力車を曳《ひ》いていない。信夫はさっと背筋が冷たくなった。何かが父の上に起こったのだ。

車屋の叫ぶ声が、ハッキリとした言葉になって聞きとれるのには少し時間がかかった。信夫は急いで歩みを返した。急いだつもりだったが、実はひざががくがくとして、よそ目にはひどくのろのろと歩いているように見えた。

貞行はもう六時間も、高いびきをかいて眠《ねむ》りつづけている。菊も信夫も待子も、今はただおろおろと貞行の寝顔《ねがお》を見つめているだけであった。

信夫は、今朝、父の疲れた顔を眺めながら、

「休んだら」

と、心の中で思いつつついに口に出さずに見送ってしまったことを、痛切に悔《く》いていた。

（なぜ、たったひとことの言葉も口に出すことができなかったのか）

血の滲《にじ》むほど強く唇《くちびる》をかみしめながら信夫は思った。

「おとうさま、おとうさま」

時々涙声《なみだごえ》で待子が貞行を呼んでむせび泣いた。何の苦労もなくのびのびと育った待子には、耐《た》えられない悲しみであった。菊はさすがにだれよりも落ちついてはいたが、半日のうちにその美しいほおがげっそりとこけていた。

信夫はいつの間にか両手を固くにぎりしめていた。

（もしもこのまま父が死んでしまったら……）

そう思っただけで、いてもいられなかった。ひれふして何者かに祈《いの》らずにはいられない気持ちだった。母と待子が両手を組んで祈る姿を見ると、信夫はいいよ

うもない羨望《せんぼう》を感じた。そして、この二人の祈りなら、ヤソの神はきいてくれるのではないかと、心ひそかに思ったりもした。

（おとうさま）

信夫は父に叱《しか》られた幼い時のことを思い出していた。

（あれは虎ちゃんに物置の屋根から突《つ》き落とされた時だった）

「町人の子なんかに突き落とされたりはしない」

そう言った信夫を、父は初めてなぐった。その父の心が、二十歳になった今の信夫にはよくわかった。

（よくなぐってくださった）

もしあの時なぐられずに終わったら、自分が屋根から落とされたということは、単なるひとつの思い出でしかなかったであろう。その時にはよくはわからなかった父というもののえらさが、こうして眠りつづける姿を前に、実によくわかるような気がした。

（自分には父がいる）

それがあるいは過去のことになってしまうかもしれないと思うと、どんなことがあっても生きていてほしかった。眠りつづけるだけでもいい。とにかく、息をして、生きていてくれるだけでもありがたいと信夫は思った。

しかしその夜、ついに貞行は死んだ。

信夫は、葬式《そうしき》というものが、仏教以外で行われるとは夢にも思わなかった。親戚《しんせき》のものたちも当然仏式で行うものと決めていたのに、菊がキリスト教式で行うと申し出たから、にわかに人々は気色《けしき》ばんだ。

「そんな恥ずかしいことはできますかい」

トセの弟は、ヤソの葬式なら帰ると言い出した。

「あんたがヤソなのは知っているが、何も貞行さんまでヤソで葬《ほうむ》ってもらわなくてもいいですわ」

人々は口々に菊を非難した。今までのトセとのいきさつを心よく思っていなかった者が多かった。ただ、貞行のおだやかな人柄《ひとがら》や菊のやさしさに、そうしたことを表立たせずに来ただけであった。

それだけに、人々の反対を押《お》し切ってキリスト教式にしたいという菊の申し出は人の反感を招いた。

「貞行さんもおそらくそんな葬式では浮かばれまい」

だれかがそう言った時、菊は一通の封書《ふうしょ》を人々の前にさし出した。

「これは主人の遺書でございます」

菊はそう言って、ていねいに一礼した。

信夫は驚いた。

(遺書だって? おとうさまはいつそんなものをお書きになったんだろう)

信夫には不思議であった。

遺書は、トセの弟によって読み上げられた。

「人間はいつ死ぬものか自分の死期を予知することはできない。ここにあらためて言い残すほどのことはわたしにはない。わたしの意志はすべて菊が承知している。日常の生活において、菊に言ったこと、信夫、待子に言ったこと、そして父が為《な》したこと、すべてこれ遺言《ゆいごん》と思ってもらいたい。

わたしは、そのようなつもりで、日々を生きて来たつもりである。とは言え、わたしの死に会って心乱れている時には、この書も何かの力になることと思う。
一、信夫は永野家の長男として母に孝養を尽《つく》し、妹を導き、よき家庭の柱となって欲《ほ》しい。

一、ただし、立身出世を父は決して望んではいない。人間としての生き方は、母に学ぶがよい。
一、信夫は、特に人間として生まれたということを、大事に心に受けとめて、真の人間になるために、格別の努力を為されたい。
一、わたしは菊の夫とし、信夫、待子の父として幸福な一生であった。それはすべて神が与《あた》えたもうたからである。
一、父の死によって経済的に困窮《こんきゅう》することがあるとしても、驚きあわてないこと。必要なものは必ず神が与えたもう。
一、わたしの葬式は、キリスト教式で行われたい。
以上、このごろ時々疲れを甚《はなは》だしく覚えるので、万一の為《ため》に記して置く。

一月十四日　　　　貞行

菊　殿
信夫殿
待子殿」

一同は、遺言を聞き終わると、互《たが》いにうなずきあっているのみで、ほとんどささやくことすらしなかった。彼らにとって、遺言とはすなわち財産分与《ぶんよ》であると言っても過言ではなかった。だから、どこと言ってとらえどころのないようなこの遺言は、彼らをとまどわせた。

しかし、たしかに遺言を書き残した甲斐《かい》はあった。なぜなら、キリスト教式にすることを、もはやだれも非難するものはなかったからである。

葬式がすんで家の中が急にひっそりとなった。朝夕床《とこ》の中で、目をつぶっていると、信夫は死という字が、大きく自分に向かってのしかかってくるような圧迫を感じた。祖母の死といい、父の死といい、いずれも余りにも急激《きゆうげき》であった。それは、有無《うむ》を言わさぬ非情なものであった。そこには、全く相談の余地も、哀願《あいがん》の余地すらもなかった。

せめて、二日、三日でも看病することができ、死んで行く者と残される者とが、話し合うことができたならば、いくらか悲しみは和《やわ》らぐかもしれなかった。けれども祖母も父も、あっという間に意識を失い、ただおろおろと見守る中に息を引き取った。

(余りにも一方的だ)

信夫は、何かに向かって訴《うつた》えたいような、恨《うら》みたいような思いであった。

（おれもおばあさまや、おとうさまのように、何時《いつ》とも知らぬ時、突然《とつぜん》死んでしまうのではないだろうか）

信夫は恐怖《きょうふ》した。父の死の寸前まで、信夫の心を占めていたのは性欲の問題であった。しかし今、信夫にとって最も大いなる問題は死《し》となってしまった。死にくらべれば、性欲の問題はまだしも相談の余地があった。何か逃《のが》れ道があるような気がした。しかし、死は絶体絶命であった。どこにも逃れようのない大問題であった。

（おれも必ず死んでゆくのだ。いつか、どこかで、何かの原因で……）

信夫は目を開けて、じっと自分の両手を見つめた。うす桃色《ももいろ》をしている掌《てのひら》を眺めながら、

（これは生きている手だ）

と信夫は思った。しかしこの手が、いつか全く冷たくなり、もはや動かぬ手となることのある日を信夫は思った。信夫は親指から順に指を折り、そして開いてみた。その時ハッキリと信夫は、人間は必ず死ぬものであるということを納得《なっとく》した。

（どうして自分が死ぬものであるというこの人生の一大事を、今まで確かに知ることができなかったのだろう）

信夫は父を偉《えら》いと思った。生きている時は余りにもおだやかで、歯がゆいほどに思

われた父であった。しかし父は遺言の中で、

「日常の生活において、菊に言ったこと、待子に言ったこと、そして父が為したこと、すべてこれ遺言と思ってもらいたい。わたしは、そのようなつもりで、日々を生きて来たつもりである……」

と言っている。それは常に死を覚悟《かくご》して生きて来た姿とは言えないだろうか。あのおだやかな日常の生活において、父は心の奥底《おくそこ》に大きな問題を、たしかに受けとめていたのだ。

(おれは自分の日常がすなわち遺言であるような、そんなたしかな生き方をすることができるだろうか)

信夫は、父の死を悲しむよりも、むしろ父の死に心打たれていたのである。

父の死によって、はじめて信夫はキリスト教会堂に足を踏《ふ》み入れた。高い天井《てんじょう》も、少し暗い教会堂内も、信夫が想像していたような、キリシタンバテレンの妖《あや》しさは何もなかった。集まった人々も格別恐ろしげな人々でも、風変わりな人々でもなかった。

けれども、葬式だというのに、お経《きょう》もあげず、線香《せんこう》もあげず、オルガンをひき歌をうたっているのはひどく不人情に思われてならなかった。牧師が祈り、信者たちが声を合わせて「アーメン」というのもそらぞらしくひびいて馴《な》じめなかった。

(だが、あれほどのおとうさまやおかあさまが信じている宗教なのだから、たぶんいい所もあるのだろう)

信夫はそう思いながらも、しかし自分は一生あんな所に通うことはないだろうと思った。

父の死によって、たちまちに現実の問題として考えなければならないことがひとつあった。それは、信夫自身の大学進学の問題であった。銀行勤めの身としては、かなり収入のあった父であったから、ここ二、三年食べていけるだけのものはないではなかった。

けれども、信夫は一家の主人として考えた時、それを食いつぶすということはできなかった。むろん、大学に進んで勉強したい思いは山々である。だが利《き》かん気の信夫には、独学で大学程度の学問をやりとげる自信があった。

大学進学よりも、母と妹を養わねばならぬということが、青年期に移りつつある信夫にとって誇《ほこ》らしいことでもあった。

(吉川は、小学校を出ただけで立派に母親と妹を養って行っているではないか)

いまさらのように、それは大きなことに思えて、信夫は吉川を偉いと思った。

父のひと七日がすんだ翌日、信夫は吉川に再び手紙を書いた。

「吉川君。

ぼくの手紙が届いたころだろうか。今、ぼくは思いもかけない父の急死に会った。昨日ひと七日をすましたばかりで、実際の話、父の死はまだ現実として、納得できないような気持ちでいる。

朝目をさました時など、長い夢をみていたようで、ほんとうは父が生きているような気がする。そのあとの寂《さび》しさと言ったら、君、実にいやなものだね。君もお父上を失っているから、この気持ちは察してくれられるだろうと思う。

父は、卒中で実にあっけなく死んだ。万物の霊長ともあろう人間が、こんなにもあっけなく死んでいいものだろうかとさえぼくは思った。祖母も卒中だった。そして父も同じ病気で、急死したとなると、ぼくにとって死とは実に、不意打ちをくらわすいやなものに思われてくる。

むろん、死がいやでない人間はいないと思う。けれども、何の前ぶれもなく一撃《いちげき》されるというのは、たまらなく恐ろしいものだよ。ぼくは今、死についていろいろなことを考えている。いずれまたいろいろときいて欲しいと思っている。

しかし、何だか不思議な気がするね。君もぼくも両親と妹があった。ところが、二人共父親を失ってしまうなんて。何だかぼくと君は同じ運命にあるような気がしてならない。いいことでも、似た運命になりたいものだね。

とにかく君は小学校の時にお父上を失ったのに、立派に生活しているのだからね。ぼくも先輩《せんぱい》の君に負けないようにがんばりたいと思う。何だかまとまりのない手紙だが、一筆書いてみた。

先日は妙な手紙を出して失敬した。笑わないでくれたまえ。

信夫

吉川君」

書きたいことが何も書けていないような気がしたが、信夫は今ひとことでもいいから、吉川と話をしてみたいような心持ちだった。

信夫には中学にはいってからも、友人は何人かいた。だが、心の底まで話し合いたいような友だちは、なぜか一人もいなかった。遠い北海道に住む吉川が、一番話しやすい友人であったためかもしれない。今会えば、案外何も話し合えないかもしれないのに、相手の顔を見ずに手紙を書くということが、信夫を吉川に大胆《だいたん》に結びつけていたのかもしれなかった。

信夫が手紙を出したその翌日、吉川から手紙が届いた。信夫は昨日出した手紙に返事が来たような錯覚《さっかく》で喜んで封《ふう》を開いた。吉川の丸味を帯びた暖かい字が、ぼつんぼつんと間隔《かんかく》を置いて書かれている。字面《じづら》を見ただけで慰《なぐさ》められるような心地《ここち》であった。

「永野君。

君の手紙をよくよく拝見した。実のところ、君はこんな手紙を書けるほどの人物とは思わなかった。こんな言い方は失敬だろうね。しかし、君ってちょっと取りすましたところのある人間に見えるからね。性欲に悩むなどと書いてくれようとは、夢にも思わなかったよ。

君。君も人間なんだね。ぼくはだれもかれもみんな凡夫《ぼんぷ》だと、お坊《ぼう》さまから聞かされていながらも、何となく心の中では、いや、永野だけは少しちがうのじゃないかと思っていた。

だが、君の手紙をみて実に安心もし、あらためて尊敬もしたよ。ぼくも性欲の問題にはほとほと手を焼いている。しかし、これは人間と生まれた以上、仕方のないことなのだね。こんな悩み多い人間だからこそ、み仏の救いが必要なのではないだろうか。

君は、何か信仰《しんこう》的な本でも読んでいるのだろうか。どうやら、まだらしいようすだね。ぼくは早くに父を失って、いろいろと生活上の苦労もあったから、やはりお坊さまのお話が何よりの力であり慰めであった。

いろいろとお話をきいていると、人間というものは過失を犯さずには、生きて行けないものだということをつくづく思うようになった。よいことだと知りながら、それを実行するということは、何とむずかしいことなのだろう。したいと思うことをし、していけないと思うことをやめればそれでいいはずなのだ。ところがそうはいかない。全く君のいうとおり、人間て不自由なものだね。妹のふじ子はあのとおり、足が不自由だから、人々はふじ子を不具者だと思っているよ。

しかしねえ、目に見えた不具者を笑うことはやさしいが、自分たち人間の心がどんなに不自由な身動きのとれない不具者かということには、なかなか気付かないものだよ。

それにしても、ぼくたちは性欲のことについてまじめに話し合えるようになったのだね。これは大いに祝盃《しゅくはい》をあげて祝うべきことではないだろうか。君の待っていたような手紙ではなくて気の毒だった。盃《さかずき》といえば、近ごろ、ぼくは少しずつ酒も飲めるようになってきたよ。何しろこちらの冬は君たちの想像もできないような寒さだから、つい一ぱい飲むということになるらしいね。

だがね、ぼくも親父《おやじ》の酒乱にはほとほと手こずったことだから、あんな酒飲みにはなるまいと気をつけている。昔《むかし》から、

『朋《とも》あり遠方より来たる　また楽しからずや』

とかいうではないか。いつの日か君を北海道に迎《むか》えてまあ一ぱいということをやってみたいものだね。

何と言っても君は両親がそろっていて大学にも行けるし、しあわせなことだよ。一生君にだけはしあわせがつきまとっているようにと、ぼくはねがっている。と、言ったからと言って、ぼくは何も自分が不幸だなどとは思っていないよ。飲んだくれの父がいたことも、早くに死んだことも、ぼくが小学校しか行けなかったことも、結局はぼくに与《あた》えられたひとつの試練だと思っている。

人間だれしも自分に同情をしはじめたらきりがないからね。大学にはいったらすぐ手紙をくれたまえ。

吉　川　　修

永　野　君

追伸

ふじ子の奴《やつ》が、このごろ急に大人びて、ちょっとした美人になった。妹という

のは、何となく妙《みょう》な存在だね。女性という異性でありながら、しかし、ぼくにとっては異性ではないのだから。こんな存在が世にあるということ、姉や妹のいない人にははたしてわかるものだろうか」

信夫は、読み終わってほっとため息をついた。

「吉川はまだおれの父の死を知ってはいない」

そうつぶやきながら、信夫は再び吉川の手紙を読みなおした。

(吉川はとうに父親を失っているのだ)

急にその吉川の過ごしてきた年月が、信夫にとって具体的なものとなった。性欲のことを書き送った時の自分の気持ちが、ひどくぜいたくなものに思えてならなかった。

吉川が信夫の幸福をうらやんだり、そねんだりすることなく、いつまでもしあわせであるようにと書いてくれた心がうれしかった。

(おれには、もう父はいない)

信夫は涙《なみだ》をこぼした。しかしそれは、父の死を悲しむ涙とはちがっていた。客観的に自分よりも不幸なはずの吉川が、限りなく信夫を祝してくれた美しい心に対する感動の涙だった。

（おれも、決して不幸じゃないぞ）

信夫は、大学に行けないことも決して不幸ではないと心からそう思った。

捕《ほ》　縄《じょう》

中学を卒業した信夫は、父の上司の世話により、裁判所の事務員になった。就職して一月ほどしたある雨の日であった。信夫は書類を持って室を出た。廊下《ろうか》を曲がると、廷吏《ていり》につきそわれた男にバッタリ出会った。今までそういう囚人《しゅうじん》に廊下で会うと、信夫はなるべく目をそらして、相手の横を通りぬけた。それでも、すれちがった瞬間《しゅんかん》は、胸がどきどきしたり、この男にも父や母はいるのだろう、どうしてこんなことになったのか、妻や子はいないのかなどと、思わないことはなかった。

だが、きょうは廊下の角を曲がった所で、出合いがしらにぶつかった。避《さ》けようもなかった。いつもなら見ないで通る囚人の、しかもその胸にまともに突《つ》き当たった。囚人は深編笠《ふかあみがさ》でかくした顔を上に向けて、咎《とが》めるように信夫を見た。

その顔に信夫は、危《あや》うく声をあげるところであった。それは、あの幼いころによく遊んだ虎雄だったのである。

「虎ちゃん」

信夫は、口まで出かかった言葉をのみこんだ。つと、信夫の視線を避けるように顔をそむけて行き過ぎた虎雄の後ろ姿を、信夫は呆然《ぼうぜん》と見送った。

(人ちがいだっただろうか)

あの、黒豆を二つ並《なら》べたようなつぶらな目は、たしかに虎雄だったと信夫は思った。信夫は、虎雄と物置の屋根の上で、言い争って突き落とされた日のことを、懐《なつ》かしく思い出した。

(いつも、小間物屋《こまものや》の六さんに連れられて、来ていたが……)

虎雄はおとなしい、そして気のいい子供だったように信夫は覚えている。あの虎雄が、その後どんなことに会って、手がうしろに回るようなことになったのかと、その日一日心が落ちつかなかった。

退庁前に、法廷《ほうてい》前の廊下の告知板を見ると、それはたしかに虎雄であった。虎雄は窃盗《せっとう》と傷害で、その罪を問われていたのである。

家へ帰って、夕食を食べる時にも、妙《みょう》に心が落ちつかない。軒《のき》の雨だれの音も信夫の耳にははいらない。

「どうしたの、おにいさま」

ふしぎそうに待子が信夫を見た。

「うむ、何が？」

「だって、さっきから、そのお豆腐《とうふ》をつついてばかりいるじゃありませんか」

几帳面《きちようめん》な信夫は、豆腐を決して崩《くず》したりせずに、四角のまま口に入れる。言われてどんぶりの中を見ると、豆腐はどれもこれも、すっかり崩されている。

「まあ、ほんとうに。信夫さんらしくもないこと」

母の菊は、待子より先に、信夫の様子に気づいていたが、今、初めて気づいたかのようにそう言った。

「体でも悪いのですか」

菊は、不安を押《お》しかくしてたずねた。体よりも役所で何か悪いことがあったのではないかと思っていた。

「いいえ。今日は雨が降って少し冷えたようです」

信夫は、虎雄のことを言おうか言うまいかと迷っていた。幼い時の友だちではあっても、人に知られたくないその姿を、できるなら黙《だま》っていてやりたかった。だが、こうして自分のことを心配してくれる母と妹には、何でも打ち割って話していいような気もした。父が死んで以来、信夫は一家三人の心の結びつきを、非常に大事に思って来た。この母と妹にだけは、喜びも悲しみも共に分け合いたいという、溢《あふ》れるような愛情を信夫は持つようになって来た。

それは、一家の柱としての自覚によるものだったろうか、青年特有のみずみずしい情感のためでもあったろうか。自分のことをまず第一に主張したい、自我《じが》の強い青年期に、父を失った信夫は、母と妹を養わねばならぬという気負いのゆえに、いつも、母と妹のことを考える大人に成長してしまったところがあった。

「おかあさま、あの六さんという小間物屋を覚えていますか」

夕食を終えてから信夫が言った。

「六さん？　さあ、どんなかただったかしら」

菊は全然見当がつかないという顔をした。

「ほら、よく櫛《くし》や、半襟《はんえり》や糸など持って来た小間物屋があったじゃありませんか」

「小間物屋さん？」

「ええ、虎ちゃんという子供がいつもついて来て、いつかぼくを、屋根から突き落としたことがあったでしょう」

言ってから信夫は、ハッと気づいた。

(そうだ。あの時はまだ、おばあさまが生きていらっしゃった)

「ああ、屋根から落ちたことは、おとうさまにうかがいましたよ」

菊はうなずいた。別段、何のこだわりも見せてはいない。

「ああ、虎ちゃんて、目の黒いおとなしい人だったでしょう」

待子が思い出したというように手を打った。

「わたし、あの子とかくれんぼなんかして、遊んだのを覚えているわ。でも、六さんという人は、うちに来ていたかしら」

祖母が死んでから、六さんはなぜかこの家に寄らなくなってしまったことを、信夫も思い出した。虎雄だけが、一年ほど経《た》ってから、ひょっこりと遊びに来るようになって、いつかまた足が遠ざかって行った。

「その六さんとかが、どうかしましたか」

菊が話をもとにもどした。

「ええ、実は今日、役所の廊下で、バッタリとその幼友だちの虎ちゃんに会いましてねえ」

「まあ、今、どこにいるのかしら。ずい分大人になっていて?」

待子が言った。

「いや、それが……手がうしろに回っていたんですよ」

信夫は自分の両手をうしろに回して見せた。

「まあ」

菊と待子が声を上げた。

「どうしてまた」

菊が眉根《まゆね》を寄せた。

「窃盗と傷害の罪名で、ぼくもすっかり驚《おど》いてしまったんです。あんなやさしい子が、どうしてそんなことをしたのかと思うと、どうも気が重くて……」

信夫の言葉に、菊と待子がうなずいた。

「そう言えば、わたし、やっぱりあの時みたのが、虎ちゃんだったのね。浅草でひるまから酔《よ》っぱらって、何か女の人にからんでいた男がいるの。もう半月も前のことだったけれど、その時わたし、どこかで見た顔だわと思って、行き過ぎてから、ああ、あれは虎ちゃんに似ているって、思ったの」

「そんなことがあったのか」

信夫は、虎雄の酒に酔った姿を想像しようとしても、なかなか思い浮《う》かべることができなかった。

「でも、その時は虎ちゃんに似ていると思っただけで、まさか、あの人だとは思わなかったわ」

待子は、その時のことを思い出すまなざしになった。

「おかあさま、人間て小さい時にいい子でも、大きくなって、そんなふうに変わるものでしょうか」

さっきから二人の話をじっと聞いている母に、信夫はそうたずねた。

「信夫さん。人間てね、その時その時で、自分でも思いがけないような人間に、変わってしまうことがあるものですよ」

ひざにきちんと手を置いたまま、菊は静かにそう言った。

(自分でも思いがけない人間になることがある)

信夫はふっと、顔の赤らむ思いがした。あの吉原《よしわら》に、まさか自分が足を向けるとは、あの時まで思いもよらぬことであった。今考えてみると、それは決して、自分一人でなら行かなかったにちがいない。あの吉原の大門《おおもん》の手前で、逃《に》げて帰って来たのが、ほんとうの自分だと、今まで信夫は思っていた。

しかし、あの吉原に足を急がせていた自分も、たしかにこの自分ではなかったかと、信夫は今やっと知らされたような気がした。時々、女体の悩《なや》ましい姿に眠《ねむ》られなくなる夜の自分の心や姿を、だれに見せることができようかと、信夫は恥《は》ずかしかった。

（その時の自分も、まさしくこの永野信夫なのだ）

あの、気の弱く見えた虎雄もほんとうの虎雄なら、人を傷つけるようなことをしたのも、まさしくあの虎雄なのだ。考えてみると、いかに子供だったとは言え、屋根の上から、自分を突き落としたということは、すでにそのころから、かっとなれば何をするかわからないものを持っていたということになると、信夫は思い返した。

「人間て恐《おそ》ろしいものね。わたしだって時と場合によっては、ずい分やさしくもなるけれど、自分でもいやになるほど意地悪にもなるわ」

このごろめっきり女らしくなったその肩《かた》を、待子はちょっとゆするようにして言った。

「おかあさまだってそうよ」

菊も微笑《びしよう》した。

「おかあさまが……？」

この母はいつも静かでやさしいと、信夫は思って来た。この母のどこに乱れがあるであろうかと、信夫は母の顔を見た。

「そんな驚いた顔をして、信夫さん、おかあさまも人間なのですよ。おかあさまって、とても弱虫なの。すぐに寂《さび》しくなったり、人を憎《にく》んでみたり、腹を立ててみたり……」

「まさか、そんなことはうそでしょう。おかあさまが人を憎んだり、腹を立てたりなんて、ぼくは想像ができない」

信夫は、母の言葉をさえぎった。

「信夫さん、腹を立てるように見えないということと、腹を立てないということは別ですよ。おかあさまはひとつも腹を立てたことがないなどと思っていたら、大まちがいですよ」

菊は、乳《ち》のみ児《ご》の信夫を置いて、この家を出なければならなかったころのことを思い出しただけでも、決して心がおだやかではなかった。決してトセを悪い人だとは思いはしない。どの家の姑《しゅうとめ》でも、そして親兄弟でも、キリスト信者になることを、疫《えき》病《びょう》のようにきらい、さげすんだ時代であった。トセだけが特に意地が悪かったとは思えない。それをじゅう分承知の上で、菊はそれでもトセをこころよく思うことはできなかった。自分を迫害《はくがい》したトセに対して抱《いだ》くこの思いは、決して許されるべきものだとは、菊も思ってはいない。それどころか、そんな自分をキリスト教徒にあるまじき人間だと、菊は自分を責めていた。

「汝《なんじ》を責むる者のために祈《いの》れ」

教会で聞くこの言葉は、菊には痛かった。

床《とこ》にはいってから、信夫は母の言葉を思い出していた。

「腹を立てるように見えないということと、腹を立てないということは別ですよ」

母はそう言った。

「人間てね、その時その時で、自分でも思いがけないような人間に、変わってしまうこともあるのです」

母はそうも言った。

今、二十歳の自分が、今後何十年間かにおいて、虎雄のように、法にふれる罪を犯《おか》さないとは、断言できなかった。たぶん、どんなことになっても、まさか泥棒《どろぼう》はしまいと信夫は思う。しかし、いっさい無一物になって、腹が空《す》いてたまらない時、目の前に握《にぎ》り飯《めし》があったとしたら、それに手を伸《の》ばさないとは断言できないような気もする。

そんな追いつめられた状態は、あまりないことだが、女色に関しては、信夫は自信が持てなかった。たとえば、どこかに自分が下宿して、そこに年ごろの娘《むすめ》でもいるとする。その娘と二人っきりになった時、どうかして自分は、狂暴《きようぼう》な狼《おおかみ》に変わらないとは断言できなかった。そしてまた、相手が人の妻であっても、あるいはどうならないものでもないと信夫は恐ろしい気がした。人妻に手を出しても、未婚《みこん》の乙女《おとめ》に手を出しても、これは法律にふれることになると信夫は思う。

(しかし、法律にふれさえしなければ、何をしてもいいというわけではない。法律にふれることだけが罪だとはいえないのだ)

信夫はそう思うと、ふっと不思議な気がした。

屋敷《やしき》街の夜は早い。皆寝《みなね》しずまったように、物音ひとつしない。と、その時どこかで、犬の遠吠《とおぼ》えがきこえた。その声がいかにも寂しかった。

(法律にふれない罪でも、法律にふれる罪より重い罪というものがないだろうか)

信夫はそう思うと、ほんとうにそんなことがあり得るような気がした。たとえば、リンゴひとつ盗《と》っても、見つかれば法に問われるだろう。しかし、ふとした出来心で人のものを盗《ぬす》むよりも、もっと罪深いことがあるのではないか。そう思ったのは、信夫の上司に、ひどく意地の悪い男がいたからである。その男は、部下に対して必ずと言ってもよいほど不完全な指示をした。

「甲《こう》の書類を作れ」

と、いうから、甲の書類をさし出すと、

「甲の書類をだれが出せと言った。乙《おつ》の書類だ」

というようなことが幾度《いくど》かある。それを信夫は、彼《かれ》が言いまちがったのであろうと思っていたが、どうもそうではないらしい。一日に一度や二度、だれかがこれに似た叱責《しっせき》をくらうのを見て、信夫は、その男の心理状態をふしぎに思うようになった。それは、叱《しか》り方がひどく意地悪で、いかにもそう叱りたいために設けたワナのような気がする。上司に口答えする者はいないのに、なぜあんなにいばってみたいのかと、信夫はつくづく思うことがあった。

あの上司の意地悪は、法にはふれないにちがいない。だが、リンゴのひとつやふたつ盗んで、法にふれるとしても、あの意地悪よりは、人に及《およ》ぼす影響《えいきょう》は少ないと信夫は思った。

(どうも、あいつの方が罪が重い)

そう考えると、信夫もあらためて自分を省《かえり》みなければならなかった。

(人に不快な思いをかけるというのも、やはり大きな罪ではないか)

信夫の同僚《どうりょう》に、いつも不機嫌《ふきげん》な男がいる。上司に呼ばれた時は、不承不承ながら返事はするが、同僚や給仕《きゆうじ》が声をかけても、ろくな返事をしたことがない。いつもぶすっと、むくれた顔をして、そばにいる者は何となくその不機嫌を持て余してしまう。こちらまでが不愉快《ふゆかい》になって、その不機嫌がうつってしまいそうになる。

(あれだって、かなり、はた迷惑《めいわく》なことなのだ。こそ泥《どろ》より悪いと言えはしないか)

そんなことを信夫は思った。だが、どうも罪という言葉は、考えれば考えるほどわからないところがあった。他人に何の迷惑も与《あた》えなければ、それでいいというものでもないような気がする。

(おれのように、心の中で女を想像し、いつもそんなことに悩まされているというのは、人には知られない心の中のことだけど、これは罪ではないのだろうか)

そう思ってみたが、ふしぎなことにそれは喧嘩《けんか》で人をなぐるよりも、もっとねばねばとした罪の匂《にお》いがした。それは、人の目にふれることではないのに、そして他人の生活に何の脅《おびや》かしも、もたらさないのに、なぜこんなにも罪の匂いがするのかと、信夫はふしぎだった。

(だれにも知られない、奥《おく》深い心の中でこそ、ほんとうに罪というものが育つのではないだろうか)

そんなことを思いながら信夫は眠《ねむ》った。

いちじく

翌日、役所から帰ってくると、隆士の大きな声が玄関《げんかん》まできこえた。

「やあ、いらっしゃい」

隆士一人だけかと思って、居間にはいって行くと、客はもう一人あった。髪《かみ》をハラリと額に垂らし、黒い着物に黒い袴《はかま》の、三十近い男だった。柔和《にゅうわ》な目が、信夫の心をとらえた。滅多《めった》にみることのできない、やさしい目であった。

「こいつが従兄《いとこ》の信夫ちゅう奴《やつ》や」

隆士はそう言って、信夫を男に紹介《しょうかい》した。

「ほら、例の吉原《よしわら》から、回れ右して逃《に》げ出した意気地《いくじ》なしや」

隆士はずけずけと遠慮《えんりょ》なく言った。信夫は赤くなって挨拶《あいさつ》をした。そばに待子も母もいないのが幸いだった。吉原に行った話は母たちにしていなかったからである。

「お前、いやに分別臭《くさ》い面《つら》になったやないか。この先生は、よう話のわかる人やで。何なりと聞いたらいいがな」

隆士はそう言ったが、信夫には相手が何者か、さっぱりわからない。

「おにいさま、このかたはどこの先生ですか」

信夫はまだひざを崩《くず》さずにたずねた。

「どこの先生てお前、そりゃ日本中の先生やがな。小説書いている中村春雨《しゅんう》ちゅう先生や」

中村春雨という名前を、信夫は知らなかった。だが、小説の好きな信夫には、小説を書く人間が珍《めずら》しかった。

「中村春雨です。どうぞよろしく。この隆士さんには、家が隣《となり》なのでよくおせわになっています」

中村春雨は、大阪弁を使わなかった。少しなまりはあるが、大阪の人とは思えなかった。

「先生は、ちょっと調べることがあって、東京に半年ほどおいでなはるんや。お前、その間いろいろ勉強させてもろうたらええで」

隆士は上機嫌《じょうきげん》であった。世の中の景気は悪いが、隆士の店は順調に伸《の》びているようであった。

「これはぼくの小説です」

そう言って、中村春雨はふところから一冊の本をとり出して信夫の前に置いた。『無花果《いちじく》』という本であった。

晴れた日曜日の午後、信夫は、中村春雨にもらった『無花果』という小説を手に取った。新しく本を読む時の、いつもの信夫の癖《くせ》で本を掌《てのひら》にのせて、しばらくその重みを楽しんでみる。庭には、さつきの花が八つ手の陰《かげ》に朱《あか》く咲《さ》いていて、そのあたりだけがいかにも静かであった。日の下を羽を光らせながら飛んで来た蜂《はち》がさつきの花に、少しためらうようにしてから止まった。

こんな時が、信夫の一番楽しい時である。信夫は、いつもこうして本を読む前には、じっと手に持ったまま、何が書かれているのかと想像する。そこには必ず自分の知らない世界や、物語があるのだ。特に、この小説は、作者自身の手から手渡《てわた》されたものである。あの柔和な、どこか控《ひか》えめな、目の細い中村春雨が、どんな小説を書いたのかと思うだけでも、じゅうぶん楽しかった。信夫はなぜか、小説を書く人間はどこか尊大で、崩れたところのある人間のように思っていた。だが、中村春雨には、尊大な感じは全くない。その細い目の中にも、澄《す》んだ光を感じさせるものがあった。

(あんな人でも、小説を読んだり書いたりするのだろうか)

一般《いっぱん》に、小説を読むということは、堕落《だらく》の第一歩であるかのように思う人間が多い時代であった。信夫自身、最初は小説を読むことに、かなりためらいを感じたものである。

信夫は、さつきの朱から目を転じて、静かに本を開いた。何ページも読まぬうちに、信夫の心はたちまちこの小説の中にひきこまれて行った。

それは、あるアメリカ帰りの牧師の話であった。牧師はエンゼルのような、優美で清らかなアメリカ人の女性を妻にして帰って来た。牧師は着任の挨拶の際、信徒たちの前で、十数年前の自分の過失を告白する。牧師の名は鳩宮庸之助《はとみやようのすけ》と言った。鳩宮は十数年前、法律を勉強する書生であった。その学資を貢《みつ》ぐために、姉は新橋の芸者になった。

鳩宮は、ある弁護士の家に住みこんでいたが、そこに一人の娘《むすめ》があった。その娘と鳩宮は恋愛《れんあい》をした。だがこの恋《こい》には立身出世を願う鳩宮の気持ちが、全く働いていないとは言えなかった。いつしか二人は互《たが》いに許し合う仲になった。しかし、このことが親たちに知れて、鳩宮は弁護士の家を追い出される。傷心の鳩宮は判事試験にも失敗し、その上相手の娘は他の男と結婚してしまった。失望が重なって、彼は海外に飛び出した。アメリカでメリナという熱心な牧師の教えを聞き、キリスト信者となった。彼はメリナに助けられてエール大学にはいり、神学士となって帰朝した。

妻は、そのメリナの令嬢《れいじょう》であった。妻エミヤも、熱心な信者で、海外伝道を志していた。

こうして帰って来た鳩宮は、信者たちの前に、昔《むかし》、愛人を犯《おか》したことを、「処女の神聖を犯した」と心からざんげする。その後、長いこと音信不通であった父母と姉の居所が知れた。姉は銀行家の妻になり、自分の父母をひきとっていた。一同は、訪ねた鳩宮を喜んで迎《むか》えたが、職が牧師ときいてひどくガッカリする。

「牧師なんて、そんなろくでもない」

という、親や姉たちの言葉は鋭《するど》かった。

「牧師なんか辞《や》めて、銀行にはいりなさい」

義兄もすすめた。牧師は三十円の月給だが、銀行は月百円になるというのである。

この申し出をキッパリと退けた鳩宮は、意外なことを親から聞かされた。

一別以来、幸福に暮《く》らしているとばかり思っていた、かつての恋人が牢《ろう》にいるというのである。その娘は沢《さわ》といった。沢は親に強《し》いられて、泣く泣く結婚《けっこん》したが、すでに鳩宮の子をみごもっていた。鳩宮の子をおろせと迫《せま》る夫と争って、ついに夫を殺してしまう。沢は獄《ごく》の中で鳩宮の娘を産み、その娘は看守長の家に預けられたが、間もなく行くえ知れずになってしまったというのである。

これを聞いた鳩宮は、悔《く》い改めて牧師にまでなったものの、かつて、処女の神聖を犯した罪が、このように罪に罪を産むに至ったのかと、幾日《いくにち》も悩《なや》み苦しむ。

やがて、妻エミヤは妊娠《にんしん》する。エミヤは妊娠の身でありながら、孤児院《こじいん》を始めようと、まず手始めに三人の乞食《こじき》の子をひき取る。エミヤは汚《きたな》い着物を着た乞食の子を招じ入れて、王子や王女でも迎えいれるように、立派な椅子《いす》にすわらせる。その乞食の中に、獄の中で生まれた私生児《しせいじ》がいた。十二、三の娘である。それが実はわが子と知って、牧師の鳩宮はさらに驚《おどろ》き苦しむ。

鳩宮は市ケ谷の刑務所《けいむしょ》に教誨師《きょうかいし》として説教に行く。そこにかつての愛人沢がいた。ある嵐《あらし》の夜、沢は脱獄《だつごく》して牧師館に助けを求めて来た。疲《つか》れて何も知らずにエミヤは眠《ねむ》っている。びしょぬれにぬれて、髪《かみ》をふり乱して脱獄して来た沢に、鳩宮は自首をすすめる。だが、自分のためにこのような境涯《きょうがい》に落ちた沢を思うと、再びあの冷たい牢獄に帰れとは重ねて言いかねた。止《や》むなく他に部屋を借り沢をかくまう。

一方、鳩宮の父母は、姉の家を引きはらい鳩宮の家に同居していた。目の青いアメリカ女のエミヤをきらって、父母はことごとに辛《つら》く当たった。エミヤが妊娠しても、

「猫《ねこ》の目のような孫なんてうす気味が悪い」

と喜ばない。しかも息子の鳩宮には、しきりに離縁《りえん》をすすめる。だが、エミヤはし

とやかに、素直《すなお》に、夫にも父母にも従っていた。乞食の子たちは、エミヤをマリヤ様と言い、鳩宮の母を鬼婆《おにばば》と呼んだ。

　やがて沢の身元が知れ、沢もかくまった鳩宮も牢獄につながれる身となる。留守宅を守るエミヤに、鳩宮の両親はいよいよ辛く当たった。ある日、鳩宮の母は自分のためにエミヤが薬を注いでさし出した盃《さかずき》を、エミヤに投げつける。エミヤの白い額から血が流れた。だがエミヤは、その痛みをこらえてほほえんでいる。その姿に、まず父親の気持ちが折れた。牢獄の夫に面会したエミヤは、

「その傷はどうした」

と問われた。しかし、エミヤはちょっと打っただけだと答えて、母に盃を投げられたとは言わない。エミヤは沢が夫にかくまわれていたことも、二人の仲に子供がいたことも、その子供が自分の世話している乞食の子であることも、何も知らなかった。ましで夫が沢のかくれ家に泊《と》まったことも知らずにいた。そのすべてを知った時、さすがのエミヤも腹にすえかねて、ついに怒《おこ》った。早速《さっそく》アメリカの父母に手紙を書いた。泣きながら書き上げたその手紙を、エミヤは出すことができなかった。ひとつひとつ夫の罪をあばきたてる自分のみにくさに、エミヤは恥《は》じたのである。

「義人なし、一人だになし」

壁《かべ》に貼《は》られたこの言葉をみるや否《いな》や、エミヤは手紙を屑《くず》かごに破り捨てた。エミヤの顔は白く清らかに輝《かがや》いていた。

やがて、沢は獄中で縊《い》死《し》し、エミヤは子供を産む。すでにその時は鳩宮の父も母も心が溶《と》けていた。子供の生まれた平和な家に鳩宮は帰ってくる。しかし、沢の死を聞いた鳩宮は以前にも増して悩み苦しむ。次第《しだい》に心弱った鳩宮は、沢の白骨を幻《まぼろし》に見るようになる。沢の一生を誤らせたのは、全く自分の仕わざであると心責められて、ついに彼は家出をした。そして放心の鳩宮は鉄道をふらふらと歩いていて、汽車にはねられ、死んでしまった。

三百ページ余りのこの小説を信夫は一気に読み終わった。気がつくと、すでに日は落ちてあたりに夕色が漂《ただよ》っている。信夫はがっかりして、見るともなく、疲れた目を庭にやった。さつきの色は、昼間見た時より、少しくろずんで見える。庭の草花はほとんどその輪郭《りんかく》がぼやけていた。

（せっかく鳩宮家に平和が戻《もど》って来たというのに、どうしてこんな結末になってしまったのだろう）

信夫は、それが何とも残念でしかたがなかった。死んだ鳩宮牧師よりも、はるばるとアメリカからやって来た天使のようなエミヤが哀《あわ》れであった。

(たとえ、どんなに自分の犯した罪が身を責めるからと言って、こんなにも自分を痛めつけなければならないものであろうか)

何か鳩宮が、ひとりよがりのような気がしてならない。

(信仰《しんこう》を持っている人間が、こんな結末になるのならむしろおれのように何も信じていない方が、しあわせなくらいだ。結局、キリスト教は鳩宮に生きる力をひとつも与《あた》えていないではないか)

そう思わずにはいられなかった。鳩宮とは反対に、妻のエミヤは、何とちがった生き方をしていることだろうと信夫は思った。鳩宮の親たちに返事をしてもらえなくても、ハタキのかけ方が下手だと罵《ののし》られても、決して怒らない。そればかりか、エミヤは、自分を裏切った獄中の夫に、何かと慰《なぐさ》めの言葉をおくり、また獄死した沢の遺体を引き取って、ねんごろに葬式《そうしき》までしてやった。このことも信夫には大いなる驚きであった。沢は、いわばエミヤの仇《かたき》ではないか。

(その仇の子を引き取って、大事に育てるだけでも容易なことではないのに……)

エミヤの美しい心は信夫を打った。

夕食の席でも、信夫は小説のことを思い続けた。それは、今まで読んだ小説とは、全くちがうものを感じさせた。どこがちがうのか、明確には言い難《がた》かったが、深く考えこませるものを持っていた。

「おにいさま、きょうはだいぶお勉強のようでしたわね。わたしが二、三度お部屋に行っても、気がつかなかったようね」

「うん、おもしろい小説を読んでいたんだ」

「あら、小説?」

待子はちょっと眉《まゆ》を寄せた。

「待子、小説というものは、読んでおいても悪くないものだよ」

「でも、男と女のことなんか書いているんでしょう。聖書ほど、ためになることは書いてはいないと思うの」

聖書と聞いて、信夫は黙《だま》った。母や待子が聖書を持っていることは知っていた。だが今まで、一度だって読んで見たいとは思わなかった。今、聖書と聞いて、急に信夫は聖書を手にとって見たく思った。あの鳩宮や、エミヤが毎日読んでいた聖書というものを、自分の目で確かめてみたかった。

「聖書には、『義人なし、一人だになし』なんて書いてあるのか」

「あら、おにいさま、そんな言葉をどこで覚えて? その言葉は聖書の中でも、たい

「そう大事な言葉なのよ」

いきいきと待子が言った。自分の知らないことを知っている妹に、信夫はあらためて尊敬と嫉妬《しっと》の入りまじった気持ちを抱《いだ》かずにはいられなかった。

「信夫さん、何という小説ですか」

菊が笑顔を向けた。信夫の口から聖句を聞いて、内心菊は、叫《さけ》び出したいほどうれしかった。

「昨日、隆士にいさんといっしょに見えた、中村春雨先生の『無花果』という小説です」

信夫は、もらった『無花果』のことを母に知らせるのを忘れていた。

「あら、おにいさま、あの方が小説をお書きになるの？　あんなおとなしいきちんとした方じゃありませんか」

待子が箸《はし》をとめた。どうやら待子も、小説家という者は、もっと常人と異なっていると考えているようである。

「中村さんが小説家だとはうかがいましたけれど、聖書の言葉など、小説の中に書いてあるのですか」

菊はふしぎそうに尋《たず》ねた。

「それがね、牧師さんの話なんですが、どうも僕《ぼく》にわからないことがあるんですよ」

「まあ、牧師さんなの。その人はむろんいい人なのでしょうね、おにいさま」

「さあ、僕にはよくわからないな。ずいぶん良心的で、十何年も前のことを、ひどく後悔《こうかい》したりしているんだが、そのくせ、自分の奥さんを裏切ったりするんだからねえ」

「まあ、いやねえ。おにいさま、それはやっぱり小説よ。牧師さまは自分の妻を裏切ったりはなさらないわ。小説家なんて、牧師さまのことをよく知らないんだわ」

待子は口を尖《とが》らせた。

「待子さん、それはどうかしら。牧師さまも人間なのですよ。人間である以上、どんなにりっぱな信仰を持っていても、サタンの誘惑《ゆうわく》に負けないとはいえないのですからね」

「でも、わたし、中村さんて、ひどいと思うわ。何も牧師さまのことを、そんなふうに書くことはないじゃありませんか」

「だけど待子、僕にもその牧師がいいか悪いか、わからないんだよ」

「いいえ、妻を裏切るなんて、悪いにきまっているわ。そんな悪い人なんて牧師さまじゃないわ」

「あのね、待子さん。信夫さんも聞いてくださいね。人間はいい人と悪い人の二種類しかないように思っているようだけど、ただ一種類なのよ。さっき信夫さんが言った『義人なし、一人だになし』って。人はみんな、神さまの前に決して正しくはないの」

菊はおだやかに、しかし厳然と言った。

「そうかなあ。いや、正直なまじめな、ほんとうに心の正しい人というのがあると思うんだがなあ」

「おにいさま、わたしもついそう思ってしまうの。でもね、教会で牧師さまは、おかあさまのようにおっしゃるわ」

待子は、きまり悪そうな微笑《びしょう》を見せた。

「なあんだ、じゃ牧師だって、自分の妻を裏切ることはないとはいえないじゃないか」

「そうよ、そうかもしれないけれど、でも、うちの教会の牧師さまはそうではないわ。そんな悪い牧師は百人のうち一人もいないと思うの。まあ、そりゃあごくごくたまにいるかもしれないけど……」

「おかあさま。しかし、この世に正しい人はほんとうに一人もおりませんか」

「いないでしょうね」

あっさりといわれて、信夫は何となく自分が辱《はずか》しめられたような気がした。自分など、正しい人間の部類ではないかと思っていた。母は自分をまじめな青年だと思ってはくれないのだろうかと、うらめしくさえ感じた。

(俺《おれ》は大学に行くこともあきらめて、こうして母と妹を養っているではないか、それなのに、母はその俺を何とも思ってはくれないのだろうか。俺はどこに遊びに行くわけでなし、役所からまっすぐ帰ってくるではないか。酒はおろか、煙草《たばこ》さえのみはしない)

信夫は自分をもっともっとほめたい思いにかられていた。

「信夫さん。どうやらご不満のようすね。あなたは自分が、こんなにまじめなのにと思っているのでしょう」

心を見すかされて、信夫は苦笑した。いつしか食事は終わっていたが、三人はその場にすわったまま語り続けた。

「信夫さん。おとうさまはどんなお方だと思っていますか」

「そりゃあ、とてもりっぱな、あれこそほんとうに僕よりずっとずっと偉《えら》い人だと思っています」

「でもね、おとうさまはご自分を決して正しい人間だとは、おっしゃらなかったのよ。自分は罪深い人間だ。すぐに人よりも自分が偉いものであるかのように思い上がりたくなる。これほど神の前に大きな罪はない、とおっしゃっていられましたよ」

菊の声がしめった。待子はもう涙《なみだ》を浮《う》かべている。貞行が死んでまだ四カ月もたってはいない。

「そうですか。おとうさまがねえ。だけど、おとうさまはほんとうにりっぱだったから、人より偉いと思ったって、何もおかしくはありませんよ」

わざと快活に信夫は言った。

「いいえ、自分を偉いと思う人間に、偉い人はいないのですよ。このことは今すぐに信夫さんにわかるかどうか……。とにかく、今に思い当たる時がくると思いますけれど」

自分を偉いと思う人間に、偉い人はいないという言葉は、信夫に痛かった。どうしても自分のことはすぐにほめたくなってしまう。どうも妙《みょう》なものだと、あらためて信夫は思った。

『無花果』を読み終えて十日ほどたった夜、思いがけなく中村春雨が訪ねて来た。何と澄《す》んだ目であろうと、信夫は初めての人を見るように、つくづくと中村春雨の顔を見た。油気のない髪が、この間来た時と同じように、広い額に垂れている。この前は、ただ挨拶に来たばかりで、すぐに隆士と町に出て行ったから、ほとんど話をしていない。

「小説を読ませていただきました」

信夫は、この前よりもずっと親しみをこめて挨拶をした。

「それはどうも」

言葉少なに答えて、中村春雨は少し恥《は》ずかしそうに頭をかいた。

「でも、いろいろとむずかしい小説ですね」

「そうでしょうね。あれはどうも一般向きの小説ではなかったようで……」

「結局、あの牧師は悪い牧師なのでしょうね」

やはり、そう尋ねずにはいられなかった。

「さあ、悪くない人なんかいませんからねえ」

「母も、この間そんなことを言っていましたが、やはり先生も……あれですか」

信夫は、キリスト信者かと尋ねることをためらった。

「あれって、ああキリスト信者かということですか。むろんわたしはキリスト教徒です」

中村春雨は、さりげなく答えた。格別威張《いば》るわけでも卑屈《ひくつ》になるわけでもなかった。

「そうですか、先生もそうだったんですか。そしたらもっと牧師を賞《ほ》めて書けばよかったと思いますが」

「なぜですか」

「だって、正直のところ、世間の人はヤソ嫌《ぎら》いでしょう。僕の母だって、ヤソだったばっかりに、乳《ち》のみ児《ご》の僕を置いて、この家を出なければならなかったのですからね。少しでもキリスト教を人によく思われるのには、牧師のいいところばかり書いた方がよかったと思いますけれど……」

「ほう、お母さまはそんなご苦労をなさったのですか」

中村春雨は驚いて、菊のいる茶の間の方をふり返った。

菊がキリストを信じていることを、隆士は一度も中村春雨に言ってはいない。だから、むろん、菊が信仰のために家を出たことなど春雨は聞いたことはない。菊について中村春雨が知っていたのは、

「これでも、江戸には別嬪《べっぴん》のおばはんがいるのやで」

と、自慢《じまん》げに隆士にきかされた、その美人であること、そして近ごろ夫を失ったこと、子供が二人いることなどであった。つまり、ごく一般的なことだけであった。

「それで、おかあさまは、信夫さんを置いてひとりで暮らしていたわけですか」

中村春雨は、感じ入ったような面持《おもも》ちであった。

「僕は、母が死んだと聞かされて、祖母の手で育ったのですよ。祖母は大のヤソ嫌いだったらしいのですね。父は祖母に逆らうような人ではないので、やむなく母と別居したわけです。でも父は、勤めの帰りには、母の所に寄っていたようで、妹も僕の知らないうちに生まれたのです」

「そうでしたか。それは、おかあさまも、おとうさまも、そして信夫君もご苦労なさったわけですね」

「まあそういうわけですが、祖母としては、先祖伝来の仏教が大事だし、ヤソの嫁《よめ》など恥ずかしくて、家に置けなかったのでしょうね」

無意識のうちに、信夫は祖母のトセをかばっていた。

「僕の小説にも書いてあったように、牧師やキリスト信者などはろくでなしだと、まだまだ世間では思っていますからね」

「正直言って、僕もヤソはあまり好きじゃありません。何だか日本人のくせに、西洋人のまねをして、アーメンなどと、他国の言葉を使ったり、イエスとかいう外国人を神様だなどと信じているのは、どうにも虫が好かないのです」

率直《そっちょく》に信夫は言った。中村春雨という人間には、口先でいいかげんなことをいう必要がないように感じたからである。春雨の顔には真心が現れているように信夫は感じた。いや、真心というより、それはもっと、暖かい、包容力のようなものであった。

「そうでしょうね。初めはわたしもそんなふうに感じていましたよ」

無理もないというようにうなずいた。

「どうして、先生はキリスト教なんか信ずるようになったのですか」

「そうですね。そのうちにいずれ話すようになるとは思いますが、いろいろな事情がありましてねえ」

何かを思い出すように春雨は言葉を区切った。そこへ菊が茶とようかんを運んできた。

「この間はたいそう結構なご本をちょうだいしましてありがとうございます」

あらためて菊は礼を言った。

「いいえ、どうもお恥ずかしいものでして……。ところであなたもキリスト信者だとうかがいましたが……」

中村春雨はまぶしそうに菊を見た。とても、信夫の母とは思えない、匂《にお》やかなみずみずしさの中に、喪《も》にある人の憂《うれ》いがあった。

「わたくしなど、キリスト信者と申しましては、お恥ずかしゅうございますが……」

菊は静かにうつ向いた。この人のどこに、婚家を出てまで信仰を守り通した強さがあるのかと、中村春雨はじっと菊を見つめた。

「いやいや、あらましは信夫君からうかがいました。わたしも同じ信仰に生きる者ですが、いつになったら、キリストを信ずる者がこの日本に受けいれられるかと、悲しくなることもあるのです」

二人の言葉を聞きながら、信夫は自分がなぜこんなりっぱな人たちの信仰をきらうのかと、ふしぎに思った。自分は初めから食わずぎらいで、ちっともほんとうのキリスト教を見ようとしていなかったのではないかと思った。その証拠《しょうこ》に、キリスト教の教えがどんなものであるかを知らない。聖書に何が書いてあるかを読んだこともない。それでいて、キリスト教はバタ臭《くさ》いとか、外国の宗教だとか言って毛嫌《けぎら》いしているのだ。自分が嫌っている理由は、全くのところどれほどの根拠《こんきょ》もないのだと思わずにはいられなかった。

母と、この中村春雨と、そして死んだ父とは共通するものがあった。それはまず、いかにも謙虚《けんきょ》な点である。もしそれが、生来のものではなく、キリスト教を信ずることで培《つちか》われたものなら、キリスト教を見なおしてもいいと思った。

「おかあさま、おかあさまはどうしてキリスト教を信ずるようになったのですか」

信夫は初めて真剣《しんけん》にたずねる気持ちになった。その真剣な信夫の面持ちに、菊はハッとしたようであった。しかし、軽くうなずいてから、「そうですねえ」と、しばらく考えていた。

「わたくしはねえ、小さな時から、人はどうしてこの世に生まれたのか、何のために生きているのか、そして死んだ後はどうなるのかなどと、いつも考えていたのですよ。ところが、ある日大阪の近くの村に遊びに行った時、たいへんなことにぶつかったのです。何だか通りが、ワイワイうるさいので、けんかかと思って出て行きました。みんなが、ヤソの坊主《ぼうず》だ、くそ坊主だと言って、ひとりの若い青年を罵《ののし》っているのです。その人は黙って立っていましたが、ある人が、くそ坊主だからこれでも食らえと、乱暴にも肥《こえ》だめから柄杓《ひしゃく》で汚《きたな》いものを、そのキリスト教の先生にかけたのです。頭も目も口も、臭い肥で汚《よご》れましたのに、その人は黙って、すぐそばの川にはいって行きました。さすがに村の人たちはそのまま散って行きましたけれど、わたくしはまだ子供でしたから、土橋の上でながめていたんですよ。そしたら、まあどうでしょう。小川の水で、頭も顔も洗ってから、何だか勇ましい大きな声で歌をうたいはじめたのです。その顔があまりにも明るくて、子供心にもひどく打たれたものでした」

「ほう、それはひどい村人たちですねえ、おかあさま」

「全くですね。それでそれ以来あなたは信者になったのですか」

「感じやすい子供のころに見たその光景は、決して忘れることはできませんでしたけれど、でも、すぐ信者になったわけではないのですよ。だれもキリスト教のことを教えてくれる人はいませんでしたからね。結婚する二年ほど前、実家によく見えたお客さんが、わたくしにキリストのお話をしてくださるようになって、わたくしはすぐに信じました。子供のころに見た、あの村のできごとが、わたくしに大きな影響《えいきよう》を与《あた》えたのでしょうね」

「でも、先祖から仏教があるのに、外国の宗教を信ずることはないではありませんか」

「でもね、信夫さん、おかあさんはこう思いましたの。みんな、キリスト教は邪教《じやきよう》だと嫌いますけれど、お話を聞いて、どこが邪教かしらとね。あの村の人たちは、おそらく仏教を日本の宗教だと思っていたのでしょうが、ほんとうに仏さまのことを信じているのなら、どうして何もしないあの若い先生に肥をかけたりしていじめたのでしょう。いじめた方より、いじめられて黙って歌をうたっていた人の信仰の方が、わたくしには好ましくおもわれたのですよ」

淡々《たんたん》と菊は話した。信夫は黙っていた。

「信仰というものは、なかなかめんどうなものでしてねえ。キリスト教の歴史にも、決してほめることのできない宗教戦争などがありましたからねえ」

中村春雨は腕《うで》組《ぐ》みをしたまま、つぶやくように言った。

「そうですわね。キリスト教の人間だから、みんな正しいのではないのですけれど、でも、まだ結婚前の少女でしたから、わたしはやはり義憤《ぎふん》のようなものから、信仰にはいったのだと思いますわ」

「では、おかあさま、僕が仏教を信じても、別段不都合ではないわけですねえ」

信夫はいくぶんほっとしてたずねた。

「それがあなたの道ならば、おかあさまは何も申しませんよ」

菊と中村春雨が顔を見合わせて、笑いながらうなずいた。それは信者同士であることの親しい笑顔であった。だが、信夫は何となく自分だけが別物のような感じになった。

「おかあさま」

茶の間の襖《ふすま》をあけて待子が呼んだ。

「こちらへ持って来てくださいね」

いわれて待子は、ちょっとはにかみながら、せんべいを持って来た。

「この間、ちらりとお見かけいたしましたが、かわいいお嬢《じょう》さまですね」

春雨は、年かさらしい落ちつきを見せて、待子をながめた。

「小説をお書きになるのですって?」

待子は生来の人なつっこさで、すぐにうちとけて言った。

「あなたは、小説をお読みになりますか」

「いいえ、わたし小説って何だか、まだわかりませんの」

「でも、待子。中村先生の『無花果』だけは読んでおいた方がいいよ」

「でもね、牧師さまの悪いことが出ているんでしょう。どうして牧師さまの悪いことをお書きになったの」

少し恨《うら》むような口調になった。

「お嬢さんも信者ですか」

中村春雨は腕組みをしたまま、ちょっと笑った。

「そうよ。わたしは小さい時から教会へ行ってたんですもの」

待子は紫《むらさき》の矢がすり銘仙《めいせん》のたもとを、ひざの上で折りたたみしながら答えた。

「そうですか。それでは牧師さんの悪口を書いたと叱《しか》られるのもしかたがありませんねえ。わたしは牧師になるほどの信仰には心から頭をさげていますがねえ。それほどの強い信仰を持っていたとしても、いったんサタンに襲《おそ》われると、つい人間はだめになってしまうものじゃないかと思うのですよ。われわれはみんな、自分は信仰に固く立っていると、かなり自負していますがね。しかし下手をすると、自分の力を信じているようなことになりかねないと思うのです。信仰は、そんな自負心を持った時、たとえ牧師でもガタガタに崩《くず》れていくような気がしましてね。つまり、あれはわたしたち信者の自戒《じかい》のための小説なんですよ。それは巻頭に書いてある聖句をごらんいただければわかることと思うのですが……」

信夫は本を開いてみた。

〈路加《ルカ》伝第十三章
『シロアムの櫓《やぐら》たおれて、圧《お》し殺されし十八人は、エルサレムに住める凡《すべ》ての人に勝《まさ》りて罪の負債《おいめ》ある者なりしと思うか。われ汝《なんじ》らに告ぐ、然《しか》らず、汝らも悔改《くいあらた》めずば、みな斯《かく》のごとく亡《ほろ》ぶべし』又《また》この譬《たとえ》を語りたまう『或人《あるひと》おのが葡萄園《ぶどうその》に植えありし無花果《いちじく》の樹《き》に来《きた》りて果《み》を求むれども得ずして、園丁《そのつくり》に言う「視《み》よ、われ三年きたりて此《こ》の無花果の樹に果を求むれども得ず。これを伐《き》り倒《たお》せ、何ぞ徒《いたず》らに地を塞《ふさ》ぐか」答えて言う「主よ、今年も容《ゆる》したまえ、我その周囲《まわり》を掘りて肥料《こやし》せん。その後、果を結ばば善し、もし結ばずば伐り倒したまえ」』〉

「おっしゃることはわかります。義人なし、一人だになしと聖書にも書いてありますから。でも、ただでさえ世間の人はヤソヤソとばかにするのに、牧師様の悪いことなど書いたら、いっそうばかにされるではありませんか」

待子は反論した。

「どうも弱りましたなあ」

額にたれた髪をかきあげながら、中村春雨はいかにも困ったように言った。

「でも、この小説を読んで、ぼくはエミヤという奥さんが、ほんとうにりっぱだと思いましたよ。たとえば病気のお姑《しゅうとめ》さんに薬を持って行ったら、その薬のはいった盃を投げつけられたでしょう。ところが、盃をぶつけられた額の傷の痛みをこらえて微《び》笑《しょう》してるんですよね。それから夫の愛人の子をかわいがったり、牢死《ろうし》した夫の愛人をりっぱに葬《ほうむ》ってやったりして、実に何というか、ぼくは涙《なみだ》が出ましたよ」

「あら、そんなりっぱな奥さまなの。どうしてそんなりっぱな奥さまがいるのに、裏切ったりしたんでしょうねえ」

待子は、信夫のそばにある『無花果』の本を手にとって、

「ちょっと拝借ね」

といった。

「小説というのはめんどうでしてね。つまり寛容《かんよう》な妻のエミヤがいるのに、結局はその妻を裏切ることになってしまった牧師の姿は、神の愛を知りながら、ともすれば不信仰におちいるわれわれキリスト教徒の姿、というより、まあわたし自身の姿でしょうかね。そんなつもりが、なかなか皆《みな》さんにわかってもらえなくて、わたしの教会でもかなり腹を立てていた人がありましたよ」

中村春雨は、信夫と菊の顔を交互《こうご》にみた。

「それはまあたいへんなことでしたね」

菊は、そういってお茶をひと口飲んだ。

「ぼくはキリスト教をよくわからないけど、それじゃあの小説は、中村先生ご自身の信仰生活の反省のようなものですか」

「まあそうでしょうね」

「何かはわからないながら、どうも腹わたの煮《に》えくりかえるような、いつまでも腹にずしんとこたえる小説ですね」

「そうですか。腹にこたえてくれましたか」

春雨はうれしそうに微笑した。東京にはまだしばらくいるから時々遊びにくるといって、春雨は帰って行った。

トランプ

信夫はそれ以来、何となく神ということについて考えるようになった。

六月のはじめのある雨の日であった。ひる休みがきて、信夫は弁当の包みをひらいた。弁当箱《ばこ》は青い花模様のセトの重ねものである。ふたをひらく前に、信夫はいつもキキョウの花模様をちょっとみる。すると何となく母を感ずるのだ。おかずは卵と肉をいためて、甘じょっぱく味つけたもの、コンニャクとガンモの煮《に》つけ、それにタクアン漬《づ》けが二きれ添《そ》えてあった。信夫は弁当を食べながらぼんやりと窓の外をながめていた。外は役所の中庭になっている。桐《きり》の木が一本まっすぐに立っていて、その下に紅バラの花が雨にぬれていた。見えるか見えないかの雨の中で、バラの花も葉もしっとりとぬれている。

（きれいだなあ）

ふっとそう思った時、信夫は思わずハッとした。

（こんな美しい花が、この汚《きたな》い土の中から咲《さ》くなんて……）

それはいかにもふしぎだった。信夫は今まで自分の家の庭を見ていても、いまだかつてこんなにも花の美しさがふしぎに思われたことがない。毎年信夫の部屋の前に山《やま》吹《ぶき》が咲き、アヤメが咲きボタンが咲いた。ボタンの時期がくればボタンの木にボタンの花があでやかに咲く。山吹の時期がくれば山吹の枝《えだ》に山吹の花が黄色に咲く。それは何の変てつもない、あたりまえのことであった。だがはたして、それはあたりまえといえるだろうか、信夫はいま雨にぬれている紅バラを見た。この土の中から、白や黄色や青や赤の、さまざまの花が咲くことに、なぜ自分は一度も驚《おどろ》いたことがなかったのかと思わずにはいられなかった。

「きれいなバラですね」

信夫は隣《となり》の席の同僚《どうりょう》にいった。

「うん、毎年咲くんだ」

同僚は、飯を口にほおばったままバラをちらりと見ただけである。それをみて信夫は何と感動のうすい人間だろうと思った。だが、考えてみると自分だって、同じよう

にほとんど何の感動もなく、

(咲いているな)

と思ってきたではないかと、思い返した。

あたりまえに見えていたものが、いったんふしぎになるとすべてのものが新たな関心を呼んだ。

(花ばかりじゃない。朝が来て一日があり、そして夜が来る。このことだって決してあたりまえではないのだ。宇宙のどこかには、一年中夜の所もあれば、一日中ひるの所もあるにちがいない。いや、この地上にだって、薄暮《はくぼ》のような場所があるではないか)

信夫はとりとめもなくそんなことを考えていた。

(第一、この自分はいったいどこから来たんだろう)

母から生まれたことはわかってはいる。だが、それを単に当然のように考えることはできなかった。父と母がこの自分を生もうと思っていたわけではない。生まれた赤ん坊《ぼう》が偶然《ぐうぜん》この自分だったのだと、信夫は思った。

(だが待てよ。それはほんとうに偶然であろうか)

信夫は必然という言葉を思った。自分は必然的存在なのか、偶然的存在なのか。そんなことを考えていると、給仕《きゅうじ》が信夫の名を呼んだ。

「永野さん。ご面会です」

給仕はそういうなり信夫に背を向けて、廊下《ろうか》に出て行った。裁判所に勤めてまだ二カ月余りしかたっていない。信夫を訪ねてくる者など、見当がつかなかった。

(だれだろう)

雨のふる窓にちらりと目をやって、自分の服のボタンを見てから、信夫は廊下に出て行った。玄関《げんかん》に出てみると、和服姿の青年がいた。背の高い、肉付きのよい丸顔の青年だった。信夫はけげんな顔をしてその男を見た。

「よう、永野君、吉川だよ」

青年は大きな手をあげて人なつっこく笑った。

「えっ？　君、吉川君？　北海道の……」

驚きのあまり信夫の声がうわずった。

「そうだよ、吉川だよ。君は相変わらず青白い顔をしてるじゃないか。街でバッタリ会っても、君なら見まちがうことはないよ」

吉川は懐《なつ》かしげに信夫の姿を頭から爪先《つまさき》まで、いく度も見た。

「やあ、君はすっかりほんとうの大人になったねえ。それでいつ東京に出て来たの」

吉川は信夫より五つ六つ年上に見えた。

「今朝着いたんだ。おれの祖母が死んで、どうしても母が葬式《そうしき》に出たいというんだ。しかし遠いからむろん葬式に間に合いはしない。まあ、間に合わなくても、親孝行だと思って、十日ほど休むことにして親子三人で出て来たのさ」

「えっ、三人で……。それはたいへんだなあ」

三人と聞いて信夫は心がときめいた。

夜、信夫の家に来る約束《やくそく》をして、吉川は帰って行った。

夕方になっても、小糠《こぬか》のような雨はふりつづいていた。信夫は、吉川が訪ねてくると思うと、妙《みょう》に心が落ちつかない。いくども門の所まで出ては、また部屋に戻《もど》ってみる。吉川を待つ心の中に、何となくふじ子との再会を期待するものがあった。だが、それは自分自身も気づきたくないような、そして人には無論知られたくないような思いなのだ。玄関から門までのとび石が雨にしっとりとぬれているのをみると、いつもは感じたことのないやさしい思いが信夫を包む。

「おにいさま、おにいさまったら、いやねえ。ちゃんとお部屋にすわってらっしゃいよ。吉川さんがおいでになったら、わたしがすぐにお知らせしてよ」

待子の言葉が、自分の気持ちを見すかしているようで、信夫は何となくきまりが悪かった。

「いや、道を忘れたんじゃないかと思って……」

信夫は口ごもるようにそういいながら、自分の部屋にはいって行った。吉川が東京を出てから十年近い。そのころからみると、東京はかなり変わっているかもしれないと、あらためて自分の言葉に信夫は不安になった。

それからどれほどもたたぬうちに、待子の声がした。

「おにいさま、おにいさま、お見えになりましたよ」

信夫はあわてて立ち上がってまたすわり、そしてゆっくりと立ちあがった。

（たぶん吉川一人だろうな）

玄関に出迎《でむか》えて、信夫はハッとした。大きな吉川のうしろに、色白の美しい、桃《もも》われ髪《がみ》の女性が立っていた。

「やあ、いらっしゃい」

信夫は吉川をみて言った。自分の中に、ざっくばらんになれないよそゆきの気持ちがあった。それを顔に現すまいとして信夫は、

「遅《おそ》かったなあ」

と笑顔《えがお》になった。

「いや、すまんすまん。何せすっかりおのぼりさんになってしまってね」

吉川は快活に言ってうしろをふり返った。

「ふじ子もつれて来たよ」

「お邪魔《じやま》いたします」

ふじ子は、待子に向かって先に頭を下げ、次に信夫に黙礼《もくれい》した。

結城縞《ゆうきじま》に赤いメリンスの帯が可憐《かれん》だった。

「ようこそ、きっとあなたもいらっしゃると思って楽しみにしていましたのよ。ねえ、おにいさま」

待子は、いかにも信夫もふじ子を待っていたような言い方をした。

「いやあ……」

信夫は、何と言っていいかわからずに頭をかき、先に立って客間にはいった。吉川も遠慮《えんりよ》なく大股《おおまた》ですぐにつづいた。

「懐かしいな。このうちは十年前と同じだね。この山の絵も同じじゃないか」

吉川は懐かしそうに部屋をぐるりと見まわした。まだ明るい庭が、縁側《えんがわ》のガラス戸越しにみえる。

「八つ手が大きくなったなあ」

吉川はそう言ってから、しみじみとした表情で信夫を見つめた。

「しばらくだなあ」

「うん、十年になる」

待子とふじ子は、すぐに客間には通らずに、何か親しそうに玄関で笑いあっている。

「まずお参りさせてもらおうか」

吉川は開け放ってある仏間の方をふり返った。

「ああ、ありがとう。だがね、父の位牌《いはい》はないんだよ」

「ほう」

「父はいつの間にか、キリスト教徒になっていたらしいんだ」

信夫は、何だか恥《は》ずかしいような気がした。

「そうか。それじゃ線香《せんこう》を買って来ても仕方がなかったな」

吉川は案外さらりと言ってから、手もとの風呂《ふろ》敷《しき》包みをあけた。

「だけど、仏壇《ぶつだん》がある以上、線香もむだにはなるまい」

と信夫の前に置いて、

「それから、これは北海道土産《みやげ》のコンブだ」

大きな紙包みを押《お》しやった。

「これはどうも。こんな大きな荷物では、途中《とちゆう》がたいへんだったろう」

信夫は両手をついて礼を言った。その時、母の菊と待子とふじ子が部屋の中にはいって来た。

「まあ、大きくなられて……。すっかりりっぱな大人になられましたのね」

菊は親しみをこめてそう言い、吉川の祖母や、もう何年も前に死んだ吉川の父の悔《く》やみを言った。

「お妹さんも美しくおなりになって……」

ふじ子の、そのパッチリとした目もとや、微笑《びしよう》の消えない形のよい唇《くちびる》は、信夫の想像していた以上に美しかった。しかもその美しさには、単に眉目《みめ》形の美しさの外に心の清らかさがにじみ出ているような輝《かがや》きがあった。

「ほんとうに、ふじ子さんはおきれいよ」

待子も率直《そつちよく》に賛嘆《さんたん》して言った。吉川もふじ子も、小さい時から父親を失った者の淋《さび》しいかげはみじんもない。いかにも長い冬を、純白の雪の中で寒さに耐《た》えて生きて来たような清純さと、質実さがあった。

食事は、吉川たちのために菊が調《ととの》えてくれた牛鍋《ぎゆうなべ》だった。吉川は、父に死に別れてからいままでのことを、ほとんど何も話さなかった。苦しかったとか、学校へ行きたかったとか、そんなことは何もいわない。ただ、北海道の雄大《ゆうだい》な景色や、寒さのことを語るだけである。聞いているうちに吉川その人があたかも北海道の原野《の》に伸び伸びと枝を張った若木のように思われて来た。

「信夫君、君も北海道にやって来ないか」

盛《さか》んな食欲をみせて肉をつつきながら、吉川はまじめな顔でいった。

「北海道か、どうも遠すぎるねえ」

信夫は尻《しり》ごみするように答えた。

「意気地《いくじ》のないことをいうなよ。日本なんて地図でみれば、小さなものじゃないか。このごろはアメリカくんだりまで勉強しにいく女もいるのに、北海道ぐらい遠いなんていえないよ」

吉川はそう言って、大声で笑った。

「でも、北海道って熊《くま》がいるんでしょう。わたしこわいわ」

待子が恐《おそ》ろしそうに眉《まゆ》を寄せた。

「いやいや。熊なんてぼくはまだ一度もお目にかかったことはありませんよ」

「あら、ほんとうですか」

「ほんとうですとも。熊の方だって、人間が恐ろしいですからね。山の中はともかく札幌《さっぽろ》のような大きな街になんぞやって来ませんよ」

「でも、何だか北海道って、こわいわ」

「いやいや、人間のうようよしているお江戸の方が、ずっとこわいですよ」

そんな話をしている間も、信夫は、ともすればふじ子に視線のいきそうな自分を意識していた。ふじ子と視線が合うと、胸の中が何ともいえない妙《みょう》な気持ちになる。あわてて視線をそらすのだが、またいつの間にかふじ子のきれいな額や、パッチリとした目もとにひきよせられてしまう。

食事が終わると、女たちは茶の間に移った。その時、信夫はふじ子が足を引きながら歩くうしろ姿を、思わずじっと見てしまった。その歩き方は決してみにくいとは思わなかった。何か不安定な頼《たよ》りなげな歩き方に、そばに行って、そっと肩《かた》を抱《だ》きかかえてやりたいような、そんな感じがした。そのふじ子をじっとみつめる信夫の顔を、吉川は黙《だま》って見ていた。

「信夫君。ふじ子をかわいそうな奴《やつ》だと思うかい?」

いわれて信夫は狼狽《ろうばい》した。

「ううん、ちっとも……。きれいになったと思いはしたけれどね」

信夫はそういわざるを得なかった。

「あいつはね、足が悪いだろう。だが、一度だって人の前に出るのをいやだと言ったことはない。平気で毎日買い物にもいくし、こうして東京に来ても、君の所に来る奴だ」

吉川は言葉を切った。外は暗くなっている。信夫は立って縁側の障子を閉めた。

「だがね、ほかの娘《むすめ》とはどこかやはりちがうような気がするよ。よく本を読むんだ。ちっともひがんではいないようだし、自分の足のことなど、これっぽっちもぐちったことがないんだ。だがふじ子はね、足が悪いって、ある意味ではしあわせね、生きるということに対して、自覚的になるような気がするの、なんていうことはあるよ」

吉川の顔は、妹への同情にあふれていた。自分は吉川のように、待子をいとしく思ったことがあるだろうかと、信夫は急に自分がひどく冷淡《れいたん》な人間に思われてきた。

「君は偉《えら》いなあ。君は小さい時からいつもぼくより遥《はる》か先を歩いていたからなあ」

それはいったい何のゆえの相違《そうい》だろうかと信夫は思った。

「そんなことはないよ。君の方がよっぽど君子《くんし》だ」

「いや、ぼくには、君のような広やかさや、暖かさがないよ。君は何とも言えない暖かいいものを持っているよ」

「そうかなあ、だとしたら、それはふじ子のせいだよ。ぼくは小さい時から、ふじ子の足がかわいそうで、何よりも先にふじ子のことをしてやりたかった。菓子《かし》をもらってもふじ子にたくさんやりたくなる。外を歩いても、ふじ子には道のいい所を歩かせたくなる。ぼくが何かを買ってもらうよりも、ふじ子が先に買ってもらったほうがうれしかったものだ。そんなふうにいつの間にかなってしまったんだな。君だって、万一妹さんが……待子さんと言ったっけ……体が不自由ならそうなるよ」

「そうかなあ」

自信なく信夫は答えた。

「そうだよ。考えてみると、永野君、今ふっと思いついたことだがね。世の病人や、不具者というのは、人の心をやさしくするために、特別にあるのじゃないかねえ」

吉川は目を輝かせた。吉川のいうことをよく飲みこめずに、信夫がけげんそうな顔をした。

「そうだよ、永野君、ぼくはたった今まで、ただ単にふじ子を足の不自由な、かわいそうな者とだけ思っていたんだ。何でこんなふしあわせに生まれついたんだろうと、ただただ、かわいそうに思っていたんだ。だが、ぼくたちは病気で苦しんでいる人をみると、ああかわいそうだなあ、何とかして苦しみが和《やわ》らがないものかと、同情するだろう。もしこの世に、病人や不具者がなかったら、人間は同情ということや、やさしい心をあまり持たずに終わるのじゃないだろうか。ふじ子のあの足も、そう思って考えると、ぼくの人間形成に、ずいぶん大きな影響《えいきょう》を与《あた》えていることになるような気がするね。病人や、不具者は、人間の心にやさしい思いを育てるために、特別の使命を負ってこの世に生まれて来ているんじゃないだろうか」

吉川は熱して語った。

「なるほどねえ。そうかもしれない。だが、人間は君のように、弱い者に同情する者ばかりだとはいえないからねえ。長い病人がいると、早く死んでくれればいいとうちの者さえ心の中では思っているというからねえ」

「ああ、それは確かにあるな。ふじ子だって、小さい時から、足が悪いばかりに小さな子からもいじめられたり、今だって、さげすむような目で見ていく奴も多いからなあ」

紺《こん》がすりの袖《そで》から陽《ひ》にやけた太い腕《うで》を見せて、吉川は腕組みをした。

茶の間の方から、待子たちの何か話す声が聞こえる。

「うん、そうか」

吉川が大きくうなずいた。

「じゃ、こういうことはいえないか。ふじ子たちのようなのは、この世の人間の試金石のようなものではないか。どの人間も、全く優劣《ゆうれつ》がなく、能力も容貌《ようぼう》も、体力も体格も同じだったとしたら、自分自身がどんな人間かなかなかわかりはしない。しかし、ここにひとりの病人がいるとする。甲《こう》はそれを見てやさしい心がひき出され、乙《おつ》はそれを見て冷酷《れいこく》な心になるとする。ここで明らかに人間は分けられてしまう。ということにはならないだろうか」

吉川は考え深そうな目で、信夫の顔をのぞきこむようにみた。信夫は深くうなずいた。うなずきながら、自分がきょう感じたバラの美しさを思い出していた。この地上のありとあらゆるものに、存在の意味があるように思えてならなかった。

「いいことを聞いたよ。君はいつもそんなふうに深く物事を考えているのか」

「いや、別に自分では深く考えているとは思わないがね」

「ぼくはかなり自信家だったが、このごろは自分がこの世に何の取柄《とりえ》もない存在だと思うようになっていたんだ。しかし今、吉川君の話を聞いていると、この自分もまた何らかの使命をおびている存在ではないかと、あらためて考えさせられたよ。花には花の存在価値というものがあるんだな。花を見て美しいと思い、ふしぎと思う心が与えられているかどうかは、やはりぼくたちにとって大きな問題なんだろうね」

「うん、そうだろうな。この世の中に、何らの意味も見いだせないとする考え方もあるかもしれん。人間も犬も猫《ねこ》も、単なる動物に過ぎない。そして、死んでしまえばいっさいが無になる、という考え方もあるだろう。だが見るもの聞くものすべてに、自分の人格と深いかかわりを感じとって生きていく生き方も、あるわけだからね」

二人は、お互《たが》いの言葉がそのまま相手に伝わるのを感じて、青年らしい純な喜びを感じた。

「そうだね。いっさいを無意味だといえばそれまでだが、ぼくはすべての言葉を意味深く感じとって生きていきたいと思うよ。君のおとうさんの死だって、ぼくの父のあの突然《とつぜん》の死だって、残されたぼくたちが意味ぶかく受けとめて生きていく時に、ほんとうの意味で、死んだ人の命が、このぼくたちの中で、生きているといえるのではないだろうか」

信夫は、今はじめて、死んだ父の命がこよなく尊いものに思われてきた。貞行と自分が、父と子であるという切っても切れない絆《きずな》の意味が、納得《なっとく》できるような感じであった。

「永野君、しかし何だねえ、ぼくたちは生とか愛とかいう問題に、ほんとうにまじめにぶつかって生きていきたいものだなあ。こうして君と話していると、つくづくとそう思うよ。だが、毎日の忙《いそが》しい生活の中では、話し合う友人も少ないし、すぐにうわすべりな生き方になってしまうので、気をつけないといけないと思うよ。君が北海道にいるのなら、どんなに楽しいだろう」

信夫も、この吉川と毎日語り合って生きていけるのなら、自分の人生ももっと豊かなものになるだろうと思わずにはいられなかった。

「ぼくが、北海道にいくより、君が東京に帰って来たまえよ」

「ところが、そうはいかないんだ。北海道という所は、おれの性分に合っているんだな。北海道の冬は、うんざりするほど長いんだ。何もかも白一色の雪におおわれて、青いものはこれっぽっちも見えやしない。ただときわ樹《ぎ》の松だけが葉をつけているだけで、あとはみんな枯《か》れ木になる。そんな大自然をみていると、ぼくは最初、これが自然の枯れ果てた死の姿だと思ったものだよ。だが、やがて半年もの冬が過ぎて、雪の下から青い草が姿をみせると、冬は決して死の姿ではないと思うんだな。このごろでは、人間の死も、あるいはこの冬のような姿ではないか、いつか生き生きと息を吹《ふ》きかえすことが、ありはしないかなんて思うほどだ」

「北海道の冬って、ずいぶんきびしいもんなんだなあ」

「ああ、そりゃ東京では想像もできないほどきびしいよ。ぼやぼやしていれば凍死《とうし》するような寒さだし、あの一寸先も見えない吹雪《ふぶき》になったら、道も野原も区別がつかなくなってしまう。吹雪で死ぬ人も毎年いるからねえ。だが、ぼくにとって、この自然のきびしさがやっぱり必要なんだな」

「なるほどねえ、それに、そんな長い冬では、待つというか、忍《しの》ぶというか、かなりの忍耐心《にんたいしん》も知らず知らずのうちに養われるだろうからねえ」

信夫は、まだ見ぬ北海道の冬のきびしさと長さを想像した。自分が知らないその冬を、吉川はすでに十回近くも体験しているのだと思うと、何かかなわないような気がしてならなかった。このまま自分が東京にいる限り、いつ春が来て夏になり、そして秋に移ったかもわからないおだやかな四季の中で、のんびりと一生終わるのだと思うと、少し残念な気もした。一生を北海道に暮《く》らす気はないが、四年や五年くらいなら住んでみてもいいような気がした。

その時襖《ふすま》があいて、待子がお茶をもってはいって来た。

「ずいぶんお話がはずんでいるのね。今夜はお泊《と》まりになってくださいって、母が申しておりますわ」

「ああ無論。そのつもりだよ待子。吉川君、今晩だけといわずに、東京にいる間ここに泊まってくれたまえ」

「そう願えたら楽しいが、まさかそんなに長いこと迷惑《めいわく》もかけられまい」

吉川は大きな手でお茶を飲んだ。

「いいえ、わたしたちはお泊まりいただいたほうが、うれしいのよ。ねえおにいさま」

「そりゃそうだよ。今夜寝《ね》ないで話しても、話の種がきれるとは思えないからね」

信夫も、吉川たちに泊まって欲《ほ》しかった。

「とにかく今夜だけはおせわになるよ」

吉川の言葉に、待子は、

「じゃ、少しはわたしたちもお仲間にいれてよ。トランプでもして遊びたいわ」

と甘《あま》えた。

「トランプか」

信夫は苦笑した。やはり待子は十六歳《さい》の少女らしい幼さがあると思った。

「そうだね、まあトランプもいいだろう。ふじ子さんもたいくつするといけないから」

菊もはいって五人でトランプをはじめた。信夫の隣《となり》が待子、次に菊、ふじ子、そして吉川がまるく座をつくった。トランプなど、あまり好きでない信夫も今夜は楽しかった。

「あら、その札《ふだ》が永野さんのところにあったのね」

などと、ふじ子が親しみをみせて言葉をかけてくれると、信夫の心は、おさえきれないほど喜びに溢《あふ》れた。この夜が、自分の一生にとって、忘れられない夜になるのではないかと思いながら、信夫はトランプ遊びに興じていた。

その夜、信夫と吉川は同じ部屋に床《とこ》を並《なら》べて寝た。

「吉川君、北海道から東京まででは、ずいぶん疲《つか》れただろう」

何か考えているらしい吉川に、信夫は言葉をかけた。

「いや、疲れはしないよ。おれは鉄道員といっても、荷物を持ったり担《かつ》いだりする労働者だからね。汽車の中でもぐっすり眠《ねむ》ったたし、きょう君の役所を訪ねたあとも少し眠ったからね」

疲れていないといいながら、なぜかその声には先ほどまでの明るさはなかった。信夫は気になったが、立ち入って尋《たず》ねるのもはばかられた。

「あのね、吉川君、ぼくはこの間おもしろい小説を読んだよ。しかも、その小説を書いた作者から、その本をもらったのだ」

暗に吉川の気をひきたてるように、信夫は中村春雨の小説『無花果《いちじく》』をかいつまんで話した。

「なかなかおもしろそうな小説じゃないか」

うんうんと、うなずきながら聞いていた吉川が、枕《まくら》から顔を上げた。

「ああ君も読んでみるといいよ。何かこうずしりと腹に応《こた》えてねえ。ぼくは二、三日考えこんでしまったよ」

「そうか。君は全く見かけによらないところがあるんだね。小説なんか目もくれないような堅物《かたぶつ》に見えるけれど……」

吉川はむっくりと床の上に起きあがって、あぐらをかいた。

「ぼくだって、小説ぐらい読むよ。芝居《しばい》にはほとんどいかないが」

ちょっと顔を赤らめて信夫は笑った。

「見かけによらないといえば、君のあの吉原《よしわら》の大門《おおもん》まで行った手紙には驚《おどろ》いたな」

ずばりといわれて、信夫は再び赤くなった。

「永野君にも、性的な悩《なや》みがあると知って、ぼくは安心したよ。君は高遠な哲学でも論ずるような、そんな感じでちょっと恐れをなしていたんだ」

煙草盆《たばこぼん》をひきよせてキセルにたばこをつけた。その丸みをおびた太い指が、吉川の暖かさを感じさせた。

「だけど、ほんとうにぼくは悩んだんだよ。何かいつも頭がおおわれているような感じなんだ。勉強など手につかなくってねえ」

「みんなおんなじさ。あるがままでいいんだよ。おれはおれなりにちょっとつらい思いも無論したことはしたがね。しかし、男が女に心をひかれるように作られているのは、これは事実なんだから、そのままに受け取っていこうと思ってね」

落ち着いた吉川の話しぶりに、信夫は羨《うらや》ましさを感じた。

「えらいね君は。何だかすっかり悟《さと》っているように見えるな」

「冗談《じょうだん》じゃない。悟るなんてものじゃないよ。おれというのは、君のように罪の意識なんていう高級なものを持ち合わせていないだけだよ」

大きな手を振《ふ》ると、電灯の下にただよっていた煙草の煙《けむり》が乱れた。

「ひやかしちゃいけないよ。ぼくだって罪の意識なんて、よくわかりはしないよ。『無花果』という小説を読んで、つくづくそう思ったよ」

「そのつくづく思うというところが、えらいところだ」

「だって、あまりに自分が何もわかってはいないんだもの」

「そうだよ君。自分が何もわかっていないと、ほんとうにわかったなら、それがほんとうの賢《かしこ》い人間だと、うちにくるお坊様《ぼうさま》は言っていたよ」

「君は、やっぱりお坊様になるつもりなのか」

「えっ？　何だって？　このおれがお坊様になるんだって」

吉川は驚いてから大声で笑った。信夫は、自分とゲンマンをして、僧侶《そうりょ》になると言った少年の日の吉川を、忘れてはいなかった。そのことをいうと吉川は、

「君、君って驚いた男だよ。それは少年の日の夢《ゆめ》というものさ。十歳の時には十歳の時の夢というものがあってもいいだろう。しかしまた、十五歳になれば十五歳の時の抱負《ほうふ》というものがあってもいいではないか。人間ははじめから、この木にはこの花が咲くというような、きまりきったものじゃないからね」

「どうしてぼくはこう幼稚《ようち》なんだろう。吉川君、ぼくはね、君とお坊様になる約束《やくそく》をしたものだから、絶えずそのことが気にかかってねえ。こうして裁判所に勤めているのが、何だか悪いことをしているような気持ちさえしていたんだよ」

その言葉に、吉川は大きな声を立ててひとしきり笑った。笑ってから、つくづくと信夫の顔を眺《なが》めて言った。

「永野君、君って実にいい人間だねえ。正直だねえ。こんなお江戸の真ん中に、君のような人間がいようとは思わなかったよ」

しみじみとした口調であった。信夫は自分の幼稚な考えが恥ずかしかった。その自分を、暖かく包むように見つめてくれる吉川のまなざしがうれしかった。

「永野君、おれはねえ、いまは鉄道屋で一生終わるつもりでいるよ。ふじ子をいい男と結婚《けっこん》させて、おれもおれにちょうど似合った女と結婚して、子供の五、六人も育てて、おふくろを、ああ生きていてよかったなと思わせる程度には親孝行もして……まあそんなところが、おれの身に合った暮《く》らしというもんじゃないかと思っているんだ」

吉川の賢そうな目を見つめながら、信夫はうなずいた。吉川という人間が、いかにも偉大《いだい》なる平凡《へいぼん》というにふさわしい人間に思われた。だれもかれもが立身出世を夢みるこの明治の時代に、吉川のような言葉をきくことは珍《めずら》しかった。大学を出て学士になるとか、博士になるとか、また、大臣とか、金満家になろうなどと、夢みる青年の多い時代に、吉川のように口に出していうことは、勇気のいることでもあった。しかし吉川は、別段自分に見切りをつけているというのでもない。むしろ鉄道員として終わることを、自ら選び取っている落ち着きがあった。何が吉川をそのように育てているかを、信夫は知りたかった。それは生来のもので、自分のような者が一生かかっても得られないものなのだろうかとも思いながら、信夫は言った。

「偉いなあ、吉川君は。実に偉いよ」

「何が偉い？」

吉川は、自分を偉いとも偉くないとも思っていないようである。

「だってね、君とぼくとは同じ歳《とし》だろう。ぼくなんかまだまだ、地に足をつけた考え方はできないよ。やはり心の底では、いまに何かやるぞというような功名心がうずうずしているんだ。このまま裁判所勤めで一生終わろうとは思っていない。何をやりたいのか、この歳になってもわからぬくせに、何かやろうという気持ちだけは、どうしても抜《ぬ》きがたいんだよ」

「君の方が正直だよ。それが二十歳の青年のほんとうの姿だろう。それに君は、小学校の時から勉強もよくできた。何かやれると思うのは自然だよ」

吉川はそういって再び布団《ふとん》の上にごろりと寝た。遠くから次第《しだい》に近づいて来る夜回りの拍子木《ひょうしぎ》の音が聞こえた。

「だけど吉川君、君のように生きようとする青年は少ないよ。君という人間は、きょう一日をじっくりと大事に生きるほんとうの意味で生きている人だ。ぼくなど、何かやりたいと心がはやるだけで、一日一日がうかうかと過ぎてしまう。気がついた時には、ぼくたちは相変わらずヒョロヒョロの苗木《なえぎ》だが、君はいつの間にか見上げるような大樹に育っているのではないかと思うよ」

「これはまた買いかぶられたものだ」

吉川は寝ころんだまま腕組みをして笑った。

「ところで話が変わるけれど、君は死ということをどう考えているんだい。恥ずかしい話だが、ぼくは祖母も父も突然死んだせいか、死ということがむやみに気になるんだよ。夜中にふと目を覚まして、ああおれは生きているんだなあと、思うことがあるよ。だが次の瞬間《しゅんかん》には、おれは何の病気で、いつどこで、どんな人たちに取り囲まれて死んでいくのだろうなどと、子供のような他愛のないことを考えたりするんだ」

「そりゃあ、おれだって同じだよ。死ぬのは恐ろしいな。そして一日でも長生きしたいと思いはするよ。ただつきつめて絶えず考えていないだけさ。お国のために、なんて、日清《にっしん》戦争で死んだ人たちだって、実はおれと同じだったろうと思っているよ」

「そうか、吉川君でも死ぬのが恐ろしいのか」

信夫はホッとしたように吉川をみた。二人は顔を見合わせて笑った。

「吉川君と話していると気が楽になるなあ」

「そうか。しかしそれは楽な気がするだけだよ。ほんとうに気が楽になったのとはちがうよ」

「そうだろうか」

「そうさ。ただこうして話し合っただけで、死などという問題が解決されるわけはないじゃないか。やはり何のために自分は生きてるのだろうかと思うと、何のためにも生きていない気がして淋《さび》しくなるだろう。生きている意味がわからなきゃ、死ぬ意味もわかりはしない。たとえわかったところで、安心して死ねるというわけでもないさ」

「なるほどねえ」

「永野君。君という人間は、元々死とか生とか考えて生きる種類の人間じゃないのかな。生きている者は死ぬのが当たり前さと、おれのように考えてしまえばそれまでだよね」

「すると、ぼくは諦《あきら》めが悪いんだなあ。祖母だって父だって、死ぬすぐ前までは元気だったんだ。生きている者なら、いつまでも生きつづけたっていいじゃないか。なぜ死ななきゃあならないんだと、ぼくはだれかに談判したいような気がしてねえ……さあそろそろ眠ろうか。君も疲れただろうから」

「うん」

信夫は電灯のスイッチを切った。

しばらくして闇《やみ》に目が馴《な》れると、襖や障子がほのかに白く目にうつった。その白さが、ふじ子の顔を連想させた。清純なふじ子の額や目が、目の前に浮《う》かんだ。ふじ子も、この同じ屋根の下で眠っているのかと思うと、信夫は何ともいえない思いがした。別段取りたてて、ふじ子との思い出があったわけではない。だがひとつ、忘れられないのは、かくれんぼうをして遊んだ時のことである。信夫のかくれていた物置の中に、ふじ子がはいって来て、二人で息をころしてかくれたその時のことが、なぜか信夫には忘れられなかった。あの少年の日に、はじめて息のつまるような異性への意識を知ったような気がするのだ。そしてなぜかその日にみたふじ子の萎《な》えた足が、愛《いと》しいような思いで思い出されるのだ。

「永野君、眠ったか」

とうに眠っていると思っていた吉川が、寝返りをうった。

「いや起きているよ」

「おれもちょっと眠られないな」

「床が変わったからねえ」

「いや、床が変わっても寝つきはいい方なんだ。しかしきょうは、何となくふじ子のことが気がかりでね」

信夫は答えなかった。いまのいままでふじ子のことを考えていた自分の胸の底を、見透《みす》かされたような思いがした。

「ふじ子はもう十六だろう。そろそろ嫁《よめ》にやらなきゃならないんだ」

「えっ、十六で……少し早いじゃないか。十六といえばうちの待子と同じ歳じゃないか。待子なんか、まだ女学校に通っているよ」

信夫は、ふいに足をさらわれたような感じだった。

「女学校に行ってる人は、だいたい十八ぐらいで結婚するだろう。向こうじゃ十六で嫁に行くのはそう珍しくはないよ。ふじ子はあんな足だから、実はもらってくれるものがいないかと、心配していたんだが、話があるんだ」

「ほう、それはおめでとう」

信夫は、そういうより仕方がなかった。

「いや、話があるだけでまだ決めてはいないのだ。相手はおれと同じ職場の男でね。悪い奴《やつ》ではないんだが、ふじ子の一生を託《たく》すという気にもならないんだよ。どうしたらいいかと思ってねえ」

先ほどの、何か考えあぐんでいたような吉川の語調の理由が、信夫にもハッキリとわかった。

「そしたら、ことわればいいじゃないか」

「君のいうように、そう簡単にことわれるものなら、何の心配もいらないよ。あの子は君の妹さんのように、五体健全ではないんだからねえ。二度とまた縁談《えんだん》があるとは限らないじゃないか」

信夫は黙って、闇の中にほのかに浮かぶ白い障子をみた。なるほどいわれてみれば、その縁談はふじ子にとって、生涯《しょうがい》にただひとつのものかもしれなかった。

信夫は、きょう会ったばかりのふじ子に、自分でもふしぎなくらい心がひかれた。それは、俗にいう一目ぼれというものかもしれなかった。しかしこの思いが、それ以上に育っていくという確かさは、いまただちに持てるはずはなかった。ただ、縁談と聞いたとたん、ふじ子はだれのものにもなって欲《ほ》しくないという気持ちになった。

「十六か十七で嫁にやらなければ、すぐに十八になってしまうよ。十八で適当な話があればよいが、十九になればみんな女の厄年《やくどし》だといって、嫁《とつ》いだりもらったりはしないからね。さて二十になれば、もうとうが立ったというくらいだから、足の悪いふじ子には、いよいよ適当な話もなくなるだろう。たいていのことは割り切れるつもりだが、ふじ子のことになると、どうも迷っていけないなあ」

吉川は自嘲《じちょう》するように笑った。信夫はとても吉川にはかなわないと再び思った。自分は待子のことを、そんな千々《ちぢ》に乱れた気持ちで心配してやることは、たぶんないだろうと思った。それは、ふじ子の足が不自由だという理由だけだろうかと考えてみた。たとえ待子の足が不自由でも、自分はもっと冷淡ではないかという気が、しきりにした。

「君は偉いなあ」

いく度かくり返した言葉を、信夫はまたいった。

「偉くはないさ……身びいきという奴なんだなあ。つまり、ふじ子より自分がかわいいんだよ。あいつがつまらん男のところへ行って、苦労をするのを見たくはないという、自分勝手な考えなんだ」

ふっと口をつぐんでから、

「そうだ、よし決めた。帰ったらすぐ、ふじ子の話をまとめてしまおう。そうだ、そういうことにするよ。じゃおやすみ」

何を思ったか、吉川はそういうと明るい声で笑った。そして、何分もたたぬうちに吉川の寝息が聞こえた。

しかし、信夫は眠れなかった。吉川は、ふじ子の幸福を願う心の中に、利己的なものを見いだして、急にそれをふり捨てるように、縁談をきめることにしたらしい。だが、決めると聞いたとたんに、信夫はふじ子が急に大事なものに思われてきた。と言って、ふじ子が欲しいと言い出すだけの気持ちもなかった。信夫は、ただ淋しかった。

北海道に帰った吉川から手紙が来たのは、もう七月も近いむし暑い日であった。

「うっとうしい梅雨《つゆ》の東京から帰ると、北海道はカラリとした晴天つづきで、何だか別天地に帰って来たような気がするよ。東京では何かとおせわになった。お互《たが》い、とにもかくにも二十歳の青年になったことだけは、たしかなようだね。君と行ったあの小学校の校庭も、木々がすっかり大きくなっていて、十年の歳月を感じさせてくれたよ。あの桜《さくら》の木の下で、四年生のころのお化け事件を話し合ったり、すっかりにぎやかになった銀座や浅草をぶらついたり、いろいろとつき合ってもらってありがとう。

ふじ子の奴は、君が浅草で手相をみてもらったことをしきりに気にしているよ。君は短命だと、あの天神ヒゲのじいさんは言ったね。おれが八卦見《はっけみ》でも、まあそういうだろうな。君は色白で体が細いから、肺病じゃないかとあの八卦見は思ったんだ。しかしいっしょに歩いてみて、君は案外しんが強いので、ぼくは安心した。

帰って来て、ちょっと忙しかったせいか、どうもまとまった手紙も書けない。この忙しかった中に、ふじ子の縁談のこともある。おかげさんで今年の秋ふじ子を嫁にやることに決めたよ。相手は佐川という頑丈《がんじょう》な男だ。結納《ゆいのう》はまだだが、とにかく話だけは決めてホッとしたよ。母もふじ子も安心したようだ。

またゆっくり手紙を書くが、これでも礼状のつもりだ。

御母上様と待子さんにくれぐれもよろしくお伝えを乞《こ》う。

吉川　修

永野信夫様」


役所から帰った信夫は、自分の部屋に突《つ》っ立ったまま、くり返しその手紙を読んだ。じっとりと首筋の汗《あせ》ばむのが不快だった。

「なんてむし暑い日だろう」

さっきから信夫は同じことを呟《つぶや》いていた。もう、あの雪の精のような、清純なふじ子は、この秋には人妻になってしまうのかと思うと、やはりいいようもなく淋しかった。足の悪いことぐらい、どれほどの欠陥《けっかん》でもないと、信夫は取り返しのつかないような思いであった。わずか二、三日、東京を案内しただけなのに、信夫はふじ子を忘れられなくなっていた。

わけても、浅草の手相見の所で、吉川がニューと大きな手をその前につき出し、将来は相当の地位に着くといわれ、つづいて自分が手を出した時のふじ子の顔は忘れられなかった。

「あんたは、あと二、三年の命だが、わしのいうことを聞いて、飯をよく噛《か》んで食べ、日当たりのいい部屋に寝ると、多分五十までは生きるだろう」

そう言った時、ふじ子はそのつぶらな目をじっと信夫に注いで、

「長生きしてくださいね」

と、信夫の耳元にやさしくささやいた。その耳をくすぐった暖かい息が、信夫には得がたい宝のように思われてならなかった。

連《れん》絡《らく》船《せん》

信夫は二十三になっていた。

吉川たちが東京に訪ねてから、三年たった七月である。信夫はいま、青函《せいかん》連絡船の甲板《かんぱん》に立っていた。

海は静かだった。まだ青森の港に、人の姿がハッキリと見える。信夫はふと、海の中に飛びこんで泳いで帰りたいような思いにかられた。東京に残して来た母と待子の姿が、目にちらついてならなかった。

(待子は、あの岸本とならしあわせにやっていくにちがいない)

待子は去年の秋、帝大《ていだい》出の医師岸本と結婚《けっこん》していた。岸本は、大阪にいる中村春雨の紹介《しょうかい》で知り合ったキリスト信者である。中村春雨と同じ大阪の出で、東京のある病院に勤めていた。待子とは九つちがいで、信夫より五つ年上の男だった。

何かの時に、北海道に行ってみたいと信夫が言った。岸本は即座《そくざ》に賛成して、二、三年ぐらいなら、北海道に暮《く》らしてみるのも悪くはないと奨《すす》めてくれた。

「おにいさん、ぼくも結婚前に、北海道に行ってみたかったなあ。北海道には、内村《うちむら》鑑三《かんぞう》の出た農学校がありますからねえ」

岸本は、キリスト信者らしいあこがれで北海道を考えているようだった。

母の菊も、信夫が大学にも行かずに働いてくれたことをすまながっていた。信夫が行きたいという北海道に、自分もついて行ってもいいと、菊はいうようにさえなった。だがそのうちに、待子が妊娠《にんしん》した。それを機会に、借家住まいの岸本は、待子と共に永野家に移り住むことになった。

岸本は気持ちの大きな男で、誰《だれ》もが甘《あま》えたくなるようなふんいきを持っていた。二、三年なら、この岸本に母の菊を頼《たの》んで北海道に行っていてもいいような気がした。

信夫は徴兵《ちようへい》検査に不合格だったから、ずっと裁判所に勤めていた。すでに判任官になっていたが、なぜか裁判所に一生勤める気はなかった。三十までには、何とか自分なりに生きる道が見いだされるような気がして、法律学校に夜間学んだりしていた。

いま信夫は、遠ざかっていく本州の山に、ふり切るように背を向けた。思いがけなく北海道の山々が、行く手に見えた。信夫は思わずハッとした。

（北海道だ！）

何時間か船に乗らなければ見えないと思っていただけに、行く手に北海道の山が見えたことは、信夫を力づけた。

（ふじ子！）

信夫は心の底に秘められた面影《おもかげ》に呼びかけた。ふじ子が佐川という男と婚約したと聞いたのは、三年前の六月であった。つづいて、吉川から手紙があり、ふじ子の発病を信夫は知った。

「人生いいことばかりは続かないとみえるね。この間ふじ子の結納《ゆいのう》がはいったばかりなのに、突然《とつぜん》ふじ子が病気になってしまったのだ。今考えると、必ずしも突然でないような気もする。東京から帰ってしばらく食欲がなかった。旅の疲《つか》れだろうと思っているうちに真夏になった。秋になったら食欲ももとに戻《もど》るだろうなどとのんきにしていたら、秋にはいって風邪《かぜ》が長びいたり、どうも変だと気づいた時には、少し胸をやられていたのだ。かわいそうに、あいつもせっかくの縁談《えんだん》をこれでふいにすることになるかもしれない。佐川はよほどふじ子を気に入っているらしく、返しに行った結納を受け取ってはくれなかった。だが、そういつまでも相手の好意に甘えているわけにもいかなくなるだろう」

そんな手紙が来て、その後しばらく吉川からは何の便りもなかった。信夫は信夫で、さっそく見舞《みま》いの手紙を出そうと思いながら、なぜか手紙を出しそびれた。その心の底に、胸の悪いふじ子とかかわることを恐《おそ》れる気が、まったくなかったとは言い切れなかった。肺病の患者《かんじゃ》は、近所から立ち退《の》きを迫《せま》られるほど嫌《きら》われていた時代である。

そのうちに年も暮《く》れて、信夫は葉書を書いた。父の貞行が死んだ年だったから、年賀状を書くことはできなかった。

「凜冽《りんれつ》たるそちらの冬は、ふじ子さんの体に障《さわ》らないだろうか。早くに見舞状をと思いながら、君やふじ子さんの胸中を推察すると、何を書くこともできなかった……」

信夫は自分の葉書を読み返して不快だった。自分が見舞状を出さなかった胸の底には、もっと自分勝手な、冷酷《れいこく》な気持ちがあったはずである。と言って、この葉書の文面は全くうそではなかった。

その葉書と行き違《ちが》いに吉川から葉書がきた。

「君も淋《さび》しい正月だね。お父上様のいない正月が、身に沁《し》みることだろう。ふじ子は元気だ。相変わらず微熱《びねつ》は取れないが、気持ちだけは元気だ。いや、元気にみせかけているのかも知れない。母も調子を合わせているようだが、母が一番参っているよ」

佐川との婚約については、何もふれていなかった。たぶんもう破棄《はき》されたことだろうと思いながら、その葉書を信夫は読んだ。

やがて春になり、信夫は桜《さくら》の花を押《お》し花にして、春のおそい北海道に送ってやった。すると折り返し吉川から分厚い手紙がきた。

「君の送ってくれた桜の押し花を、どんなに喜んだことかわかりはしない。おれよりもふじ子が喜んだ。その日はちょうど吹雪《ふぶき》で、ガラス戸がまっ白だった。吹雪の中でみる桜の押し花は、君が考えもしなかったほど、ふじ子の心を慰《なぐさ》めてくれた。

このごろふじ子は、ずっと寝《ね》たっきりなのだ。胸の方はそれほど悪くないようだが、脊椎《せきつい》がやられたらしいんだ。歩くとよろけるものだから、仕方なしにずっと寝ている。佐川が時々訪ねてきて慰めてくれるが、もう結婚のことは佐川も諦《あきら》めたらしい……」

その手紙の外に、ふじ子の手紙もはいっていた。

「永野さん、桜の押し花ほんとうにありがとうございました。あんまりいく度も眺《なが》めているものですから、母に笑われました。

わたしは桜の花をみるまで、生きていることができるとは思わなかったのです。ですから、この押し花をみた時、それはもう何とも言えない喜びでした。何だか、もう後一年生き伸《の》びることができるような気がいたします……」

そんなことが、ふじ子の手紙には書いてあった。信夫はそれからは花をみる度《たび》に、押し花にせずにはいられなかった。チューリップも、芍薬《しゃくやく》も、エニシダも、小さな花も大きな花も、押し花にしてふじ子に送った。そのたびにふじ子から簡単だが心のこもった礼状がきた。信夫は、その手紙を一通一通白い半紙に包んで机の中にしまった。

役所にいても、花に目がとまると、ふっと白いふじ子の顔が瞼《まぶた》に浮《う》かんだ。ふじ子の病気が恐ろしいと思ったのは、初めのうちだけであった。人に嫌われる肺病になったふじ子が、何ともいえなく憐《あわ》れであった。もう来年までは、生きていることのできないような気がして、信夫はそのふじ子の心になって花をみた。するとバラひとつ芍薬ひとつにも、何か涙《なみだ》のにじむような思いがした。

待子が母の菊と楽しそうに、学校の話をしているのをみるにつけても、信夫はふじ子を思った。待子はこの先何十年もこうして元気に生きていけるかもしれない。しかし、ふじ子はあのまま十七歳《さい》の命を閉じるかもしれないのだ。そう思うと、ついまた机の前にすわって便箋《びんせん》をひろげずにはいられなかった。何かひとことでも話しかけてやれば、それだけふじ子の命が永らえられるような気がした。

ふじ子からの手紙はいっそう短くなって行った。それはちょうど、ふじ子の命が次《し》第《だい》に残り少なになっていくようなそんな心もとない感じであった。

こうして、ふじ子のことを考えて暮らしているうちに、いつしか信夫もまた命という問題について、まじめに考えるようになっていた。道の途中《とちゅう》でみかける元気な小学生をみても、この子たちもやがては死ぬのだ、と不意に考えることがあった。

「行って参ります」

と、母の前に手をついて顔を上げたとたん、きょう再び生きて家に帰ってくるかどうか、何の保証もないのだと思うこともあった。それは、父の貞行が人力車に乗って門を出てから、どれほどもたたずに、途上で意識不明になったまま、ついに帰らぬ人になってしまったことも与《あずか》っていたが、とにかく、信夫の命に対する考え方が、単なる「考えごと」ではなくなってしまっていた。

父の貞行の急死に会った時は、信夫は死というものが恐ろしかった。そして、人間は必ず死ぬものであるということを知らされた。今の信夫の、死についての考え方は、その時とは少しちがっていた。やがて自分も死ぬものとして、どのように生きるべきかということを思うようになっていた。

ある日、信夫は母の菊にたずねた。

「おかあさま、人間は、死んだら何もかも終わりですね」

信夫はふじ子のことを思いながら言った。菊は、突《つ》きつめたような信夫の表情に、しばらく黙《だま》っていたが、

「信夫さん、おかあさまはね、死がすべての終わりとは思っておりませんよ」

「だって、おかあさま、死んで何が始まるのです？　死んだ人間に未来があるとでもおっしゃるのですか」

信夫はせきこんでたずねた。菊は静かにうなずいた。確信にみちたうなずき方である。

「どんな未来があるというのですか」

重ねて信夫は聞いた。

「あのね、信夫さん。おかあさまが今、死は永い眠《ねむ》りであって、また覚めることがあるのだと言っても、あなたは信じませんよね。ほんとうにこの問題をまじめに考えているのなら、せっかちに答えを求めてはいけませんよ。謙虚《けんきょ》に牧師様かお坊様《ぼうさま》にたずねてみることですね」

菊はそう言った。信夫は何となく釈然としなかった。母が自分とは遠い世界にいるような、そしてまた、安易に死後の未来を信じているような気がした。だれにたずねたところで、それはとうてい自分には信じられそうもないような気がした。

そう思いながらも、あのふじ子が死を目の前にして、

「確かに死はすべての終わりではない」

と、信ずることができたなら、それはどんなに大きな力になることだろうかと信夫は思った。そして自分では信じていないその言葉を、ふじ子に告げてやりたいような気がしてならなかった。

（だがはたして、その言葉が人間にとって、ほんとうに生きる力となるだろうか。生きる力はいったい何なのだろう）

信夫はそのことが知りたかった。自分のためにも、ふじ子のためにも、それが知りたかった。

そんなことを思っているころ、吉川からまた手紙があった。ふじ子の婚約者の佐川が、ついに婚約を破棄して妻をめとったということであった。その手紙を読んで、信夫は、佐川という男が今の世には珍《めずら》しい立派な男だと思った。肺病といえば、その家の前を、人は口をおおって走るのだ。しかし佐川はその肺病のふじ子を、一年も見舞いつづけたというのである。信夫は、自分にはまねのできないことだと思った。自分は遠く離《はな》れた東京にいるからこそ、こうして手紙を書いたりはするものの、もし身近にあったなら、はたして見舞うことができただろうかと思わずにはいられなかった。

ふじ子は、信夫にとって愛する対象ではあったが、それは考えてみると、無責任な愛であった。言葉に出して愛しているとは告げなかったし、むろん何の約束《やくそく》もしていない。見舞いに行こうと言ったこともない。それは、空に輝《かがや》く星を愛しているような、非現実的な愛であった。ただ、ふじ子を思うことによって信夫自身が満たされているような、そんなひとりよがりな愛でもあった。

ふじ子からは、佐川のことについて書いてきたことは、一度もなかった。だからふじ子は、佐川を愛していないように信夫には思われた。夜の浅草で、

「長生きしてくださいね」

と、自分の耳元にささやいたふじ子の声を思い出すたびに、信夫は甘い感情にひたった。そしていつしか、それが自分に対するふじ子の愛のように錯覚《さっかく》をしていた。

(もしかしたら、ふじ子は佐川を心から愛していたのかもしれない。いま、佐川を失って、ふじ子は苦しんでいるのかもしれない)

信夫は、はじめてそんなことを考えた。嫉妬《しっと》に似た感情が信夫を憂鬱《ゆううつ》にさせた。

その後しばらく、信夫も手紙を書かなかったし、吉川たちからも便りがなかった。

(ふじ子は、佐川の結婚に参ってしまって、もうこの秋が最後になるのではないだろうか)

ある晴れた日曜日、縁側《えんがわ》に寝《ね》ころんだまま信夫はじっと空を眺《なが》めていた。秋の陽《ひ》に輝きながら、白い雲がいくつか軒《のき》のひさしの向こうに流れては消えた。

（あの雲は、どこから来てどこへ行くのだろう）

犬の顔にみえていた雲が、秋の風にみる間に形を変えて流れる。少しの間も雲は同じ形ではなかった。たしかにそこに流れていた雲が、いつの間にか消えて跡形《あとかた》もなくなったりする。その移り変わりの早い雲の形を眺めながら、信夫は、

「はかないなあ」

と、思わずつぶやいた。それは信夫自身の姿のように思われてならなかった。人間はあまりにもさまざまに変わっていく。

ふじ子を思う心には変わりはなかったが、しかしこのごろ信夫の中に、少しずつ変わっていくものがあった。役所の行き帰りに見かける女の姿に、目をうばわれることが多くなったような気がする。赤いたすきをキリリとかけて、格子戸《こうしど》を磨《みが》きこんでいる若い女の白い二の腕《うで》や、黄八丈《きはちじよう》を着て、駒下駄《こまげた》の音をたてて歩く娘《むすめ》の姿などに、信夫はつい目を誘《さそ》われてしまうのだ。袴《はかま》のひもを胸高《むなだか》に結んで、快活に歩いてくる女学生たちの群れにも、信夫はやはり興味をそそられた。

以前は、母と同じ年ごろの女性でも、恥《は》ずかしくて真正面からみることのできなかった信夫だった。どこで、どうして、このように変わっていくのかと思うと、ふっと不安になることがある。

(定めなきは人の心)

そんな言葉が胸に浮かぶ。まだまだ自分の心が思いもかけない方向に行ってしまうような気もする。

心の底では、やはりふじ子を思っているのだが、考えてみると、それはふじ子を思っているというより、若い女性というものを、ふじ子を通して愛しているような気もした。必ずしも信夫にとって、相手がふじ子でなければならないというほど、強いものではないような気がした。

信夫は、流れる雲を眺めながら、人間の心の不確かさにいまさらのように驚《おどろ》いていた。

(あの雲のように、自分もまた、どこからきてどこへ行くのかわからないのだ)

信夫はそんなことを思うと、ひどく寂《さび》しかった。何の目的もなく流れている雲と、何の目的もなくこの人生をさすらっているような自分が、あまりにも同じように思えてならない。何だか生きていることがむなしいような気がしてきた。

吉川が東京に訪ねて来た時は、

「人それぞれに存在の理由がある。病人には病人の存在理由があり、自分たちもまたそうなのだ」

と、話し合ったことがある。たしかにその時はそう思っていたのに、今は何もかも無目的に思えてきた。

自分の心の中に、何ひとつ確かな形を残していないことに気づいた秋の日以来、信夫は空き家にいるような荒《あ》れた寂しさを感ずるようになった。

そしてある夜、信夫は長いこと自分に禁じていた情欲にひとり身を委《まか》せた。激《はげ》しい嵐《あらし》のような一時が過ぎると、信夫はいっそう寂しく味気なかった。自己嫌悪《じこけんお》とむなしさの中で、信夫は生まれて初めて、もう一人の自分の顔を見たような気がした。それは勤勉で自制的な、そして向上しようとする自分の姿ではなく、どこまでも堕《お》ちて行きたいような、いく分ふてぶてしい、荒《すさ》んだもう一人の自分の姿であった。

それは、今まで信夫が自分の中に気づかなかったもう一人の自分の姿だった。それに気づくと、信夫は掛布団《かけぶとん》を跳《は》ねのけてガバと飛び起きた。信夫はそっと縁側《えんがわ》の雨戸を開けて井戸端《いどばた》に出た。確かな手ごたえをつるべに感じながら、桶一杯《おけいっぱい》の水を汲《く》み上げると、信夫は裸《はだか》の自分に水を浴びせた。十一月も終わりの水は冷たかった。信夫は唇《くちびる》をギュッと噛《か》みしめながら、つづけて三杯の水を浴びると、やっと自分自身に戻ったような気がした。

（あれから二年になる）

今、次第に近づいてくる函館山《はこだて》の、むっくりとした姿を眺めながら、信夫は、そのころの自分を思い出していた。だが二年前の自分と、今の自分と、どれほどのちがいがあろうかと信夫は思っていた。

昨日の朝早く、上野まで送りに来てくれた待子の夫の岸本が、聖書を贈《おく》ってくれた。その扉《とびら》に、岸本の筆で、

「神は愛なり」

と、書いてあった。信夫は、その言葉を胸の中でつぶやいてみた。

(はたして神は愛だろうか)

何の罪もないふじ子が、足が悪く、その上肺病とカリエスで寝ているということ自体、信夫にはうなずくことのできないことであった。水を浴びた二年前のあの夜から、信夫は、自分を律する者は、自分の意志と理性であると考えるようになっていた。神に頼《たよ》るほど自分は弱くはないと、信夫は自分を考えるようになっていた。なぜなら、あの夜以来、信夫は猛然《もうぜん》と自分の情欲と闘《たたか》って、そのたびに打ち勝ってきたからであった。

札《さっ》幌《ぽろ》の街

広い石狩《いしかり》の野を、信夫の汽車は走っていた。カッと照りつける七月の陽《ひ》の下に、人一人見えなかった。

（広い！）

信夫は、馬《ば》鈴薯《れいしょ》の白い花がつづく野の果てに目をやった。間もなく汽車は札幌に着くはずである。信夫は、われながら思い切ったことをしたと、つくづく思った。

（自分はいったい、何の目的で、裁判所の仕事を捨て、母と妹を東京において、北海道までやって来たのだろう）

新しい北海道で暮《く》らしたいという情熱が、実のところ何によって自分の中に燃えたのか、今となっては信夫自身にもとらえどころがなかった。

吉川の住む札幌に、自分も住みたいというのでは、理由が薄弱《はくじゃく》のように思える。吉川の妹のふじ子を愛して、ここまでやって来たのだといえば、それもまたほんとうとは思えなかった。たしかに、冬の長い北海道に三年越し病《や》んでいるふじ子は哀《あわ》れであった。東京で描《えが》くふじ子の幻《まぼろし》は可憐《かれん》で、今すぐにでも見舞《みま》ってやりたいような思いがした。と言って、そのふじ子のことだけで、北海道にはるばるやって来るほど、たしかな愛を信夫は持ってはいない。ひっそりと心の中に、いつの間にか住みついたふじ子ではあったが、それはあるいは、二十三歳《さい》の信夫の感傷かもしれなかった。

（若さだ。おれは若いのだ）

信夫は心の中で呟《つぶや》いた。まだ見ぬ土地にあこがれ、そこにくり広げられる新しい生活に冒険《ぼうけん》を感じ、そしてひそかにふじ子の面影《おもかげ》を想《おも》う。それはたしかに、二十三歳という信夫の若さがもたらしたものかもしれなかった。

にわかに家数が増え、汽車の速度は次第《しだい》にゆるくなった。やがて汽車は大きく揺《ゆ》れ、札幌の駅にはいった。信夫は網棚《あみだな》からトランク二つをおろして、両手に持った。コツコツと窓ガラスを叩《たた》く音に気づくと、窓の外に、あの吉川の顔が懐《なつ》かしそうに白い歯をみせていた。

プラットホームにおりると、吉川が体をぶつけるようにして、信夫の肩《かた》を抱《だ》いた。

「よく来たなあ。ほんとうによく来た」

吉川は腕《うで》でぐいと涙《なみだ》をぬぐった。

「うん、来たよ。とうとうやって来たよ」

信夫も胸が熱くなった。二人は一別以来のお互《たが》いをじっと見つめあってから、微笑《びしょう》した。

「君は相変わらず細いねえ」

「うん、丙種《へいしゅ》だもの、君のようにくじ逃《のが》れとは言っても、甲《こう》種合格とはくらべられないさ。君はまた、何だかひと回り大きくなったような気がするねえ」

「うん、まだ育ち盛りなのかな」

二人は笑った。吉川の声が、信夫の声をかき消すほど大きかった。吉川は二つのトランクを軽々と持った。

「いいよ。一つはぼくが持つよ」

「なあに、おれはこの駅で、毎日貨物を扱《あつか》っているんだぜ。心配するなよ」

吉川は大股《おおまた》で歩き出した。

「なかなか大きい駅じゃないか」

「君もここに勤めるつもりだと言っていたね。君は判任官だったたから簡単にはいれるよ。だが、ほんとうによく決心したものだなあ。永野って、案外行動力があるんだなあ」

「ぼくだって、若いもの」

今、汽車の中でひとり考えて来た結論を、信夫はさりげなく言った。

「うん、なるほどなあ。おれたちはほんとうに若いんだものなあ」

その言葉を聞きながら、信夫は若いということが、いったいどういうことであろうかと思った。

駅前に出ると、緑のアカシヤ並木《なみき》が、街の遥《はる》かまでつづいている。その並木通りを、レールが敷《し》かれ、乗り合いの鉄道馬車が、足音軽く走っている。すぐ駅前に大きな山形屋という旅館があった。

「ほら、向こうにみえるあの建物が裁判所だよ」
二、三町向こうの大きな建物を、トランクを持った吉川の太い指がさした。ふっと信夫は、東京の裁判所の自分の席を思い出した。だが、心の底のかすかなうずきはすぐ消えた。
駅前には宿引きがうるさいほどたくさんいたが、吉川が駅にいることを知ってか、誘《さそ》うものはなかった。

「宿屋もずいぶんあるんだねえ」

「うん、山形屋だの、丸惣《まるそう》だの、けっこう大きな旅館があるよ」

「北海道というと、ただ山か野のように思っていたが、どうも認識《にんしき》不足だったね」

二人は駅前の広い通りを歩いて行った。

「野幌《のっぽろ》だったか、汽車の窓から煉瓦《れんが》工場が見えたよ。アマ会社やビール工場なども、札幌にはあるんだものなあ。想像もしなかったよ」

「札幌の人間が聞いたら、それは吹《ふ》き出すよ。だが、そうは言っても、まあ東京からみればまだまだ田舎《いなか》だからねえ」

「いやいやどうして、白堊《はくあ》の洋館が、エルムの茂《しげ》りの中に見えがくれしていたり、道が広くて真っすぐだったり、なかなかハイカラじゃないか」

信夫は、ふじ子の容態を聞きそびれた。吉川の家は、すぐ五、六町の所にあると聞いたが、近づくにつれ信夫の口は重くなった。ふじ子の痩《や》せ衰《おとろ》えて青ざめた顔が目に見えるようである。三年も臥《ね》ていては、どんな慰《なぐさ》めもそらぞらしく聞こえるにちがいないと思うと、会って何と励《はげ》ましてよいかわからない。一日二日風邪《かぜ》で臥てさえ、気ぶせなものである。三年越し、来る日も来る日も臥ているということは、どんなにつらいことであろう。まして若い乙女《おとめ》である。同じ年の待子は、よき伴侶《はんりょ》を得て、はや母になろうとしているのにと、信夫は胸のふさがる思いがした。

大きな風呂敷《ふろしき》包みを背負って、子供の手をひいていく女も、カンカン帽《ぼう》をかぶり、浴衣《ゆかた》を尻《しり》はしょりしていく老人も、大八車《だいはちぐるま》を引き、額に汗《あせ》してくる若者も、みなどこか悠々《ゆうゆう》としている。その悠々とした街の眺《なが》めさえ、ふじ子を思うと信夫には悲しかった。

アカシヤの並木をしばらく行って左に曲がると、

「そこの三軒目《けんめ》の家だよ」

と、吉川がアゴでさし示した。大きな柾《まさ》屋根が、家の半ばをかくしているような、二戸建ての家である。何となく、東京の吉川の住んでいた小さな家を想像していた信夫には、意外なほど大きな家であった。と言っても、部屋数は四つぐらいのものであろうか。

「お袋《ふくろ》も妹も待ちかねているよ」

吉川はあけ放しになっている玄関《げんかん》に片足をかけたまま、信夫をふり返った。

「まあ、ようこそ」

愛想のよい吉川の母に、信夫はたちまちその手をしっかりと取られていた。吉川の母は三年前上野の駅で見送った時より、かなり老《ふ》けてみえる。ふじ子の病気が、この母を老けさせたのではないかと思いながら、信夫は深く頭を下げた。

「ほんとうによくおいでくださいましたねえ。お疲《つか》れになったでしょう。室蘭《むろらん》から岩《いわ》見沢《みざわ》回りでいらっしゃったんですってねえ。わたしたちは函館《はこだて》から小樽《おたる》まで船で来たんですけれど、わたしは船に弱くて酔《よ》いましてねえ。函館から室蘭までの船は揺《ゆ》れませんでしたか」

吉川の母は、何から話してよいかわからないようであった。

「北海道と言っても、ずいぶん暑いんですねえ。安心しましたよ」

「そりゃあ、永野さん、お米がとれるかもしれないというぐらいですもの。東京と同じぐらい暑い日だってありますよ」

いつまでたっても、ふじ子のことはだれも言わない。信夫は何となく不安になった。もしかしたら、この家にふじ子はいないのかもしれない。病院にでも入院したのだろうかと思ったりして、信夫は次第に落ち着かなくなってきた。

「あの……、いかがなんですか」

信夫はふじ子の名をいわずに、やっとの思いで聞いた。

「ああ、ふじ子か、君、会ってやってくれるか。何しろ結核《けっかく》などという病気だから、ちょっと言い出しかねていたんだ」

吉川は立ち上がりながら言った。

「結核と言っても、胸の方はほとんど悪くはないんだが……」

そう言いながら、吉川はいかにも恐縮《きょうしゅく》しているようである。結核の病人がいるということで、世間にたいへんな気がねをして暮らしている吉川の生活に、信夫はじかにふれた気がした。

（何と言って慰めてやったらいいのだろう）

信夫はいくぶん固くなりながら、吉川の後に従った。部屋一つ隔《へだ》てた奥《おく》の間の襖《ふすま》を、吉川は無雑作にあけた。

「ふじ子、永野君だよ」

吉川の声が、ひどくやさしく、信夫の胸を打った。

「まあ、ようこそおいでくださいましたこと」

余りにも明るい声に、信夫はハッとして立ちどまった。四畳半《よじょうはん》の窓際《まどぎわ》に、ふじ子はか細い体を横たえていた。だが、その顔は未《いま》だかって信夫が見たことのないような、明るい輝《かがや》きにあふれていた。

「ふじ子さん」

信夫は、そう言ったまま、その場にすわった。こんなに細くなって、しかも臥たっきりの生活の中で、何と朗《ほが》らかな顔をしていることだろうと、信夫は心打たれて言葉がつづかなかった。

「おつかれになったでしょうね。東京はずいぶん遠いんですもの」

可憐な声が、童女のようにあどけない。信夫はちらっと待子の花嫁《はなよめ》姿を思った。ふと目をやると、ふじ子の臥ている壁《かべ》に、押《お》し花がズラリと貼《は》られている。信夫が折り折りに送った押し花である。桜《さくら》も、スミレも、梅《うめ》も、それぞれに受け取った月日を小さく書きこんで貼ってあった。信夫は胸が熱くなった。

「永野さんの送って下さった押し花が、こんなにたくさんになったのよ」

吉川はすでに座を立って、そこにはいない。信夫は何か胸のしめつけられるような思いがして、あらためてふじ子の顔をじっとみた。その信夫を、ふじ子は静かに見返した。恐《おそ》ろしいほど澄《す》んだ目である。と、その目にさっと涙が走った。だが次の瞬間《しゅんかん》、ふじ子はニッコリと笑っていた。

「わたし、ほんとうに押し花がうれしかったの」

笑ったその目から、ほろりと涙がこぼれた。その涙を細い指でぬぐいながら、

「変ね、うれしい時でも涙が出るのかしら」

と、ふじ子ははじらった。信夫は、そのふじ子をみつめながら、心の底からふじ子をいとしいと思った。この可憐なふじ子のために、どんなことでもしてやりたいような思いがした。自分でできることであれば、ふじ子を喜ばすためには、どんな努力も惜《お》しむまいと思った。長い間東京で考えていたふじ子とは、全くちがったその明るさ

に、信夫は感動した。それは、自分が健康な者としての憐《あわ》れみに似た思いではなく、尊敬とも言える感情であった。信夫は自分の手の中にはいってしまいそうなふじ子の手をみた。その手を強く握《にぎ》りしめたいような思いに耐《た》えながら、

「ふじ子さん、また後で来ます。ぼくはこれからずっと札幌にいるのですから、今度は押し花ではなく、いろいろな花を持って来てあげますよ」

と、言った。ふじ子の目は、みるみる涙でいっぱいになり、その長いまつ毛がキラリと光った。窓の風鈴《ふうりん》が風に鳴った。

信夫は予定どおり、炭鉱鉄道株式会社に就職することができ、札幌駅に勤めることになった。吉川は貨物係であったが、信夫は経理事務を担当した。

吉川の家から、二町ほど離《はな》れた所に下宿をし、週に一度は吉川の家を訪れる。毎日でも訪ねたい気持ちだったが、それもはばかられて、信夫は吉川を訪ねるような顔をしてふじ子を見舞った。

札幌に来て一カ月余りたったお盆《ぼん》の夜、信夫は上司の和倉礼之助《わくられいのすけ》に招かれた。北海道のお盆は八月だった。街のあちこちにやぐらが築かれ、盆踊《おど》りの太鼓《たいこ》の音が風に乗って聞こえていた。

和倉礼之助は酒好きである。

「何だ、いい若いもんが盃《さかずき》に二つや三つで真っ赤になるなんて、だらしがないぞ」

和倉は、浴衣を片肌脱《かたはだぬ》いで、よく筋肉の発達した胸をぴたぴたと叩《たた》いてみせた。和倉は弓道《きゅうどう》の達人とかいううわさで体の大きな男であった。傍《かたわ》らで和倉の娘《むすめ》の美沙《みさ》が微笑していた。和倉に似て、大柄《おおがら》な勝気そうな十七、八の娘である。首まで塗《ぬ》ったおしろいが、少し濃《こ》過ぎるように思われた。

「しかし、何だなあ永野君。君はずいぶん体が細いが、どこも悪いところはないようだね」

和倉は少しあらたまったように信夫をみた。

「はあ、柳《やなぎ》に風折れなしという方ですか。めったにかぜもひきません」

「うん、だが、北海道は内地とはちがうぞ。冬の寒さは骨身にしみる。まあ悪いことはいわないから、今から酒を飲む稽古《けいこ》をしておくんだなあ。美沙、お前も酒を飲む男は頼《たの》もしいだろう」

和倉は大声を上げて笑った。美沙はまっ赤になってうつむき、盛《も》り上がってはち切れそうなもの上をしきりになでた。信夫はふと、この席がどんな席であるかに気づき、内心あわてて、縁側《えんがわ》に吊《つ》られた盆ちょうちんを見あげた。

「永野君、おれもいろんな部下を持ったが、君のような男は、いままでに見たことはない。正直な話、君が東京の裁判所を何で辞《や》めて来たのかと、少々怪《あや》しんだものだ。任官までしながら、何も蝦夷《えぞ》くんだりまで流れてくることはないからなあ」

和倉は盃を幾《いく》つか重ねた。てらてらと赤い鼻が憎《にく》めなかった。時々、美沙は台所の母親のところに、銚子《ちょうし》を取りに立っていた。立つ度《たび》に、濃い化粧《けしょう》の匂《にお》いがただよう。それがどうにも信夫には気になった。黒目がちの、愛くるしい顔立ちなのだが、化粧が濃すぎるのだ。信夫はつい毒花を連想する。

「しかし、おれが聞いたところでは、永野君は何の過失もなしに、いやむしろひきとめるのをふり切るように、北海道に来たというんだな。おれは君がひな人形の男《お》びなのようなやさしい顔をしてるんで、ちっとばかり虫の好かねえ野郎《やろう》だと最初は思ったんだ。骨なしのグニャグニャかと思ってねえ。ところが仕事をさせてみると、頭が滅《めっ》法《ぽう》いいから飲みこみが早い。責任感が強くて仕事が正確だ。こりゃ大した拾い物だと思って、近ごろじゃすっかりお前にほれたんだ。全くの話、三月のヒナ人形じゃなくて、五月の武者人形だよ君は」

信夫は、その次に来る言葉を覚悟《かくご》した。

「とんでもございません。勤めの初めですから、少しは気をつけているだけで、今にたくさんぼろが出て来ます」

「いやいや、おれはこんながさつな人間だが、人を見る目はない方じゃない。まあ、ざっくばらんに言えば、うちの娘を君にもらってもらえんかと、欲を出してしまったわけだ。今すぐにどうこうとは言わないが、あんな奴《やつ》だが考えておいて欲《ほ》しいと思ってな。思い立ったら吉日《きちじつ》と、急に娘をみてもらいたくなって、今夜来てもらったわけだ」

酔ってはいるが、まじめな口調だった。ちょうど美沙が銚子をかえに台所に立って行った後なので、信夫はいくぶんホッとしながらも、困ったことになったと思った。

「たいそうありがたいお言葉で、恐縮です」

それだけ言って頭を下げた。

「ちょっと聞いておきたいんだが、永野君、君にはもうきまった人がいるのかね」

「いいえ。おりません」

答えてから、信夫はふじ子を思った。おそらく一生なおることのないであろう病人のふじ子との結婚《けっこん》を、信夫は一度も考えたことはなかった。無論何ひとつ言葉に出して言いかわしたわけでもない。だが今、和倉の娘と見合いをさせられて思ったことは、あのふじ子をおいて、他のいかなる女性とも結婚できないのではないかということである。もし、きまった人がいるかと尋《たず》ねられたのではなく、好きな人がいるかと尋ねられたのであれば、信夫はためらわずにうなずいたかもしれなかった。

「ではもうひとつ聞くがね。君は一生札幌に永住するつもりかね。それとも、一旗組のように、何かの機会に金もうけの口でもあれば、ゴッソリもうけて内地へ帰ろうというつもりかね」

「ぼくは長男で、東京の本郷《ほんごう》に家も土地も持っております。母を見なければならないので、母が北海道に来なければどうなるかわかりませんが、ぼくはぼくなりに、今の仕事に打ちこんでいくつもりはあります」

就職したばかりで、二、三年で東京に帰るとは言いかねた。だが、遠からず日本中の鉄道が官営になれば、東京に転勤も不可能ではないだろうと思ってはいた。

夜風《ふ》に吹かれて、下宿に向かいながら、信夫は、帰りがけに見せた和倉の娘の表情を思い出していた。上目づかいに媚《こ》びるように信夫をみた目は、女の妖《あや》しさを感じさせた。それは決して不快ではなかった。その不快ではなかった自分に、信夫はこだわっていた。

(これもまた、若いということなんだろうか)

信夫は、若さとは何だろうと、考えるような顔になった。

（若さとは、混沌《こんとん》としたものだろうか）

そんな気もした。混沌をもたらすものは、若いエネルギーのようにも思えた。地球の初めがドロドロとした火のようなものであったという。それは地球の若さだった。今、信夫の心の中に、肉体的な欲望と、青年らしい理想とが混沌としているようだった。

（いや、若さとは成長するエネルギーだ）

ふと、信夫はそう思った。ならば、何に向かって自分は成長すべきであろうかと、立ちどまって信夫は夏の夜空を仰《あお》いだ。北斗《ほくと》七星《しちせい》が整然と頭上に輝いていた。

しぐれ

日曜日の午後、信夫は下宿の二階の窓から、裏庭の丈《たけ》高いトーキビ畠《ばたけ》を眺《なが》めていた。わずか五十坪《つぼ》ばかりのトーキビ畠だが、時雨《しぐれ》にたたかれているその葉を見ると、信夫は限りなく広い野にいるようなさびしさを感じた。

「どんなもんだろう。そろそろ気持ちを聞かせて欲《ほ》しいんだが」

和倉礼之助は、きのう、勤めから帰りかける信夫を呼びとめて言った。

「美沙の方は、君の心次第《しだい》だと言っているんだが」

礼之助に促《うなが》されるまでもなく、信夫は一カ月半ほど前に和倉の家に招かれてから、ずっと考えてきたことなのだ。あれから一度、信夫は美沙に街角で会った。美沙は信夫を見てお辞儀《じぎ》をしたが、首筋まで真っ赤になって、逃《に》げるように去って行った。風《ふ》呂敷《ろしき》包みを胸に抱《かか》えたその姿が、和倉の家で会った時よりずっとなまめかしく見えた。別にどこと言って、とりたてて嫌《きら》うべきところはない。むしろ艶《つや》のある上目づかいのまなざしや、形のいい口元など、心ひかれるものがあった。しかしそれだけのことであった。第一、北海道に渡《わた》ってすぐに、妻をめとる気にはなれなかった。そのくせふっと美沙の顔が胸に浮《う》かぶことがある。生まれて初めて見合いをした相手だったから、ひとり住まいの信夫にとって、それだけでも美沙は刺激《しげき》的な、そして心にかかる存在であったのかもしれない。

このままふっつりと美沙に会わないのも、何となく淋《さび》しい気がする。と言って、まだ結婚《けっこん》する気にはなれない。一方、吉川の妹のふじ子のことも決して忘れてはいない。時々訪ねて行っては、ほんの五、六分だが話し合ってくる。きょうは暑いとか寒いとか、体の具合はどうだとか、不器用な信夫は、いつもきまりきった言葉で見舞《みま》ってくるのだが、いつ行ってもふじ子は明るかった。その顔をみると、何となく信夫の心は静かになる。どこにいる時よりも、ふじ子の前にいる時の自分が、信夫は好きだった。もし自分が、いま美沙と結婚したら、ふじ子はどう思うだろうと思ったりする。案外何も思わずに、やはり明るく、ひっそりと生きていくような気もする。しかし自分の方は、そうたびたびふじ子を見舞えなくなるから、ずいぶん淋しい思いをするのではないかなどと、考えたりする。

階段のミシミシきしる音がして、はいってきたのは吉川修だった。

「何だ、憂《ゆう》うつそうな顔をして、東京でも恋《こい》しくなったのか」

絣《かすり》の着物を着た吉川は、どっかとあぐらをかいた。

「きょう非番なの？　ぼくの休みとちょうどぶつかったんだね」

信夫は自分の敷《し》いていた座布団《ざぶとん》を裏返して吉川にすすめた。吉川は、いく度も来た信夫の部屋をあらためて見回すようにしてから、

「淋しいだろう。特にきょうのような雨の日はなあ」

と、ぽつりと言った。信夫が苦笑すると、

「君が来て、もう三カ月近いなあ。三カ月ごろがたまらなく故郷《こきょう》の恋しいころだそうだよ。張り切っていた気持ちが、だれでも一度はしぼむころらしいからな」

信夫は吉川の前に、塩せんべいを袋《ふくろ》のまま出して、階下からお茶をもらって上がってきた。

「いや別に、東京が恋しくなったわけじゃないが……。ちょっと話があるんだ。縁談《えんだん》なんだがねえ」

「ほう、さすがは君だね。もうだれかに目をつけられたのか」

飲みかけの湯《ゆ》呑《の》み茶碗《ちゃわん》を畳《たたみ》に置いた。お盆《ぼん》の夜、見合いのようなことになってしまったいきさつを、信夫は手短に話してから言った。

「どうしたもんだろう」

「どうするって、それは君の心持ち次第さ」

「それがよくわからないんだ」

信夫は、自分の美沙に対する気持ちを語った。

「なるほどねえ。永野、お前はまだ……なんだろう。女を知らないだろう」

ずばりと吉川が言った。信夫はたじろいだ。

「永野、実はおれねえ、君と同じように女をしらないもんだから、何となく会った女、会った女が妙《みょう》に神秘的で得がたいものに思うんだ。だからちょっと知りあえば、手放すのが惜《お》しくて、思いっきりが悪いんだよ。君と同じにねえ」

信夫はうなずいた。

「しかしなあ永野、おれはふじ子の縁談で辛《つら》い思いをしているからね。縁談ときくと、何か気が重いよ。なるべく女を傷つけないように、一日も早く結婚してやれよ。いらんおせっかいかもしれないがねえ。とにかく、いいと思ったらもらってやれよ」

吉川らしいおおらかな言い方だった。しかし信夫は、かえってその一言一言に、妹ふじ子への思いやりが溢《あふ》れているような気がした。美沙の話を持ち出したことが、心ない仕打ちだったような気がした。女を傷つけないようにという言葉が、何か心に痛いまでにしみ通った。そして信夫は、自分でも思いがけない気持ちが湧《わ》き上がってくるのを感じた。

（おれはやはり、ふじ子を愛しているのだ）

なぜか、そのことがいまハッキリと、信夫自身にもわかったような気がした。いま信夫の心を占《し》めているのは、あの美沙ではなくして、ふじ子の病床《びょうしょう》の姿だった。今後縁談のあるたびに、少しは迷い、心を動かすことがあるとしても、結局は自分はふじ子を見捨てて、他の女と結婚することはできないのではないかと、信夫は思った。

（そうだ、おれはふじ子一人を自分の妻と心に決め生きて行こう。たとえ一生待つとしても！）

ひとしきり時雨が柾《まさ》屋根を騒《さわ》がしくたたいて過ぎた。

「吉川君」

信夫はすわりなおした。

「何だいあらたまって」

塩せんべいをボリボリ食べていた吉川が驚《おどろ》いた。

「吉川君、ふじ子さんをぼくにくれないか」

信夫は両手をついた。

「何だって永野。ふじ子をくれって、それはどんな意味だ」

さすがの吉川も驚いて、あぐらの片ひざを立てた。

「ふじ子さんを、ぼくにくれないかとおねがいしているんだ」

「何を言ってるんだ、永野。ふじ子は病人だよ。いつなおるかわからない病人なんだ。冗談《じょうだん》を言っちゃいけないよ」

「無論、冗談ではない。唐突《とうとつ》にこんなことを言い出しては、ふざけていると君は思うだろう。ぼくはだいたい慎重《しんちょう》な方で、何でもよく考えてから話をするが、実のことを一《いっ》いうと、いままで、ふじ子さんを一生の妻にという考えはなかった。だが、一所懸命《しょけんめい》考えたことが必ずしもその人間の本音とは限らないし、突然《とつぜん》思い立ったからと言って、それが軽薄《けいはく》とも嘘《うそ》とも言えないのじゃないだろうか」

「うむ」

吉川は少し晴れ間の見えて来た空を見ながら、うなずいた。

「洗いざらいをいうとね、ぼくは三年前、成長したふじ子さんに会った時、ひと目ぼれをしたようなんだ。それでふじ子さんの婚約の話を聞いた時は、とても淋しかった。しかしふじ子さんが病気になり、その間いく度か手紙をやりとりしながら、ぼくはずいぶんふじ子さんのことを思っていたつもりだ。考えてみれば、ぼくが北海道に来たのは、ふじ子さんがかなり大きな原因であったような気がするんだ」

「永野、君の気持ちはありがたいよ。ふじ子の兄として何と礼を言ったらいいかわからないくらいだ。しかしねえ、現実として、ふじ子は病人だよ。医者もなおるとは言っていない。おれもなおるとは思っていない。そのふじ子を君にもらってくれとは、言えるはずがなかろうじゃないか」

「無論いますぐとはいわないよ。だがぼくは、あの人を何とか元の体にしてやりたいのだ。何だか元気になってもらえそうな気がするんだ。ぼくがこんな気持ちを持っていることを知った上で、ふじ子さんとつきあうことを許して欲しいのだ」

雲の隙間《すきま》から光がさした。

「ありがたいがねえ、しかしぼくは断るよ。ひとつは君のため、ひとつはふじ子のためだ」

「ぼくのため？」

信夫はけげんな顔をした。日焼けした畳《たたみ》の上を、蠅《はえ》が二つ歩いていた。

「ああ、君はいま言った言葉にしばられて、将来他の人と結婚したいと思う時、身動きがとれなくなるよ。君という男は、十歳《さい》の時にお坊様《ぼうさま》になる約束《やくそく》をしたことを二十過ぎても気にかけている正直者だからねえ。うっかりへたな約束をしない方がいい」

吉川の言葉はもっともである。しかし信夫は、あのふじ子をおいて、他の女と結婚する自分を、いまはもはや想像できなかった。その点信夫は強情《ごうじょう》な一面があった。

「まあ君はいいとするか。しかし、ふじ子はどうなるんだ。ふじ子はねえ、婚約者の佐川が結婚した時も、ひとことも愚痴《ぐち》はいわなかったよ。だがね、兄のおれはつらかった。何もくどかれないだけに辛かったよ。今度は君が現れて、一時は慰《なぐさ》められもするだろう。しかしその君が、またたれかと結婚する時、さらに何倍もの悲しみを味わうんだ」

いつの間にか空はすっかり晴れていた。

「晴れたりくもったり、秋の空と女心か……。しかし男心はそれより変わりやすいよ」

信夫はしかし、いま言った自分の言葉に嘘はないと思った。それは自分自身でさえ気づかなかったほんとうの自分の心のように思われた。

「永野、いま聞いた言葉は忘れるよ」

「いや、忘れないでくれ。ぼくはふじ子さんが欲しいんだ」

「永野、北海道に来て君は感傷的になっているんだ」

「それはちがう」

「いや、いまに北海道に馴《な》れたら、もうそんなことはいわなくなるよ」

「そうじゃないったら……吉川、君はそんなにぼくを信じられない男だというのか」

信夫は詰《つ》めるように言った。

「いや、君はこの文明開化の明治には珍《めずら》しい堅物《かたぶつ》だと思っているよ」

「ではどうして信じてくれないのだ」

「しかしねえ、永野。どんなに立派な人間だとしてもしょせん君は人間なんだよ。神でも仏でもないんだ。それにもう一度言っておくが、ふじ子は病人なんだぞ」

「よくわかっている」

「そうか、よくわかっているのか。だが君は、ふじ子という人間を、まだほんとうには知っていないぞ」

吉川は見すえるように信夫を見た。

「そうかなあ。ぼくはふじ子さんという人間を、少しは知っているつもりだ。病気なのに、いつも明るくて、ニコニコして、それだけでもじゅう分えらい人だと思っているんだ」

「そうか、それだけか。君はふじ子の最も重要な面を見落としているぞ」

相変わらず吉川は信夫を見すえたままである。

「重要な面？」

「永野、ふじ子はね、ふじ子はキリスト信者なんだ」

「えっ⁉」

信夫は驚いて言葉がつづかなかった。

「知らなかったろう、永野。ふじ子はキリスト信者なんだよ。君の嫌《きら》いなね」

信夫は、いつ見舞《みま》っても明るいふじ子の顔を思った。さわやかなあの明るさの原因がやっとわかったような気がした。

「しかし吉川、ぼくは何もキリスト教をやみくもに嫌っているわけではないよ。母だって、妹だって、妹の連れあいだってみんな信者なんだ」

「だが君は、かなり以前から、キリスト教には問題を感じているように、ぼくには思われたがねえ。勘《かん》ちがいかもしれないけどなあ。少なくとも、キリスト信者を妻にしたいとは思うまいがねえ」

吉川はおだやかに言った。雲足の早い空だ。見る間に形を変えながら雲が流れている。トーキビの葉が、またいっせいにざわめいた。

「吉川、いったいどうしてふじ子さんはキリスト信者になったんだ。臥《ね》ていて教会へ通うこともできないだろうに」

「うん、それがね、臥つく以前に、うちのお袋がたくさんの娘《むすめ》たちを集めて、裁縫《さいほう》を教えていたんだよ。その中に独立教会に通っている信者がいてね。嫁《よめ》にいくまでふじ子を見舞ってくれたんだ」

「ほう」

「肺病なんていうと、だれもよりつかなくなるのが当たり前だ。お袋もふじ子の病気で、裁縫所をやめてしまったわけだが、その娘さんだけは平気で出入りしてくれたよ。そして、ふじ子にはずいぶん親切にしてくれてねえ。小樽《おたる》に嫁にいく時は、ふじ子の手をとって、泣いて別れてくれたそうだ。そんなことから、ふじ子はその人のくれた聖書を読んだりして、じきに信者になってしまったんだよ」

「じきに？」

「ああ、ふじ子は足が不自由だったから、いろいろ考えてもいたんだろうね。その上婚約したとたんに、肺病にとりつかれてしまったんだから、どうしてこんなに自分ばかり苦しい目に会うのだろうと、思ったんじゃないのかな。もっとも、そんなことは一度もおれたちに言ったことはないがね。神様をあいつは心から信じて喜んでいるよ。よく、神は愛だって言ってるからねえ」

信夫はハッとした。自分が北海道に来る時、待子の夫の岸本から聖書をもらった。その聖書の扉《とびら》に書いてあったのが、「神は愛なり」という言葉であった。いま吉川の口から、「神は愛なり」と喜んでいるふじ子を伝えられたことに単なる偶然《ぐうぜん》でないものを感じた。人間以上の存在が、この世にあることはもともと信夫も感じている。小さい時から神棚《かみだな》と仏壇《ぶつだん》に手を合わすことを、何の疑いもなくつづけて来たのは、つまりは人間を超《こ》えた偉大《いだい》なる者を信じてきたためといえるだろう。ただそれが、信夫にとっては、あくまでも日本的な神観念であった。八百万《やおよろず》の神は、信夫にとっては遥《はる》かなる神代時代の人を意味し、仏はご先祖様のようなものである。ただ人間が死ねば、汚《けが》れや欲望の消えた尊い存在になるような感じであった。そしてそれがすなわち、考えられる限りの、人間を超えた存在ということである。だからいま感じた、単なる偶然でないという思いも「仏様の引き合わせ」という程度のものではあった。しかしそれなりに信夫は、自分とふじ子をつなぐ何ものかを強く感じないではいられなかった。

「しかしねえ、吉川。君の家は仏教だろう。よくふじ子さんがキリスト信者になることを、君も君のおかあさんも許したなあ」

「永野、君のその言い方はねえ。キリスト教より仏教の方が、正しくかつ良いものだと頭から決めてかかっている言いかただな。しかしそうとも限らんぞ。おれもふじ子の枕元《まくらもと》で時々聖書を読んでみるんだ」

「君も読むの?」

信夫は驚いて言った。

「そりゃ読むよ。ふじ子は、聖書を読むようになってから、ずいぶんと物の考え方が変わってきてね。おれはふしぎな本だなあと思ったもんだからねえ。その中で、おもしろい、いやおもしろいというより、おれには一番痛い言葉が書いてあったよ。驚いたなあ、それを読んだ時は……」

吉川はそう言って、信夫の顔を真剣《しんけん》な目で見た。

「何ていう言葉が書いてあるの」

吉川の真摯《しんし》な態度に、気圧《けお》されながら信夫は尋《たず》ねた。

「おれは暗記して知っているがね。こういうんだ。『姦淫《かんいん》するなかれと云《い》えることあるを汝等《なんじら》きけり。されど我は汝らに告ぐ、すべて色情を懐《いだ》きて女を見るものは、既《すで》に心のうち姦淫したるなり』というんだよ」

「ほう、もう一度言ってみてくれないか」

吉川はくり返した。

「驚いたなあ」

信夫はその言葉を反芻《はんすう》するように、自分のひざに目を落とした。

「驚いたろう」

「うん。ずい分、高等な考えだなあ。思っただけでもだめなのか。じゃぼくは、何百回姦淫したかわからないことになるねえ」

「そうだよ。おれも同じだ」

「そうしたら、思っただけで姦淫したことになるなら、姦淫しない人間など、この世にいないことになるねえ」

「そうだよ。だから聖書には、『義人なし、一人だになし』と書いてあるよ」

吉川は自分の首を、掌《てのひら》でバッサリと切る真似《まね》をして笑った。

「ちょっと待てよ。その言葉はぼくも知っている。三年ほど前に、中村春雨の小説の中で読んだことがある」

信夫はそばの机に頬杖《ほおづえ》をついた。以前に読んだ時は、それほど心に突《つ》きささる言葉ではなかった。しかしいま、なぜかふしぎにその言葉は信夫の心を捉《とら》えて放さなかった。突然《とつぜん》、心の奥底《おくそこ》でその言葉がわかったような気がした。それは姦淫するなかれという言葉につづく、きびしい聖書の言葉を吉川から聞いたためであったろうか。信夫は急に、聖書を一字残らず読んでしまいたいと思った。まだ自分の知らないすばらしい言葉が、聖書の中に溢れているような気がしてならなかった。

「どうした。いやに考えこんだじゃないか」

吉川が感心したように言った。信夫は、その吉川の暖かい表情を眺《なが》めながら、渇《かわ》いた者が水を欲するような思いで、聖書を読みたいと切に思っていた。

吉川が帰るとすぐに、信夫は、待子の夫から贈《おく》られた聖書を開いた。いま信夫は、聖書を一字余さず読みたいという気持ちにかられていた。ランプの下で、勢いこんで開いた聖書は、しかし少しもおもしろくはなかった。まず第一ページに、人の名まえばかりがたくさん書かれてある。それは少しも親しみのない異国人の名まえの羅列《られつ》に過ぎなかった。むしろ日本の歴代天皇の名前の暗誦《あんしょう》の方がおもしろいと、信夫は思った。
（なんでこんなつまらぬことを、真っぱじめに書いてあるのだろう）
信夫はふしぎに思った。
こんな名まえよりも、さっき吉川に聞いた、
「色情を抱《いだ》きて女をみるものは……」
のような言葉が書かれてあれば、どんなに取りつきやすいだろう。そうは思いなが
らも、几帳面《きちょうめん》な信夫は、一字一句もとばさずにその名まえを読み進めた。だが、名前
の後につづく記事はさらに信夫を困惑《こんわく》させた。
それは、処女マリヤからイエスが生まれたという話である。
「ばかばかしい。処女から子供が生まれるわけがあるだろうか」
信夫はばかにされたような気がして、聖書から目を上げた。机がひとつっきりの自
分の部屋が、きょうはいっそう寒々しく見える。壁《かべ》にかかった服と、手拭《てぬぐ》いが一本あ
るだけで、あとは何もない。信夫は再び聖書に目をおとした。もう一度マリヤの個所《かしょ》
を読み返してみた。やはりどうにも妙《みょう》である。だが信夫は、その時、聖書という本が、
まことに商売っ気のない本だということに気がついた。
（このたいくつな人名と言い、処女から子供の生まれた記事と言い、読むのがいやに

なって、投げだしたくなるようなことばかりだ。ここで投げだしたとすると、聖書という本は自分に縁《えん》のない本となる。ここを我慢《がまん》して読み進めていけば、もっといいことが書いてあるのかもしれない）

つまりこれは、第一の関所のようなものではないかと、信夫は次に目を走らせた。五ページほど読み進めると、吉川の言った言葉が出てきた。信夫は早速《さっそく》そこを暗記し始めた。

〈『姦淫するなかれ』と云えることあるを汝等きけり。されど我は汝らに告ぐ、すべて色情を懐きて女を見るものは、既に心のうち姦淫したるなり〉

くり返せばくり返すほど、信夫はその言葉に畏《おそ》れを感じた。

（いったい、こんなことを説いたヤソという男は、どんな男なのだろう）

ふしぎな言葉だと、信夫はくり返して言ってみた。ひとつ暗誦し終えると、聖書がぐっと身近になったような気がした。信夫はさらに何かいい言葉を暗誦しようと、次のページに目を移した。

〈悪《あ》しき者に抵抗《てむか》うな。人もし汝の右の頰をうたば、左をも向けよ。なんじを訟《うった》えて下衣《したぎ》を取らんとする者には、上衣《うわぎ》をも取らせよ〉

この言葉が、信夫の目をひいた。それはまことにふしぎな言葉であった。小さい時信夫はよく祖母のトセに言われたものである。

「信夫、男の子という者は、ひとつなぐられたら、ふたつなぐり返してやるのですよ。三つなぐられたら、六つなぐってやるものです。それでなければ男とは言えません」

何と、その言葉と聖書の言葉とはちがうことだろうと、信夫は驚いた。

(なぐり返すことよりも、なぐり返さぬことの方が、男らしいことだろうか)

信夫は目をつむって考えてみた。だれかが自分の頰をひとつなぐる。何をとばかりにこっちは二つなぐり返す。そしてまた別の自分は、頰をひとつなぐられる。悠然《ゆうぜん》と微笑《びしょう》して、もうひとつの頰をいきり立つ相手の前に向ける。はたしてどちらの自分になりたいかと、信夫は自分自身に問うてみた。信夫はそう自問した時、自分が祖母に受けたしつけや、その影響《えいきょう》を受けた考え方が、いかに薄手《うすで》なものであるかに気がついた。

(それにしても、なぐられてもなぐり返さず、下着を取ろうとする者に、上着までくれてやるとは、悪人をただ甘《あま》やかすことではないだろうか)

深い教えのようでいて、その辺がどうもわからない。だが信夫は、この聖書の中に、自分の考えとは全くちがった考え方が、たくさんあるのを認めないわけにはいかなかった。つづいてすぐに、

〈汝らの仇を愛し、汝らを責むる者のために祈《いの》れ〉

という言葉があった。この言葉にいたっては、信夫は、日本人の感情と全く相容《あいい》れないものを感じた。日本人は仇討《う》ち物語が好きである。もし、赤穂《あこう》の浪士《ろうし》四十七人が、この聖書の言葉を守ったとしたらどうだろうと、信夫はまじめになって考えた。浅野《あさの》内匠守《たくみのかみ》の無念は、あの吉良《きら》の首を上げなければ晴れないものであったはずである。

あの四十七人が、吉良上野介《こうずけのすけ》を許し、しかも愛し、その者のために安泰《あんたい》を祈るとしたなら、世間は決して、四十七士を許さなかったにちがいない。武士の世界では、仇討ちは大いなる美挙であったはずだ。このイエスという男は、自分の父が殺され、殿《との》様《さま》が殺されても、その仇を討たないのだろうか。その仇を愛することができるのだろうか。何という妙な人間だろうと、信夫は思った。

(憎《にく》まないということは、そんなにたいせつなことであろうか。憎むべきものは憎むのが、人間の道ではないだろうか)

そうは思ったが、しかし信夫は、その自分の考えに確信はなかった。どこか浅はかな考えのような気もしてならなかった。

藻《も》岩《いわ》山《やま》

階下の茶の間で夕食を食べながら、信夫は自分が吉川に言った言葉を思い出していた。ふじ子をもらいたいと信夫は吉川の前に手をついたのである。言葉というものは、いったん口に出すと、それは思いがけない大きな作用をなすように、信夫には思われた。いつも寝《ね》たままで食事をとっているふじ子に、自分と同じように、こうしてすわったまま食事をとらせてやりたいと、信夫は切実に思った。信夫は、いまだかつて、これほど身近にふじ子の寝ている辛《つら》さを感じたことはなかった。どうして今までそう思わなかったのか、信夫にもふしぎだった。

「ふじ子さんをぼくにくれないか」

と、言った言葉が、自分自身の中に眠《ねむ》っていたものを、いっぺんに揺《ゆ》りおこしたような感じである。

「おばさん、札幌《さっぽろ》で一番の名医と言ったら、どこの医者なんでしょうね」

食事のあとの茶をすすりながら信夫が聞いた。下宿の主婦は五十過ぎた未亡人で、息子が小学校の教師をしていた。息子は今夜宿直で姿がみえない。

「あんた、永野さん、体がどこか悪いのですか」

驚《おどろ》いたように尋《たず》ねた。

「いいえ、ぼくは悪くはありません……」

信夫は言葉を濁《にご》した。

「それなら安心ですけど。この札幌には三十人以上も医者がおりますが、そりゃ何と言っても北辰《ほくしん》病院の関場先生が評判がいいですよ」

即座《そくざ》に下宿のおかみは答えた。北辰病院の関場不二彦《ふじひこ》と言えば、だれも知らぬ者のないほど有名である。脈をとってもらっただけで、病気がなおるという患者《かんじゃ》もあった。

それを聞いた信夫は、善は急げ、早速《さっそく》明日訪ねてみようと決心した。

「しかしおばさん、いかに名医でも、肺病やカリエスはなおせないでしょうね」

肺病と聞いて、おかみはあわてて自分の口を手でふさいだ。

「永野さん、そんな恐《おそ》ろしい病気は、口に出しただけでも胸が腐《くさ》りますよ。そんなおっかない病気は、神さんでも仏さんでもなおせませんよ。あんた、だれかそんな病人を知ってるのですか」

「いいえね、いま、はやりの『不如帰《ほととぎす》』という小説を、おばさんも知ってるでしょう。

あの浪《なみ》さんが何とかなおらなかったもんだろうかと思ったもんだから……」

万一、吉川の妹が病気だなどと言ったものなら、このおかみは吉川を家に入れると は言うまいと思った。

「何ですね、小説の話ですか。若い人はしようがない」

おかみは笑って、膳《ぜん》を下げた。

信夫は部屋に戻《もど》って、明日は半日休もうと心に決めた。ふじ子は葛根湯《かっこんとう》を煎《せん》じて飲むばかりで、いま医者には診《み》てもらってはいない。医者に診せたところで、高い薬代を取られるだけで、そう早急《さっきゅう》になおるという病気ではなかった。と言って、ああしてただ寝せておくだけでは、何とも心もとない気がしてならない。もしできることなら、札幌一の名医にふじ子を診てもらいたかった。名医なら万にひとつ、なおらぬ病気でもひょっとしてなおせないものでもない。

(吉川に相談してから医者の所に行こうか)

そうも思った。だが、吉川の給料と、吉川の母の仕立て仕事だけでは、医者にかかることは無理と思われる。いずれにせよ名医といわれる関場博士に相談すれば、何とか療養《りょうよう》の仕方にも、道がひらけるだろうと信夫は考えた。

翌朝、会社に行くとすぐ、信夫は和倉礼之助に、午後から休ませて欲《ほ》しいと、早退の届けを出した。

「どうしたんだね。医者に行きたいなんて」

和倉は親身な顔になった。豪放《ごうほう》に見えるが、心の温かい男である。遠からず和倉の娘《むすめ》美沙のことも断らなければならないと思うと、信夫は和倉の親切が負担に思われた。

「いや、たいしたことはありません」

信夫は低い声で言った。

「永野君、工合《ぐあい》が悪いんなら、無理をせずに朝から休んでもいいんだよ。君は北海道が初めてだから、秋が早くて風邪《かぜ》でもひいたんだろう」

大きな手を、和倉は信夫の額に当てた。

「おや、少し熱があるようだよ。大事にしなけりゃいかん」

和倉はあくまで親切であった。信夫は逃《のが》れるようにして自分の机に戻った。早く美沙のことを断らなければならない。しかし和倉礼之助がさぞガッカリするだろうと思うと、何とも断りづらい。

しかし、いつなおるかわからないふじ子を思って、あの健康でピチピチしている美沙を断るのは、とうていだれにもわかってもらえない気持ちのように思われた。

午《ひる》になって、信夫は会社を出た。駅前通りの食堂で、信夫は鍋焼《なべや》きうどんをひとつ食べた。関場博士に会う緊張《きんちょう》のためか、和倉礼之助に対するすまなさのためか、たった一杯《ぱい》の鍋焼きうどんが、胸につかえるようであった。

病院は、患者が廊下《ろうか》にまであふれていた。だれもかれもじいっと自分のことばかり考えている目付きである。人口わずか四万余りの札幌に、こんなにもたくさんの病人がいるのかと、信夫は驚《おどろ》いた。カサカサに乾《かわ》いた黄色っぽい肌《はだ》、絶えず聞こえる軽いせき。目やにのたまった赤い目。だれもかれもが暗い穴をのぞいているような、憂鬱《ゆううつ》なまなざしだった。信夫は自然ふじ子の明るい表情を思い出した。

ふじ子はもう三年もあの部屋にねたままなのだ。ここにいる患者たちは、とにかく病院まで来ることのできる体だが、ふじ子はそれすらもできない。それでいて、ここにいるだれよりもふじ子の顔は明るかった。いや、職場のだれよりもふじ子の方が明るいと、信夫は思い返した。だれの前にもふじ子を自慢《じまん》したいような気持ちが、いま信夫の心にあった。

患者たちは次々と診察室《しんさつしつ》に呼びこまれ、帰りにはホッとしたような顔で出ていく者もある。みんな茶色の水薬や、透明《とうめい》な水薬などを、散薬と共に大事そうに風呂敷《ふろしき》の中にしまいこんで帰っていく。信夫は次第《しだい》に不安になってきた。

(あんなにたくさん薬はあるけれど、ふじ子に効《き》く薬はあるのだろうか)

やがて信夫の名前が呼ばれた。

秋陽のまぶしい札幌の町を、信夫は急ぎ足で歩いていた。気がつくと、信夫は広い通りの真ん中を歩いていた。馬車や、人力車がいく台も通っていく。どうもいつもよりにぎやかだと思って、信夫はあたりを見まわした。半町ほど向こうに、万国旗《ばんこくき》が四方八方に張りめぐらされている。何だろうと思って近づいて行くと、瓦《かわら》屋根の二階建ての大きな軒先《のきさき》に大売り出しのちょうちんがずらりと並《なら》んで、祭りのようなさわぎである。万国旗がハタハタとはためく音も楽しかった。ハッピを着た若い男衆や、桃割《ももわ》れを結《ゆ》った娘たちが、店先にとりわけ目立っていた。マルイ呉服店《ごふくてん》の大売り出しなのだ。

信夫は立ちどまって、少しの間その店のようすを眺《なが》めていたが、再び足を急がせた。いま信夫は、北辰病院からの帰りだった。関場博士は、一度ふじ子の体を診てからでないとよくはわからないがと言ってから、カリエスという病気についていろいろと説明してくれた。

「要するにね、カリエスというのは、結核菌《けっかくきん》で骨が腐れる病気なのだ。いったんカリエスにかかると、十年も二十年も寝たままで、やがて瘦《や》せ細って死んでいく。なおったところで、せむしのように背中が曲がってしまうことが多い。実にかわいそうな病気だよ」

関場博士は同情したように言った。

「しかしね、決して不治というわけではない。要は体力をつけることだね。第一に静かに寝ていること、次に小魚や野菜をよく嚙《か》んで食べること。次に体を二日に一度はきれいに拭《ふ》いてやること。以上を、病人もまわりの者も忍耐《にんたい》強くつづけることだね。そして何よりたいせつなのは、本人も家族の者も、気持ちを明るく持つことと、必ずなおるという確信を持つことだ」

信夫はさっきから、その関場博士の言葉を嚙みしめるように、いく度もいく度も、くり返し思っていた。途中《とちゅう》寄り道をして目刺《めざ》しや、大根、人参《にんじん》などを買いこんだ。とにかく関場博士は不治だとは言わなかった。信夫はそれだけでも心がはずんでいた。その矢先マルイの大売り出しのにぎわいに出会って、信夫は何となく縁起《えんぎ》がよいように思われてならなかった。

（一番むずかしいのは、心の持ち方だと博士は言った。しかし、ふじ子はあんなに明るいのだ）

そう思うと信夫は、すでにふじ子がなおったかのような錯覚《さっかく》を感じた。ふと顔を上げると、二、三間先に和倉の娘美沙が、いつかのように風呂敷包みを持って立っていた。以前に会った時も、たしかこの街角あたりで会ったと思いながら、信夫はあわてて礼をした。きょうは美沙も、逃《に》げずに礼を返した。

「お使いですか」

美沙が立っているので、信夫もそのまま通り過ぎるわけにはいかなかった。

「いいえ。お裁縫《さいほう》の帰りですの」

美沙はそう言ったまま、まだ立っている。信夫は困ったと思った。ひる日中若い娘と立ち話をすることは、はばかられた。と言って、このまま美沙を置き去りにすることもできない。

「あの……何かぼくに用ですか」

そんなことしか信夫は言えなかった。

「いいえ」

美沙はニコニコ笑って立っている。美沙にしても、何を話してよいのかわからないのだ。うつむいてはちらちらと信夫を見ていた。

「あの、ぼく失礼します」

信夫はペコリと頭を下げると歩き出した。

「あら」

美沙が驚いたように小さく叫《さけ》ぶ声がした。信夫がふり返ると、赤いメリンスの帯が美沙の胸元にちらりと見えた。風呂敷包みを抱《かか》えなおすと、その帯はすぐにかくれた。二人は顔を見合わせ、再び礼をかわして別れた。信夫はまた少し気が重くなった。いまの美沙のようすでは、決して信夫をきらってはいない。何か話したそうにしていたと思うと、信夫も気重ながらも満更《まんざら》悪い気がしなかった。もしふじ子がいなかったなら、信夫はあの美沙と結婚《けっこん》するかもしれないと思った。しかしそれは、心に誓《ちか》ったふじ子に対して申しわけのない感じ方である。信夫はふり切るように、ふじ子の家を目ざして、足を早めて行った。

だが、美沙に会って、一瞬《いっしゅん》でも美沙に心ゆらいだことが、信夫の心をとがめた。信夫は、まっすぐに吉川の家に行くことをやめて、創成《そうせい》川のほとりに立った。創成川は札幌の町を南北につらぬく小さな川である。空が晴れていて、藻岩の山の姿がくっきりと見えた。ぼつぼつ色づいてきたのか、山の頂のあたりが紫《むらさき》に見える。いつ見ても同じ姿の藻岩の山を見て、信夫はふっと寂《さび》しさを感じた。それはいま、自分の心がかすかに揺《ゆ》れたことに対する寂しさであったかもしれない。

(あの山は、この札幌の町が、うっそうたる原始林であった時から、あの形のままに

あそこにあったのだろう)

やがて人がはいり、木《き》を伐りひらき、畑を耕し、そして整然とした町がひらけ、その町はまた大火にあい、洪水《こうずい》にもあった。そのいかなる時も、あの山はあそこにあって、じっと札幌の町を眺めおろしていたのかと、信夫は自然の非情さをあらためて感じた。

それは、太陽にしても月にしても、同じことがいえると思った。この地上にいくかわり人が生まれ、人が死に、戦いが起こり、飢饉《ききん》があったとしても、太陽も月もその場にあってただ地球を眺めていただけなのだ。

(何と非情なものだろう)

その非情さが、いまの信夫には羨《うらや》ましかった。白い長いネギが一本、浮《う》きつ沈《しず》みつして流れてきた。その白さが信夫の目に沁《し》みた。それは寝ているふじ子の白い顔を連想させた。

(おれはとうてい、非情にはなれない)

苦笑して信夫は、ゆっくりと歩き出した。

信夫が北辰病院の関場博士を訪れてから、ひと月ほどたった。ふじ子は素直《すなお》に信夫のすめをよく守った。何回でもよく噛《か》んで食べよと言われると、一口ごとに五、六十回は噛む。思いなしかふじ子の頬《ほお》が、少しふっくらとしてきたような気がする。ふじ子の母も、いままで病状にさわりはしないかと恐《おそ》れるあまり、拭《ふ》いたこともなかった体を、一日おきに拭《ふ》くようになった。何か吉川家に新しい風が吹きこまれたように、活気づいてきた。

降ったり、とけたりしていた雪が、この二、三日はいっこうにとける気配もない。信夫は、美沙との縁談《えんだん》を断りに、いま和倉礼之助の家に行く途中《とちゅう》であった。雪明かりで明るい街を、信夫はさすがに気重になって歩いていた。師範《しはん》学校の生徒が五、六人、大声でしののめ節《ぶし》をうたいながらすれちがった。

和倉礼之助の玄関《げんかん》の戸を開ける時、信夫は逃《に》げて帰ろうかと思った。だが、いつまでも返事をしないというわけにはいかない。思い切って戸をあけると、美沙が中から障子をひらいた。

「こんばんは。永野です」

暗がりの中で、お互《たが》いに顔はみえない。

「あ！」

軽く声をあげて、美沙はあらためて信夫を招じいれた。

「やあ、寒いのに、よく出てきたね」

和倉礼之助は、大きな手で薪《まき》をストーブの中に投げこんだ。

「美沙、酒を買ってこい」

和倉は、すぐに美沙に言いつけた。

「いや、酒など……」

信夫が制すると、和倉は笑って言った。

「君に飲めとはいわんよ」

美沙が出て行った。和倉はかしこまっている信夫のそばによって肩《かた》をたたいた。

「そうかしこまることはない。君が何しに来たかぐらい、わからんおれではない。上役の娘の縁談など、持ち出した方が悪いようなもんだ。これほど断りづらいものはないだろうからな」

信夫は驚いて和倉礼之助をみた。磊落《らいらく》そうに見えても、縁談を断れば、いやみのひとつやふたつ言われても仕方がないと覚悟《かくご》していた。だが礼之助は、かえって信夫の立場に立って、こちらの気持ちをくみとってくれていた。

「申しわけございません」

信夫は両手をついて頭を下げた。美沙はともかく、こんな人を父と呼んでみたいような甘《あま》えをさえ、信夫は感じた。

「未練な話だがね。どうして美沙を断るのか、父親として知っておきたいんだ。たしか君は、決まった人はないと言っていたはずだね」

「はあ……しかし……」

信夫は思い切って、ふじ子のことを告げた。美沙との縁談が起きてから、急にふじ子のことが心にかかり、ついにふじ子のなおるまで待っていようと決心をしたいきさつを語った。

「そうか、それじゃ君の恋愛《れんあい》を固めるために、美沙の話をしたようなものだな」

和倉礼之助はそう言ってから、しばらくじっと信夫の顔をみつめていた。

「しかしな、その娘さんが何十年もなおらなかったら、どうするつもりだ」

「何十年でもなおるまで待つつもりです」

「ほう、君はあきれた馬鹿《ばか》だな。全く偉《えら》い馬鹿だ。開化の御代《みよ》になってからこっち、みんな小りこうになってしまったと思ったら、君のような大馬鹿もまだ残っていたのだな」

礼之助は、自分の感動をおしかくすように大声で笑った。

信夫は黙《だま》ってうつむいた。

「親馬鹿だと笑われてもいい。実のところ、おれは美沙に縁談をことわられたと告げるに忍《しの》びなかったのだ。できるなら、おれの方から断ることにしてほしいと思って、美沙を外に出したんだが……。しかし、それはやめた。君のような男がこの世にいることを、あいつにも知らせておきたいような気がする。まあとにかく、その娘さんを大事にしてやるんだな」

「ハイ」

信夫は深く一礼した。

「まあいい。あんな娘でも、美沙にはまたもらい手もあるだろう。しかし、その病気の娘さんには、君のような男は二度とあらわれることはないだろう。おれも人の子の親だからな」

和倉礼之助は、そのまま黙って、燃えているストーブをじっとみつめた。台所では、和倉の妻のコトコトと何かを刻む音がしていた。

雪の街角

社に出ても、和倉礼之助の態度は変わらなかった。

暮《く》れもおし迫《せま》ったころ、信夫の同僚の三堀峰吉《みほりみねきち》が不祥事件《ふしょう》を起こした。その日は給料日だったが、同僚《どうりょう》の一人が、もらったばかりの給料を紛失《ふんしつ》した。彼《かれ》はうっかり給料袋《ぶくろ》を机の上においたまま、仕事で部屋を出た。その間わずか十五分あまりであった。帰ってきて、机の上に置いた給料がないのに気づき、彼はさわぎだした。

和倉礼之助が、その男を呼んで、あまりさわぎたてるなと注意をした。ほんとうに机の上にあったものなら、同室のだれかが盗《ぬす》んだことになる。だれしも嫌疑《けんぎ》をかけられるのは愉快《ゆかい》なことではない。帰りぎわで、いく人も立ったりすわったりしていたから、だれがその給料袋にさわったか、見当がつかなかった。和倉は、部下の全員各自の席に着かせた。

「いやな話だが、いま給料袋がひとつ紛失した。きょうは外から人がきていないから、いやでもこの部屋にいた者に嫌疑がかかる。全員目を固くとじて、自分の給料を机の中に入れてほしい。わたしが目を開けよというまで、決してあけてはならない。もしまちがって、二つ給料袋を持っているものがあれば、二つ机の中に入れてほしい」

全員は、いわれたとおり机の中に給料を入れた。そして、和倉一人が部屋に残り、全員は廊下《ろうか》に出た。机の中をあらためたが給料袋はみなひとつずつであった。だが、三堀の机の中にあった給料袋は、彼自身のものではなかった。紛失した者の名を書いた給料袋だったのである。三堀はうかつにも、自分の給料袋と盗んだ給料袋をとりちがえてしまったのである。

和倉礼之助は、再び全員を部屋に呼び入れ、各自の給料を持って家に帰るように命じた。

「紛失した袋は見当たらなかった。わたしは君たちの良心に訴《うった》えたいと思ったのだが、どうやらわたしの気持ちは通じなかったようだ。きょう中にわたしの所に届け出ればよし、さもなければ、鉄道会社の社員として認めるわけにはいかないから、そのつもりでいてほしい」

三堀は、自分があやまって給料袋を置いたことに気づいたが、まだ和倉が気づいていないと思って、そのまま家に帰ってしまった。

翌朝、三堀がまだ床《とこ》の中にいるうちに、和倉礼之助の急襲《きゅうしゅう》に会った。母親に起こされて、和倉礼之助の顔をみたとたん、三堀の顔色がサッと変わった。

「なぜ昨夜、おれの家にこなかった」

和倉は家人に悟《さと》られぬように、ただそう言った。

「すぐここに、あれを持ってきなさい。きょうから出社するには及《およ》ばぬ。いずれ沙汰《さた》があることだろう」

三堀は青ざめて、ボンヤリとうなずいた。給料袋を受けとって和倉は帰って行った。

三堀の欠勤は、時が時だけにみんなの注目をひいた。和倉は一日きげんが悪かった。翌日も、翌々日も三堀は欠勤した。信夫は、三堀峰吉が給料紛失の犯人であることに気づいたが、三堀という人間が、このまま職場から去るのは憐《あわ》れに思われた。どちらかと言えば軽率《けいそつ》で、ときおり薄野《すすきの》の遊廓《ゆうかく》に遊ぶことも、本人の口からいく度か聞いたことがある。たぶん遊ぶ金につまって、悪いと知りつつやったことにちがいない。

信夫は、自分が入社した当座、だれよりも親切にしてくれた三堀のことを思い出した。

(根っからの悪人じゃない)

たしか母一人子一人の家庭だと聞いていたが、息子がクビになったと知っては、母親もどんなにつらかろうと信夫は思った。だが、和倉に、あまり僭越《せんえつ》なことも言えなかった。また、三堀の家を訪ねようにも、どうにも工合《ぐあい》が悪い。三堀だって、誠意を見せてあやまれば、和倉は持ち前の大きな気性で聞きいれてくれそうな気がする。どうしようかとためらいながら、やはり信夫は三堀を訪ねてみることにした。

日曜の午後、三堀はしょんぼりと部屋にとじこもっていた。信夫のすすめを聞くと、三堀は頭を横に振《ふ》った。

「そうしたからって、許してくれるかどうか、わかんないもんな。あのオヤジはなかなか手ごわいぜ」

いく度すすめても、それなら行ってみようか、とは言わなかった。そればかりか、

「おれだって悪いけど、机の上に給料袋なんか置いておいた奴《やつ》だって悪いんだ」

見かけによらず、三堀は強情《ごうじょう》だった。当の本人があやまるといわないのに、首に縄《なわ》をつけて和倉の家に連れていくわけにもいかなかった。信夫は、キュッキュッと鳴る雪の道を歩きながら、駅前通りに出た。暮れもおし迫って、人通りもいつもよりにぎやかである。馬橇《ばそり》がリンリン鈴《すず》を鳴らしながら、いく台も通る。赤煉瓦《れんが》で有名な興農社の所までくると、何か大声が聞こえた。みると、一人の男が外套《がいとう》も着ないで、大声で叫《さけ》んでいる。だれも耳をかたむける者はない。信夫は、ふと耳にはいった言葉にひかれて立ちどまった。

「人間という者は、皆さん、いったいどんな者でありますか。まず人間とは、自分をだれよりもかわいいと思う者であります」

寒気の強い午後だ。年のころ三十ぐらいか、いや、三つ四つは過ぎているだろうか。その男が口をひらくたびに、言葉は白い水蒸気となってしまう。足をとめた信夫をみ

て、その男は一段と声を大きくした。

「しかしみなさん、真に自分がかわいいということは、どんなことでありましょうか。そのことを諸君は知らないのであります。真に自分がかわいいとは、おのれのみにくさを憎《にく》むことであります。しかし、われわれは自分のみにくさを認めたくないものであります。たとえば、つまみぐいはいやしいとされておりましても、自分がつまんで食べるぶんには、いやしいとは思わない。人の陰口《かげぐち》をいうことは、男らしくないことだと知りながらも、おのれのいう悪口は正義のしからしむるところのように思うのであります。俗に、泥棒《どろぼう》にも三分の理という諺《ことわざ》があるではありませんか。人の物を盗んでおきながら、何の申しひらくところがありましょう。しかし泥棒には泥棒の言いぶんがあるのであります」

信夫は驚《おどろ》いて男をみた。男の澄《す》んだ目が、信夫にまっすぐに注がれている。

(まるでこの人は、いまのおれの気持ちを見とおしてでもいるようだ)

信夫と男を半々にみながら、赤い角巻《かくまき》をまとった女や、大きな荷物を背負った店員などが、いそがしそうに過ぎていった。しかし、いま信夫は、自分がどこに立っているのかを忘れて、男の話にひきいれられていった。

「みなさん、しかしわたしは、たった一人、世にもばかな男を知っております。その男はイエス・キリストであります」

男はぐいと一歩信夫の方に近よって叫んだ。

「イエス・キリストは、何ひとつ悪いことはなさらなかった。生まれつきの盲《めしい》をなおし、生まれつきの足なえをなおし、そして人々に、ほんとうの愛を教えたのであります。ほんとうの愛とは、どんなものか、みなさんおわかりですか」

信夫は、この男がキリスト教の伝道師であることを知った。男の声は朗々《ろうろう》として張りがあったが、立ちどまっているのは、信夫だけである。

「みなさん、愛とは、自分の最も大事なものを人にやってしまうことであります。最も大事なものとは何でありますか。それは命ではありませんか。このイエス・キリストは、自分の命を吾々《われわれ》に下さったのであります。彼は決して罪を犯《おか》したまわなかった。人々は自分が悪いことをしながら、自分は悪くはないという者でありますのに、何ひとつ悪いことをしなかったイエス・キリストは、この世のすべての罪を背負って、十字架《じゅうじか》にかけられたのであります。彼は、自分は悪くないと言って逃《に》げることはできたはずであります。しかし彼はそれをしなかった。悪くない者が、悪い者の罪を背負う。悪い者が悪くないと言って逃げる。ここにハッキリと、神の子の姿と、罪人の姿があるのであります。しかもみなさん、十字架につけられた時、イエス・キリストは、その十字架の上で、かく祈《いの》りたもうたのであります。いいですかみなさん。十字架の上でイエス・キリストはおのれを十字架につけた者のために、かく祈ったのであります。『父よ、彼らを赦《ゆる》し給え、その為《な》す所を知らざればなり。父よ、彼らを赦し給え、その為す所を知らざればなり』

聞きましたか、みなさん。いま自分を刺《さ》し殺す者のために、許したまえと祈ることのできるこの人こそ、神の人格を所有するかたであると、わたしは思うのであります……」

突如《とつじょ》として、伝道師の澄んだ目から涙《なみだ》が落ちた。信夫は身動きもできずに立っていた。

「わたしはこの神なる人、イエス・キリストの愛を宣《の》べ伝えんとして、東京からここにやってまいりました。十日間というもの、ここで叫びましたが、だれも耳を傾《かたむ》けませんでした」

彼は両手を胸に組んで祈り始めた。

「ああ在天の父なる神よ、大いなる恵《めぐ》みを感謝いたします。いまわが前に立てる小羊を主は見たまいました。主よこの小羊をとらえたまえ。主よこの小羊を用いたまえ。わが唇《くちびる》の足らざるところを、主おん自ら訓《くん》したまえ。尊きみ子キリストの名によって、この祈りをおん前に捧《ささ》げ奉《たてまつ》る。アーメン」

大声でアーメンと叫んだ時、道を行くいく人かが笑った。

「ヤソだ」

「ヤソの坊主《ぼうず》だ」

聞こえよがしに言い捨てていく男もいる。だが伝道師は気にもとめずに信夫をみて、頭を下げた。そのとたん、信夫の耳をかすめて雪玉が飛んだ。ハッと思った瞬間《しゅんかん》、つづいて雪玉が信夫の肩《かた》に当たった。信夫はキッとしてふりかえった。

「痛かったでしょう」

男は眉根《まゆね》を寄せて、信夫の肩に手をかけた。

「ひどいことをする」

信夫は怒《おこ》ってあたりを見回した。すぐ横町をかけていく子供たちの姿が見えた。

その夜、信夫は興奮のあまり眠《ねむ》れなかった。伝道師は伊木《いき》一馬《かずま》と言った。信夫は伊木一馬をともなって自分の下宿に来た。そこで信夫は言った。

「先生、ぼくは、先生のお話をうかがって、イエスが神であると心から思いました。いや、この人が神でなければ、だれが神かと思いました」

信夫は、真実心の底からそう思った。子供の投げた雪つぶてが、自分の肩を強く打った時、思わず信夫は怒《いか》りに満ちてうしろをふりかえった。そして初めて、十字架の上でイエスが言ったという、

「父よ、彼らを許し給え、そのなす所を知らざればなり」

の言葉が、痛いほど身にしみた。全くの話、子供は何もわからずに、ただおもしろ半分に雪つぶてを投げたのだ。だが、もしま近にいたとしたら、自分は果たして子供たちを許したことだろうかと、信夫は思った。彼らをつかまえて問いつめ、あるいはゲンコツのひとつもくれてやったことだろう。

しかしイエスは、いままさに殺されんとする苦しみの中にあって、殺す者共を憐れんだのだ。もしこれが神の人格でないとしたら、どれが神の人格といえようと、信夫はいたく感動した。このイエスは、マタイ伝の中で、

「汝《なんじ》の敵を愛せよ」

と言っている。その教えのごとく、敵を愛して死ぬことのできたイエスを思うと、信夫はだまされてもいいから、このイエスの言葉に従って生きたいと、痛切に感じた。

「では、永野君、君はイエスを神の子だと信ずるのですか」

「信じます」

キッパリと信夫は言った。

「では、あなたはキリストに従って一生を暮らすつもりですか」

「暮らすつもりです」

「しかし、人の前で、自分はキリストの弟子《でし》だということができますか」

伊木一馬はゆっくりとたずねた。

「言えると思います」

信夫はたじろがなかった。

「しかしね、いま聞いたばかりで、すぐにイエスを信ずることができますか」

「ぼくは、ぼくの父も母も妹も、妹の夫も、そして……ぼくの未来の妻も、みんな信者です。ずいぶん以前から、ぼくはキリスト教に関心は持っていたのです」

しかしその関心には、たぶんに反感がふくまれていた。特に、キリスト教が外国の宗教だということに、信夫は強い抵抗《ていこう》を感じていたのであった。だが先日、ふじ子がこんなことを言った。

「お先祖様を大事にするということは、お仏壇《ぶつだん》の前で手を合わせることだけではないと思うの。お先祖様がみて喜んでくださるような毎日を送ることができたら、それがほんとうのお先祖様への供養《くよう》だと思うの」

この言葉が、信夫の心の中にあった。そんなことも、信夫は伊木一馬に語った。

「すると、君の心は、ずいぶん昔からキリストを求めていたわけですね」

一馬はやっと、信夫の告白にうなずくことができたようであった。

パチパチとストーブの中で火が爆《は》ぜていた。

「そうですか。では、もう一度質問しなおしますがねえ。永野君、君はイエスを神の子と信ずると言いましたね。そして、キリストに従って一生暮らすと言いましたね。人の前でキリストの弟子だということもできると言いましたね」

信夫はハッキリとうなずいた。

「しかしね。君はひとつ忘れていることがある。君はなぜイエスが十字架にかかったかを知っていますか」

信夫はちょっとためらってから、

「先ほど先生は、この世のすべての罪を背負って十字架にかかられたと申されましたが……」

「そうです。そのとおりです。しかし永野君、キリストが君のために十字架にかかったということを、いや、十字架につけたのはあなた自身だということを、わかっていますか」

伊木一馬の目は鋭《するど》かった。

「とんでもない。ぼくは、キリストを十字架になんかつけた覚えはありません」

大きく手をふった信夫をみて、伊木一馬はニヤリと笑った。

「それじゃ、君はキリストと何の縁《えん》もない人間ですよ」

その言葉が信夫にはわからなかった。

「先生、ぼくは明治の御代《みよ》の人間です。キリストがはりつけにされたのは、千何百年も前のことではありませんか。どうして明治生まれのぼくが、キリストを十字架にかけたなどと思えるでしょうか」

「そうです。永野君のように考えるのが、普通《ふつう》の考え方ですよ。しかしね、わたしはちがう。何の罪もないイエス・キリストを十字架につけたのは、この自分だと思います。これはね永野君、罪という問題を、自分の問題として知らなければ、わかりようのない問題なんですよ。君は自分を罪深い人間だと思いますか」

正直言って、信夫は自分をまじめな部類の人間だと思っている。性的な思いにとらわれた時は、自分自身でも罪の深い人間に思うことはある。しかし、こうして他人から問われると、さほど罪深いような気はしない。

「そのへんのところが、ぼくにはよくわからないのです。ぼくは自分が特別に罪深い人間だとは思っていないのですが……。聖書に、色情を抱《いだ》いて女をみる者は、すでに姦淫《かんいん》した者だという言葉を読んで、これはずいぶん高等な倫理《りんり》だと思いました。そして、あの義人なし一人だになし、という言葉が、ぼくなりにわかったような気はしているんです。でも、いま先生に、自分を罪深いかといわれると、ハッキリとうなずくほどの、罪意識は持っていないように思うのです」

伊木一馬は、いく度か大きくうなずきながら聞いていたが、ふところから聖書を出した。

「わかりました。永野君、これはぼくも試みたことなんだが、君もやってみないかね。聖書の中のどれでもいい、ひとつ徹底的《てっていてき》に実行してみませんか。徹底的にだよ、君。そうするとね、あるべき人間の姿に、いかに自分が遠いものであるかを知るんじゃないのかな。わたしは、『汝に請《こ》う者にあたえ、借らんとする者を拒《こば》むな』という言葉を守ろうとして、十日目でかぶとを脱《ぬ》いだよ。君は君の実行しようとすることを、見つけてみるんだね」

伊木一馬は、夕食を食べ、そして帰って行った。その一馬の数々の言葉を思いながら、信夫は、一夜ほとんど眠《ねむ》ることができなかった。

翌朝、信夫は三堀峰吉の家を訪ねた。峰吉は眠い目をこすりながら、ふきげんな顔で起きてきた。しかし信夫はかまわずに、自分から進んで茶の間に上がり、峰吉とその母を前に言葉を切った。

「君、これからすぐに、和倉さんの家に行かないか」

いつもの信夫とはちがった、リンとしたものの言い方であった。信夫はキチンと正座していた。

「行ってもむだですよ」

少しふてくされたように峰吉は答えた。

「そうです。三堀君のいうように、あるいはむだかもしれません。しかし、たとえむだであってもですね、君も人間として、心の底から人の前に頭を下げたらどうですか。それはこの際必要なことじゃないんですか」

その言葉には、否応《いやおう》をいわせぬひびきがあった。峰吉の母も、

「お許しがでるかどうか、わからないけれど、とにかく手をついてあやまることが人間の道ですよ。せっかく永野さんがこうおっしゃってくださるのだから、峰吉、お前、行ってきなさい。峰吉、わたしもいっしょにあやまりに行きますよ」

と、言葉を添《そ》えた。峰吉の母も、すでに事情はわかっているらしい。峰吉も、それ

以上逆らうことはせず、不承不承和倉の家に行くことにした。まだ勤め人の出ない時間で、雪道に白い靄《もや》が流れていた。時々影絵《かげえ》のように近づいてくる人々とすれちがいながら、三人は黙々《もくもく》と和倉の家に急いだ。

和倉の家が近づいたころ、峰吉が言った。

「永野君、君、どうして君までいっしょに行ってくれるんですか」

「どうしてって、ぼくが会社にはいった時、三堀君はほかの人より、ずっと親切に言葉をかけてくれたじゃありませんか。その三堀君にいま辞《や》められたら、ぼくだって淋《さび》しいですよ」

その言葉に、うそはなかった。だが、それ以上に信夫を動かしているものがあった。それは昨夜、伝道師の伊木一馬が言った言葉である。伊木一馬は、罪の意識が明確でないといった信夫に対して、こう言ったのだ。聖書の中の一節を、とことんまで実行してみよと、彼は言ったのだ。信夫は眠れないままに聖書を一心に読んだ。そして、その中で、信夫の心ひかれた個所《かしょ》があった。

〈視《み》よ、或《あ》る教法師、立ちてイエスを試みて言う『師よ、われ永遠《とこしえ》の生命《いのち》を嗣《つ》ぐためには何をなすべきか』イエス言いたまう『律法《おきて》に何と録《しる》したるか、汝《なんじ》いかに読むか』答えて言う『なんじ心を尽《つく》し、精神を尽し、力を尽し、思《おもい》を尽して、主たる汝の神を愛すべし。また己《おのれ》のごとく汝の隣《となり》を愛すべし』イエス言い給《たま》う『なんじの答は正し。之《これ》を行え、さらば生くべし』彼おのれを義とせんとしてイエスに言う『わが隣とは誰《たれ》なるか』イエス答えて言いたまう『或人《あるひと》エルサレムよりエリコに下るとき、強盗《ごうとう》にあいしが、強盗どもその衣《ころも》を剝《は》ぎ、傷を負わせ、半死半生にして棄《す》て去りぬ。或る祭司たまたま此《こ》の途《みち》より下り、之を見てかなたを過ぎ往《ゆ》けり。又《また》レビ人《びと》も此処《ここ》にきたり、之を見て同じく彼方《かなた》を過ぎ往けり。然《しか》るに或るサマリヤ人《びと》、旅して其《そ》の許《もと》にきたり、之を見て憫《あわれ》み、近寄りて油と葡萄酒《ぶどうしゅ》とを注ぎ傷を包みて己《おの》が畜《けもの》にのせ、旅舎《はたごや》に連れゆきて介抱《かいほう》し、あくる日デナリ二つを出《いだ》し、主人《あるじ》に与《あた》えて「この人を介抱せよ。費《ついえ》もし増さば我《わ》が帰りくる時に償《つくの》わん」と云《い》えり。汝いかに思うか、此の三人のうち、孰《いずれ》か強盗にあいし者の隣となりしぞ』かれ言う『その人の憐憫《あわれみ》を施《ほどこ》したる者なり』イエス言い給う『なんじも往きて其の如《ごと》くせよ』〉

はじめ、信夫はこんな不人情な話があるだろうかと思った。強盗におそわれて、半死半生の目にあっているけが人を助けないなどということは、あり得ないことに思われた。

（おれなら、きっとこのけが人を助けたにちがいない）

そう思って、再び信夫は読み返した。その時ふと、三堀峰吉のことを思い出した。

考えてみると、峰吉もまた半死半生の思いでいるのではないだろうか。だが、同僚のだれもが峰吉に冷淡《れいたん》であった。

「人の金を盗むなんて、とんでもない野郎《やろう》だ」

だれもがそう思っているようであった。少なくとも鉄道会社の社員ともあろう者が、同僚の給料袋を盗むなどとは、口にも出せない恥《は》ずかしいことだと、みんな腹を立てていた。

「御《ご》維新《いしん》この方、どうも人間が軽薄《けいはく》になったなあ。洋服を着て、大和魂《やまとだましい》をどこかに置き忘れてしまったんじゃないのか」

と、暗に峰吉を非難するものもいた。信夫自身も、人の物を盗むなどということは、許しがたいことに思われた。だが信夫としては、峰吉に恩義を感じていた。

信夫は年のわりに優遇《ゆうぐう》されて入社した。裁判所ですでに任官していた前歴があったからである。それを妬《ねた》んでか、入社当時何となく信夫を冷たくあしらう者が多かった。だが、峰吉だけは、仕事や社内のことを何くれとなく親切に教えてくれた。「紙一枚いただいても、恩は恩。人の恩を忘れるのは、犬か猫《ねこ》ですよ」祖母のトセはよく言ったものであった。そのせいか、信夫は同僚たちのように、峰吉に冷淡にはなれなかった。

信夫は、聖書を読みながら、次第《しだい》に、峰吉が重傷を負って道に倒《たお》れているけが人に思われてきた。

(おれは、ほんとうに彼の隣人《りんじん》となることができるだろうか。この聖書の中の、隣人となったサマリヤ人は、見も知らぬ人を助けたのである。まして、自分にとって、三堀は同僚であり、恩義さえ感じている人間である。よし、おれはこの聖書の言葉に従って、とことんまで彼の立派な隣人となってみせよう)

そう信夫は、堅《かた》く心に思い定めたのであった。

「ぼくのようなものが辞めても、永野君は淋しいって言ってくれるんですか」

峰吉は信夫の言葉に感動したようであった。

玄関《げんかん》に出た和倉礼之助は、三人を見るといやな顔をした。その表情に、三堀峰吉は詫《わ》びる言葉が出なかった。

「ほんにまあ、峰吉が悪いことをいたしました……どうかお許しねがえませんでしょうか」

おどおどと頭を下げた峰吉の母に、和倉は言った。

「おっかさん、あんたも親不孝息子を持って、不しあわせになあ」

しかし和倉は、許すとも、家に上がれとも言わなかった。峰吉は、ただうつむいて立っているだけである。

「三堀、札幌《さっぽろ》には、ソバ屋もうどん屋もある。働こうと思ったら、働く所はいくらでもあるだろう」

にべもない言いかたであった。信夫は、その和倉にすがりつくような目を向けた。

「和倉さん、どうか三堀君を、今度だけ許してあげてくれませんか。たしかに三堀君は、あの時魔《ま》がさしたのだと思うのです。しかしおそらく今後二度と、こんなことをしないだろうと思います。おねがいです。こうしておかあさんもいっしょにお詫びに来ているのですから、どうかお許しになってください」

信夫も深く頭を下げた。

「詫びにくるには、少し遅《おそ》かったな。ほんとうに三堀が悪かったと思うなら、あの翌日にでも、おれの家に来なければならなかった。まあ勤め先はどこにでもある。あきらめて帰るんだな」

和倉は、閉めようと障子に手をかけた。信夫は必死だった。

「和倉さん」

いきなり信夫は三和土《たたき》に両手をついて、頭をすりつけた。峰吉も、峰吉の母も、つりこまれて三和土にすわった。

「和倉さん、ほんとうに、人の金を盗むなんて、恥ずかしいことです。悪いことです。三堀君も、きっと、お詫びに上がりたくても、一人では恥ずかしくて、伺《うかが》えなかったと思うんです。同僚として、そのことにもっと早く気がつけばよかったんです。そしたら三堀君も、もっと早くお詫びに伺っていたと思います。ぼくの友情が足りなかったのです。和倉さん、たしかに勤め先は札幌の中に、あるにはあるでしょう。しかし、それでは三堀君がいつまでも人に言われます。あいつは金を盗んでお払《はら》い箱《ばこ》になったんだと、いつまでも言われるにちがいありません。三堀君はきっと、結婚《けっこん》する時にも人に言われます。生まれた子にも、だれかがいつか知らせるかもしれません。和倉さん、今度三堀君に何かあやまちがあったなら、ぼくも共に辞めさせられてもかまいません。どうかこの度《たび》だけは、何とか助けてやっていただけませんか」

信夫は、冷たい三和土に額をすりつけたまま、頭を上げようともしなかった。

辞　令

年も暮《く》れた。が、和倉からは何の沙汰《さた》もなかった。信夫は心にかかりながら、札幌《さっぽろ》で初めての正月を迎《むか》えた。しかし三堀のことが気になって、楽しむこともできなかった。

(ほんとうに神がおられるのなら、おれのこの祈《いの》りをきいてくれるはずだが……)

いく度か信夫はそう思った。

正月休みがあけた。相変わらず和倉は何もいわない。信夫は次第《しだい》に不安になった。そしてまた幾日《いくにち》かが過ぎた。

信夫は、自分が三堀と共に行ったのが悪かったのではないかと思いはじめていた。美沙との話を断って、どれほどもたたないうちに、和倉の家に行ったのは、いかにものこのこと出かけたような無神経さに思われたかもしれない。信夫としても、行きづらいところを行ったつもりだが、和倉はそれをどう受けとったかわからない。よく三堀母子に言いふくめて、二人だけであやまりに出向かせた方がよかったかもしれないと、信夫は悔《く》やんだ。

半月ほどたったある朝であった。出勤すると、部屋の中が妙《みょう》に落ちつかない。みんなひそひそと語り合っている。信夫は、三堀が許されたのだろうかと、瞬間《しゅんかん》心が躍《おど》った。

「しかし、惜《お》しいなあ。主任もとうとう旭川《あさひかわ》に栄転と決まったそうだよ」

隣《となり》の同僚《どうりょう》が信夫にささやいた。

「えっ？　和倉さんが……」

信夫は耳を疑った。和倉がどこかに栄転になる日が、全く来ないと思っていたわけではない。下からも上からも受けのよい和倉が、このまま札幌にいるとは考えられなかった。上司としては、申し分のない人間と言ってよかった。だから、信夫がいま驚《おどろ》いたのは、栄転のことではなかった。和倉が札幌を離《はな》れれば、もう三堀峰吉の復帰は望めないということへの、絶望に似た衝撃《しょうげき》であった。

「さ、そんな所に手をついていないで、早く帰りなさい。悪いようにはなるまいから」

たしかに和倉は、あの朝そう言ったのである。だがあれも、単なるその場逃《のが》れの言葉であったのかと、信夫はボンヤリと外をみた。大きなボタン雪が音もなく降っている。信夫は淋《さび》しかった。和倉ほどの男でも、その場逃れの言葉を使ったのかと思うと何ともいえなく侘《わび》しかった。和倉への期待を裏切られたような淋しさと共に、祈りがきかれなかったというむなしさがあった。

（そうやすやすと、祈りなどきかれるものではないのだ）

と思いながらも、何か、がっくりとして、仕事も手につかなかった。和倉礼之助は、一日いそがしそうに席を立っていた。

朝からの雪も止《や》み、信夫が帰り仕度《じたく》をしていると、和倉が信夫の肩《かた》を叩《たた》いた。目顔で和倉は信夫を応接室に連れて行った。

「とうとう旭川行きに決まったよ」

椅子《いす》に腰《こし》をおろすなり、和倉は言った。

「おめでとうございます」

信夫はいくぶん冷ややかに、頭を下げた。

「すまじきものは宮仕えとか言ってね。旭川は寒くて、あまり歓迎《かんげい》しないのだがね、まあ仕方がないよ」

そう言ったまま、和倉は黙《だま》った。信夫も黙っていた。和倉は口をきかない。何を考えているのか、和倉の胸の中がわかるような気がした。三堀のことは、時間が足りなくて、どうしようもなかったというつもりかもしれない。信夫も口を開かなかった。

「初めての冬だな」

ぽつりと和倉が言った。信夫のことを言っているのだ。

「はあ」

「寒いだろうね」

「いいえ、まだ思ったほど寒くはありません」

「うん……」

再び和倉の言葉がとぎれた。

「あの、何かご用でございましょうか」

「うん、用だ。大事な用が二つある」

和倉はニコリと笑った。

「どんなご用でございますか」

「永野君、君は実に驚いた男だな。うちの美沙のように、丈夫《じょうぶ》で子供を何人も産めそうな女を断って、いつなおるかわからない女を待つという、それだけでもおれは驚いたが、今度はまた二度ビックリさせられたよ。士族《しぞく》の出の君が三和土《たたき》に手をついて、土下座《どげざ》してまで、あのろくでなしの三堀の命乞《いのちご》いをした。しかも、こんど三堀があやまちを犯《おか》したら、自分も共に職を退くとキッパリと言い切ってな。全く驚いた男だよ」

和倉は、信夫をつくづくとみた。信夫はうつむいた。

「顔をみれば、やさしい顔をしているのになあ。おれもいろんな男をみたが、貴様のような男は初めてみた。だれも恐《おそ》ろしいと思ったことはないが、君だけは心の底から恐ろしい奴《やつ》だと思ったよ。その恐ろしい男の願いを聞くために、おれもいささか奔走《ほんそう》した。永野君、三堀は旭川へ連れていくよ」

「えっ？　旭川にですか」

「うん、ここでの職場では、あいつも勤めづらいだろう。旭川に連れて行って、根性《こんじょう》を叩きなおしてやるよ。あいつにも転任の辞令が出たよ」

和倉は、ポケットから丸めた辞令を、ポンとテーブルの上に置いた。思わず信夫は立ちあがり、最敬礼をした。

「ありがとうございます。ありがとうございます」

再び信夫は、深く頭を下げた。

「いや礼をいわれるのはまだ早い。実はね、永野君、おれもあきらめのいい男のつもりだったが、どうやらヤキが回ったらしい。君をこのまま札幌においていくのは、未練だが惜しいのだ。君のような部下は二度とめぐりあえないと思うとね。君にも旭川に来てもらいたいと思うがどうだろう？」

信夫は、とっさに返事ができなかった。

「三堀のことも、君は責任を持つつもりなんだろう？　まあ、そんなことを言っては男らしくない話だが、やっぱり、君もああ言い切った以上、あとあとまで三堀を見てやるべきではないかという気もするしね。考えてみてくれないか」

信夫はうなずいた。

「母上様、ごぶさたいたしました。その後母上様も、待子たち一家も、お変わりはございませんか。ぼくはいま、下宿の二階の窓から、雪の積もった屋根屋根を見おろしながら、この手紙を書いております。こちらは屋根の軒先《のきさき》までも雪が積もっております。

母上様、東京のあの庭には、水仙《すいせん》がさいているのですね。この雪一色の札幌の街を眺《なが》めていると、ぼくは実にふしぎになるのです。東京に住む者たちは、当然のように雪のない冬を過ごしており、北海道では、これまた当然のごとく雪と寒さに耐《た》えて暮らしております。ぼくは何だか北海道の人たちが、いじらしいような気がしてなりません。こちらでは、寒さのきびしいことを、凍れたと言います。しばれた日は布とんの襟《えり》がガチガチに凍《こお》り、ガラスは美しい模様をみせて白く凍りつきます。その模様も、ある所はシダの葉のように、ある所はクジャクの羽のように、そしてある所は、渦《うず》のように、実に千変万化なのですから、どう説明してよいかわからないほど美しいのです。

ぼくは若いせいか、吹雪《ふぶき》の日も、しばれた日もそれぞれに楽しいと思います。背中を丸めて荒《あ》れ狂《くる》う吹雪に向かって歩く時、たしかに生きているという実感がいたします。刺《さ》すような痛いほどのしばれた日も、同じように緊張《きんちょう》した喜びがあります。

母上様、信夫は北海道に来て冬を迎え、やはり来てよかったと思います。うららかな日の下で、花見をするのもひとつの喜びでしょうが、しかし、全身全霊《ぜんしんぜんれい》をピンと張りつめて、きびしい寒さに耐えるということも、それ以上に大きな喜びではないでしょうか。

来年の冬、ぼくはさらにさらに寒さのきびしい旭川に行っていることでしょう」

信夫はそこでペンを置き、ストーブに薪《まき》を入れた。馬橇《ばそり》の鈴《すず》の音が、音高く家の前を過ぎて行くのが聞こえた。信夫は、三堀峰吉のことを告げようかどうかと、しばらく思案した。信夫は和倉礼之助にすすめられて、承諾《しょうだく》の返事をその場でしたのであった。和倉は、

「永野君、君は驚いた奴だなあ。いくら何でも、三堀のために二つ返事で、旭川くんだりまで行こうとはなあ」

と驚きあきれたように感心したのであった。ややしばらくの間、信夫は窓に下がっ

ている太い氷柱《つらら》を眺めていたが、再びペンを取った。

「母上様、ぼくは北海道に来て変わりました。ぼくは毎日キリストのことを考えています。人間という者は、おかしなものですね。ぼくは母上様が、キリスト信者であることが、なぜか嫌《きら》いでならなかったのです。それなのに、いまぼくは、キリストの言葉に従って、ある一人の人間のために、寒い旭川に転勤することを決心したのです。しかし、決心したものの、日がたつにしたがって、この決心がいささか怪《あや》しくなって来ているのです。どうかぼくが、立派なキリスト信者になれるように、母上様もお祈りしてください。

くれぐれも御身《おんみ》たいせつに、岸本様や待子にくれぐれもよろしくお伝えください」

読み返して、それを封筒《ふうとう》に入れる時、信夫はふと、自分もこの封筒にはいって、東京に帰りたいような気がした。いく日かすれば、この手紙はあの本郷《ほんごう》の家の門をくぐり、あのやさしい母の手に渡《わた》されるのかと思うと、やはり家が懐《なつ》かしかった。母が鋏《はさみ》で封を切り、この手紙に目を走らせるようすが瞼《まぶた》に浮《う》かんだ。信夫は封筒に、自分の息をふっと吹《ふ》き入れて封をした。

四月になって雪が消え、桜《さくら》の五月が終わり、アカシヤやライラックの咲《さ》く六月にな

って も、どういうわけか、信夫が旭川へ転勤する気配は全くなかった。たぶん和倉礼之助が、ふじ子とのことを思いやって、転勤を延ばしてくれているのだろうと、感謝しながらも、信夫は辞令の出ないことが気になっていた。

だが一方、このまま旭川に行かないですむものなら、どんなにありがたいことかと思うようにもなっていた。週に一度は必ずふじ子を見舞《みま》って、二人は聖書を読み、共に祈った。信夫がふじ子に対する気持ちを口に出さなくても、お互《たが》いの心はいつしか通い合っていた。ふじ子といる時が、信夫には一番充実した時間のように思われた。

信夫は、外の景色や、街でみた出来事などをよく語って聞かせたが、ふじ子はいつも心から喜んで聞いた。そしてまた、どんな見舞いの品でも、たとえば道端《みちばた》のタンポポ一本持って行っても、ふじ子は喜びを顔一ぱいにあらわした。

「あのね、永野さん。わたしにはこのタンポポを摘《つ》んでくださった時のあなたの姿が、目に見えるように想像できるのよ。このタンポポは、ある静かな通りの洋館建てのおうちの前にあったような気がするの。その家のそばには、大きなドロの木があって、小さなかわいい女の子が、赤いお手玉で遊んでいたのじゃなくて。そこで永野さんはこのタンポポを摘んでくださったのね。このわたしのために……」

いつも寝《ね》ていて、何年も外を見ることのないふじ子には、ありふれたタンポポ一本にも、いろいろな風景が目に浮かぶらしかった。だがそれにもまして、自分を喜ばせようとする信夫の心持ちを、いつも鮮《あざ》やかに感じとってくれるのだった。そんなふじ子を、信夫はつくづくとかわいいと思い、やさしいと思った。

人の好意を受けとることにかけては、ふじ子は天才的ですらあった。ほんのちょっとした好意でも、それをふじ子が受けとめる時、限りなく豊かな想像を加えて、ひとつの楽しい童話や詩となった。

リンゴやミカンを買っていくと、ふじ子は手にとって飽《あ》かず眺めた。

「ねえ、永野さん。こんなきれいな色をお作りになったのは神様なのね。わたしは神様の絵《え》の具箱《ぐばこ》がみたいわ。神様の絵の具箱には、いったいどれほどの種類の絵の具があるのかしら」

そんなことを言って、ふじ子は無邪気《むじやき》に喜んだ。見舞った者のほうが、かえってうれしくなるほど喜ぶのだ。

いつもふじ子が喜ぶものだから、信夫もつい、何を見てもふじ子に見せたいと思った。とりわけ山に沈《しず》む夕日や、アカシヤの並木《なみき》を見せてやりたいと思った。どんなに喜ぶだろうと想像しただけで、信夫もふじ子と共にみているような心持ちになる。

こうして、ふじ子を見舞い、語り合うことは信夫の大きな喜びであり、心の支えとさえなっていった。それだけに、いつ旭川に転勤になるかということは、次第に信夫の心の大きな重荷となって行った。

信夫に辞令が出たのは九月の初めであった。コスモスの花が風に立ちさわいでいる朝、信夫は転勤の発令を知った。覚悟《かくご》していたことではあったが、信夫はやはりがっかりした。

和倉礼之助は、ふじ子の病気を知っているはずである。和倉にも娘《むすめ》がいることだから、ふじ子の気の毒な立場も察してやってもいいではないかと、信夫は腹立たしくさえなった。このままふじ子と別れて旭川に行ったとしたら、和倉はまた、娘の美沙を自分に近づけるのではないかと勘《かん》ぐってもみた。

信夫は、自分の読んだ聖書の言葉を忘れていたわけではない。三堀峰吉の真の友、真の隣人《りんじん》になろうと決意したことを、忘れたわけではない。だが正直のところ、体の丈夫な三堀のために、なにも旭川まで行かなくても、病気のふじ子の隣人になってやったほうが、いいのではないかと思った。自分が代わりに詫《わ》びてやったおかげで、三堀はクビにならずにすんだのだから、それでじゅうぶんではないかという気持ちもした。何かもやもやとした思いのままに、信夫はその日まっすぐにふじ子の家に行った。

非番で家にいた吉川の顔をみると、信夫は急にがっくりとした。

「吉川君、転勤だよ」

茶の間にあがるなり信夫は言った。

「何、転勤？　どこだ？」

吉川はさっと顔をこわばらせて、ふじ子の部屋のほうをかえりみた。

「旭川だよ」

信夫も、ふじ子の部屋のほうをうかがった。

「旭川か。しかし、君は入社してやっと一年たったばかりじゃないか」

「うん、だがね、仕方がないさ」

信夫は、三堀のことを話そうと思ったが、それは吉川にも打ち明けるべきことではないと思った。

「そうか。旭川か」

吉川は、あぐらのひざを大きな手でギュッとおさえるようにしてつぶやいた。台所から顔を出した吉川の母も、転勤と聞くと、オロオロと涙声《なみだごえ》になった。

「まあ、どうしましょう。どうしたらいいかしらねえ」

信夫は、吉川とその母のようすをみると、急に不安になった。この二人でさえ、こんなに悲しむのであれば、当のふじ子はどうなることかと心配でならなくなった。

この一年、ふじ子の体は順調に回復しつつあった。そのせっかく快方に向かいつつある体にさわりはしないかと思うと、転勤を告げるのはいかにも酷《こく》に思われた。

「まあ、仕方がないだろう。会者定離《えしゃじょうり》っていうからね。この大鉄則には、逆らうわけにはいかないからな。しかし永野君、ふじ子には君が言ってくれよ。おれはここにいるからな」

ふだんの吉川に似合わず気が弱かった。吉川の母もペタリと畳《たたみ》にすわったまま動こうともしない。いたし方なく信夫はふじ子の部屋に行った。

「ようこそ、きょうはね永野さん。トンボが部屋の中にはいってきたのよ。とてもうれしかったわ」

輝《かがや》かしいほど明るいふじ子の表情に、信夫はいっそう気重になった。この部屋を、何度自分は訪れたことだろう。いく度訪れても、ふじ子は一度として不きげんであったことはない。この分なら打ち明けても大丈夫かも知れないと、強《し》いて心をふるいたたせながら、信夫はふじ子の枕《まくら》もとにすわった。

「ふじ子さん」

あらたまった信夫の声に、ふじ子は不審《ふしん》そうに澄《す》んだ目を向けた。その目をみると、信夫はやはり言い出しかねた。何と言ったら、一番驚かさずにすむだろうか、悲しませずにすむだろうかと、信夫は言葉をさがしていた。

「どうなすったの。ずいぶんむずかしいお顔をしてらっしゃるわ」

「ええ、とてもむずかしいことなんです」

信夫は少し笑った。自分が札幌を去っても、ふじ子はここにこうして、ただ寝ているより仕方がないのだと思うと、ただちに転勤を告げることはできなかった。

「ふじ子さん」

信夫は思わずふじ子の手を取った。細い柔《やわ》らかい手が、信夫の両手に素直《すなお》に握《にぎ》られた。とけてしまいそうな柔らかなその手を握っていると、ふじ子の細々とした命がじかに感じられて、信夫は胸がつまった。もし転勤を告げたなら、この手はほんとうに生きる力を失ってしまうのではないかと、信夫はその手をそっと包むように握りなおした。

「なあに？　なんだかいつもの永野さんとはちがうわ」

手を取られて、ふじ子は恥《は》じらっていた。

「あのね、ふじ子さん」

信夫は思い切って言った。

「ぼくは旭川に転勤になったんです。旭川はすぐ近くだから、一カ月に一度や二度は、お見舞いに来ますけどね」

じっと信夫の顔をみつめていたふじ子のつぶらな瞳《ひとみ》が、みるみるぬれていき、いっぱいに見ひらいたその眼《め》に涙が盛《も》り上がった。と思うと、涙がころがるように両耳に流れた。

ふじ子はひとことも発しなかった。そっと掛《か》け布とんを胸元まであげ、次に首までかくし、ついにはすっぽりと顔までかくしてしまった。掛け布とんがかすかに動き、ふじ子はその下で、声を立てずに泣いているようであった。掛け布とんを持っていた細い手が、布とんの中にかくれた。その細い手が涙をぬぐっているのだろうと思うと、信夫は胸がしめつけられるようであった。

どれほどたったことだろう。やがて掛け布とんの下から、ふじ子が顔を出した。目を真っ赤に泣きはらしたまま、ふじ子はそれでも信夫をみてニッコリと笑った。

「変ねえ、わたしには涙がないと思っていたの。こんなにたくさんの涙が、どこにかくれていたのかしら」

笑った目から、また涙がこぼれた。

「おめでとうって、申しあげなければならないのでしょうね」

そこまで言って、唇《くちびる》がひくひくとけいれんし、ふじ子はまた涙をぬぐった。信夫も、自分の涙を拭《ふ》いた。

「わたしね、み心のままになさしめたまえって、いつも祈っていましたの。でも、神様のみ心のとおりになるということは、ずいぶんつらいことですわね」

しばらくしてから、ふじ子は言った。

「しかしね、ふじ子さん、一生の別れじゃないんですよ。日曜ごとにだって見舞いにきて上げられますからね。そんなにつらがっちゃいけない」

「ありがとう。でも、そのうちに永野さんは、わたしのことを忘れておしまいになるわ。でもそれは、永野さんのためにいいことかもしれないわ」

「ふじ子さん、それはあんまりですよ。ぼくは口に出して、自分の気持ちを言ったことはないけれど、あなたはわかっていてくれると思っていた」

「……でも……永野さんは健康ですもの」

「いい機会だから、ぼくはハッキリと言っておきますよ。実はね、ふじ子さん。ぼくは札幌に来てすぐに縁談《えんだん》があったんです。上役の娘です。しかしぼくは断りました。それはね、ふじ子さん。ぼくにはふじ子さんという人がいるからです」

驚いてふじ子は信夫を見た。

「必ず、あなたはなおって、ぼくのお嫁《よめ》さんになるんだ。どんなに長くかかっても、必ずなおってくれなければ困る。しかし、なおらなければならないで、ぼくは一生他のひととは結婚《けっこん》しませんよ」

信夫は初めて自分の想《おも》いをふじ子に告げることができた。そしてほんとうに、この可憐《かれん》なふじ子以外のだれとも結婚すまいと、あらためて心に誓《ちか》った。

「まあ、そんな……もったいない……」

「何がもったいないんです。ぼくのほうこそ、あなたのような美しい心の人と、こうしていられるなんて、どんなにもったいないかわかりゃしない」

信夫は、ひざを正して言った。

「ふじ子さん、ぼくと一生を共にしてくれますか」

再びふじ子の目から涙があふれた。ふじ子は激《はげ》しく首を横にふった。

「いけません。永野さんは、健康な方と結婚なさってください。わたしを憐《あわ》れんではいけませんわ」

信夫はふじ子のそばに、にじりよった。ハンカチでふじ子の涙をぬぐいながら信夫は言った。

「ふじ子さん、人間にとって一番大事なものは、体だとでも思うんですか。ぼくはそうは思いません。ぼくには体よりも心のほうが大事です」

「ありがとう……でも……」

「何がでもなんです。人間が人間であることのしるしは、その人格にあるはずですよ。手がなくても、目がなくても、口がきけなくても、人間としての大事な心さえ立派であれば、それが立派な人間といえるのじゃないですか。病気のことなど、決して卑下《ひげ》してはいけませんよ。あなたにはだれにも真似《まね》のできないやさしさや、純真さがあるのですからね」

　信夫は熱心に言った。

「うれしいわ、永野さん。そんなにおっしゃっていただいて。でも……」

「なあんだ、また、でもですか。もう、でもなんていっちゃあいけない」

「でも……」

　その時、信夫はおおいかぶさるようにして、ふじ子のぬれた唇に、唇を重ねた。ふじ子は必死になって信夫の胸を両手で押《お》しのけようとした。

　やがて信夫が顔を離《はな》した。ふじ子は青ざめて、かすかにふるえていた。胸が大きくあえいでいた。

「ふじ子さん」

信夫はそっとふじ子を呼んだ。ふじ子は両手で顔をおおいながら言った。

「永野さん。わたしは……肺病なのよ。もしあなたにうつったら……」

ふじ子は唇《くち》づけを受けた喜びよりも、信夫の体のことを気づかった。

「心配しないでください。あなたの病気は、胸の方はほとんどよくなっているはずですよ。もしうつるものなら、吉川だって、ぼくだって、とうにうつっていますよ。ふじ子さん」

信夫は笑った。

いつの間にか、部屋はうす暗くなっている。信夫は枕元のランプに灯《ひ》をつけた。ランプはじーっと音を立てて少し炎《ほのお》がゆらいだ。二人は黙って顔を見合わせた。窓ガラスが風にガタガタと鳴った。

「一年ね」

ぽつりとふじ子が言った。

「ああ、ぼくが札幌に来てから？」

「ええ、一年と二カ月ね」

ふじ子は、何かを考えているようであった。

「それで？」

「いいえね、たった一年二カ月でも、何だかわたしの過ごしてきた十何年の楽しかったことを全部集めても、この楽しさにはくらべられないと思ったの」

ふじ子はニッコリした。

隣《りん》　人《じん》

信夫が旭川《あさひかわ》に来て十日ほど過ぎた。札幌《さっぽろ》を小さくしたような街だと聞いてきたが、たしかに碁盤《ごばん》の目のようなまっすぐな道路は、広々としていて気持ちがよかった。札幌より小さいと言っても師団があるせいか街には活気があった。

なによりも信夫を喜ばせたのは、九月の空にくっきりとそびえ立つ大雪山《たいせつざん》と十勝岳《とかちだけ》の連峰《れんぽう》であった。すでに山には雪が来ていた。その白い山の姿は、信夫の旭川での生活を暗示しているような気がした。清々《すがすが》しく雄々《おお》しいと、信夫は思った。

信夫の借りた家は札幌と同じように、駅の近くにあった。三部屋ばかりの平屋で、何の変哲《へんてつ》もなかった。だが、家の前の広い道の真ん中に、大きなニレの木がすっくと立っているのが気に入った。

夕方、台所で食事の仕度《したく》をしていると、その木の下で遊ぶ子供たちの声が、暗くなるまで聞こえた。信夫は旭川に来て、自炊《じすい》生活をすることに決めた。いつの日か、ふじ子と結婚《けっこん》しても、炊事は信夫自身がしてやらなければならないという気持ちからだった。

ある夜、夕食の後片づけをしていると、三堀峰吉が酒に酔《よ》ってやってきた。

「やあ、よく来てくれたねえ」

信夫は喜んで三堀を迎《むか》えた。しかし三堀は、かなり酔いが回っていて、目がすわっていた。

「上がってもいいのかね」

「無論いいとも。ぼく一人だ。遠慮《えんりょ》はいらないよ」

三堀は、茶の間に上がる時敷居《しきい》につまずいてよろけた。

「大分酔ってるね、三堀君」

三堀は、どっかと囲炉裡《いろり》のそばにあぐらをかいた。

「酔おうと酔うまいと、勝手なおせわだ。おれの金でおれが飲んだんだぞ。盗《ぬす》んだ金じゃないぞ永野さん」

思わず信夫は三堀を見た。

「永野さんよ。おれのきょうの酒が、何の酒だか、あんたにはわかっているのかい」

「さあ、ぼくにはわからないなあ」

「なに、わからない？　わからんはずはないだろう」

三堀峰吉は囲炉裡の灰に立っていた火箸《ひばし》をぐいと抜《ぬ》きとった。

「三堀君、君、きょうはどうしたのかねえ」

信夫は囲炉裡を隔《へだ》ててすわっていた。

「どうもしやしないよ。ただ聞いているだけだ。おれがなんで酒を飲んでいるかとね」

「困ったなあ、ぼくにはサッパリわからないよ」

旭川の駅に降り立った時、出迎えた三堀の顔を信夫は思った。

「いやにうれしそうだな」

同時に出迎えに来ていた和倉礼之助が、三堀の肩《かた》を叩《たた》いてひやかしたほど、三堀はその時うれしそうな顔をしていた。いま目の前にいる三堀峰吉は、あぐらのひざに両手を置いて肩を怒《いか》らせている。

「おれはねえ、おもしろくないんだ」

「おもしろくない？　何か起きたの」

「ああ、起きたともさ。あんたねえ永野さん。何であんた、何で旭川にやって来たんだい」

「何だ三堀君、君のおもしろくないというのは、ぼくが旭川に来たことかい」

「あたり前じゃないか。おれの旧悪を知っている奴《やつ》は、旭川にはだれもいなかった。和倉の親分だけだ。そこにあんたがやって来たんだ」

信夫は、三堀の気持ちがわかったような気がした。

「永野さんよ。おめえさん、旭川くんだりまでやって来たのは、おれの生活を監視《かんし》するつもりなんだろう」

「監視だなんてそんな……」

「いやそうだ。そうにちがいない。おれがまた他人様の月給袋《げつきゆうぶくろ》をくすねやしないかと、見張るつもりなんだろう。バカにしてやがる。何もおめえさんに見張ってもらわなくても、もう人様の月給になんぞ手は出さんよ」

バカにしていると言った三堀の言葉が、信夫にはこたえた。

「あまりつまらんことをいわないことだね、三堀君」

「つまらん？　ああ、どうせつまらんよ。おれのいうこともすることも、どうせあんたにはつまらんのだろう。永野さん、あんた、あんたの本心はおれにはわかってるよ。

ああわかってるとも。あんたはね、あの親分の前でこう言ったよ。この憐《あわ》れなる三堀峰吉が、もう一度悪いことをした暁《あかつき》には、わたしもいっしょに鉄道をやめることにいたします。なにとぞなにとぞお許しくださいとね。ごりっぱですよ、永野さんは。だがねえ、あんたの本心は、この三堀という野郎《やろう》が悪いことでもしたら、自分様の首が危ないとおん身たいせつでこのおれを旭川まで見張りにやってきたんだろう」

三堀峰吉の呂律《ろれつ》は、ますますあやしくなっていた。

「どうしたんだ三堀君、ぼくが旭川に来たのは辞令が出たからだよ。辞令が出れば仕方がないじゃないか」

「ふん、辞令か。辞令なんて永野さん、和倉の親分に頼《たの》めばいくらでも出るじゃないか。おれを旭川に飛ばしたのも、永野さんの指しがねだっていうじゃないか」

三堀は、首になりかけた自分を復職させてくれたことなど、とっくに忘れたかのような言い方だった。

「三堀君、君の言いたいことはそれだけかい」

三堀の隣人になろうとして、三堀の真の友人になろうとして、ふじ子のいる札幌を離《はな》れ、この旭川までやって来た自分を信夫は思った。三堀の真の友人になり、とことんまで三堀のためになろうとしたことは、思い上がったことであったかと、信夫は心が重くなった。聖書の言葉のとおり、信夫は真実に三堀の友人になろうとした。いく度信夫は、ふじ子のそばにいたいと思ったかしれなかった。三堀よりもふじ子の方が、自分を必要としているのではないかと心が迷った。しかし信夫は、聖書にあるとおりに実行してみたいと思った。いまの自分の生活の中で、最もたいせつなものはふじ子であった。その最もたいせつなふじ子を置いて、旭川まで来たことは、すなわち三堀への真実であると思った。だがその真実も、三堀には何も通じていなかった。

「ああ、言いたいことはたくさんあるよ。永野さん、あんた旭川に来て、おれの悪口を言いふらすつもりかね」

「君ねえ、三堀君、君はさっきから、ぼくのさしがねで旭川に飛ばされたとか、何とか言ってるけれど、ぼくはねえ、君のほんとうの友だちのつもりなんだよ。君の悪口などいうわけがないよ」

「友だちだって？　笑わせるよ。あんたは、あいつは札幌で同僚《どうりょう》の月給を盗んだ手癖《てくせ》の悪い野郎だなんて、いつ言い出さんとも限らない危ない人だよ。友だちなんかじゃ、ありゃしない」

三堀は、信夫の言葉になど耳もかさなかった。

「三堀君！」

信夫はたまりかねて、きっとなった。

「三堀君、くだらない勘《かん》ぐりは止《や》めたまえ。そして酒などやめてしまうんだね。酒を飲んで人にからんでみても、つまらないじゃないか。酒さえ飲まなきゃあ、君はいい人間なんだ」

「ホーラ、本音を吐《は》いたろ。おれが酒を飲んで、また大失敗でもしたら、それこそ一大事だとビクビクしているんだろう。だがね、永野さん、おれは飲むよ。ああ飲むともさ。この寒い旭川に飛ばされてきて、飲まずに過ごせるとでも思っているのかね」

ヒョロヒョロと峰吉は立ち上がった。

「永野さん、もうひとこと言っておくがね。あんたおれに恩を着せるつもりだろうが、しかしおれは、恩など売られたくはないんだ」

あがりがまちに腰《こし》をおろして、履物《はきもの》をさがしている三堀に、信夫はランプをさし出した。三堀はちびたげたをつっかけて、ドシンと戸に突《つ》きあたり、ガタピシいわせて開けて出た。

「おっと、いまひとつ忘れるところだった。永野さん、あんたもしかしたら、あの和倉の親分の娘《むすめ》に気があるんじゃないのかね。いや、これはどうも失敬」

峰吉は大声で笑い、去って行った。戸を五寸ほど閉め残したままであった。

十月の、よく晴れた日曜の朝であった。信夫は近くに教会があると聞いて、思い切って訪ねてみた。札幌にいた時も、教会には一、二度訪ねたことがある。しかし札幌の教会では、信者同士は仲が良かったが、外から来る者にどこか冷淡《れいたん》であるような気がした。だがそれは、信夫自身教会になじめなかったせいかもしれなかった。

教えられて行った教会は、教会と言っても、寺のあとを借り受けてこれを修理した牧師館兼講義所となっていた。細かい格子《こうし》の窓が、信夫には意外だった。信夫が教会の中にはいってみると、子供たちが二、三十人ほど讃美歌《さんびか》をうたっている。信夫をみて、子供たちは珍《めずら》しそうな顔をした。信夫もまた、讃美歌をうたっている子供たちが珍しかった。羽織袴《はおりはかま》で讃美歌を教えている坊主《ぼうず》頭の青年が、終わってから信夫に近づいて来た。生徒たちも信夫のそばにやって来た。

「先生、こんどぼくたちの先生になるのかい」

元気のよさそうな男の子が信夫に聞いた。

「いや、ぼくはまだ……初めてこの教会に来たんだから」

「初めてだっていいよ。ぼくたちの先生になってよ。先生の名前なんていうの？」

信夫は、自分と同年輩《ねんぱい》ぐらいの日曜学校の教師にあいさつをした。

「ぼくは永野信夫と申します。二町ほど離れた所に住んでいる鉄道員です」

「永野先生、永野先生」

子供たちはなぜか、信夫を自分たちの先生に決めてしまった。後に、その教会史に、

「其《そ》の立ちて道を説くや、猛烈《もうれつ》熱誠、面色蒼白《そうはく》なるに朱《しゅ》を注ぎ、五尺の痩軀《そうく》より天来の響《ひび》きを伝へぬ。然《しか》るに壇《だん》をくだれば、靄然《あいぜん》たる温容うたた敬慕《けいぼ》に耐《た》へざらしむ」

と、書かれているが、その温容がひと目で純真な子供の心をひきつけたのでもあろうか。一歩教会堂へはいっただけで、たちまち日曜学校の教師に扱《あつか》われたのは、後にも先にも永野信夫一人であったろう。

こうして信夫は、生徒たちの願いどおり、すぐに教会の日曜学校の教師となった。すでに受洗の決意はできていたから、教会側もまた、信夫を信者同様に扱ってくれたのである。

この教会生活があって、信夫の旭川における毎日は充実した。職場において、三堀峰吉が卑屈《ひくつ》なくらい信夫の顔をうかがっていることが、信夫の心を気重にはした。しかし信夫は、決して三堀を責める気にはなれなかった。酔ってからんだ三堀の言葉は、信夫を謙遜《けんそん》にさせた。初めは腹立たしくもあり、憎《にく》くもあったが、自分が決して聖書の言葉を全く実行できる人間ではないと知った時、むしろ三堀の言葉をありがたいと

さえ思った。

三堀を救おうという気持ちの中に、自分の思い上がりがあったことを、信夫は認めずにはいられなかった。そしてただできる限り、三堀の真実な友人であろうとした。

信夫の受洗及《およ》び信仰《しんこう》告白は、その年のクリスマスに行われることになった。クリスマス礼拝の前夜、信夫はランプのそばで、一心に信仰告白文を書きあげた。そこへまた三堀峰吉がやって来た。相変わらずその夜も三堀は酒がはいっていた。

「何だい。恋文《こいぶみ》でも書いているのかい、永野さん」

硯箱《すずりばこ》と紙をみて、三堀はせせら笑った。

「恋文？　なるほどな。そうかもしれない」

信夫も笑った。ランプの光に、信夫の笑った影《かげ》が大きく障子に映った。

「そうだろうと思った。相手はだれだい？　あの和倉の娘だろう」

三堀は、よほど和倉の娘が気になっているようである。

「いや、あの人ではない」

「じゃ、だれだ」

「神様だよ」

「カミサン？　どこのカミサンだい。人のかみさんに手を出したら、あんた警察にしょっぴかれるよ。人の月給に手を出すより罪は重いぜ」

信夫は黙《だま》って、いま書き上げた信仰告白文を三堀の前においた。

「読んでもいいのか」

ちょっと三堀はたじろいだ。

「いいよ。読んでくれるのなら」

「じゃ、拝見するとするか。人のかみさんにどんな恋文を書くものか、話の種だからなあ」

峰吉は、巻き紙をひらいた。

「何々、謹《つつし》んで、神と人との前に、信仰告白をいたします。……何だいこりゃ、妙《みよう》な恋文だなあ」

放《ほう》り出すかと思ったら、三堀はそのまま巻き紙をひろげて行った。

「謹んで神と人との前に、信仰告白をいたします。わたくしの母は、キリスト信者である故《ゆえ》に、わたくしの祖母に家を出されました。祖母は大のキリスト教嫌《ぎら》いで、わたくしはその影響《えいきよう》を多分に受けて育ちました。祖母の死後、母は再び父と共になりましたが、わたくしはキリスト信者の母にどうしてもなじむことはできませんでした。わたくしにとって、この実の子である自分を捨ててまで、信仰を全《まつと》うしようとした母を許すことができなかったのです。しかしわたくし自身、祖母も急死、父も急死という体験から、死について考えるようになり、次第《しだい》に罪ということも考えるようになりました。特に少年時代から青年時代に覚えた肉体的な悩《なや》みに、自分自身が罪深いものに思われてならないこともありました。

一方わたくしは、自分が人よりもまじめな人間であるという自負を捨てきることができませんでした。たまたま、東京から札幌に来た年の冬、寒い街頭で路傍《ろぼう》伝道をしている伊木という先生の話をわたくしは聞きました。その時、大きな感動を受けたわたくしは、自分はキリスト信者になってもよいと思いました。仏教との問題もすでにわたくしなりに解決がついていましたし、キリスト信者になることに抵抗《ていこう》を感じませんでした。しかしその時伊木先生は、あなたの罪がイエス・キリストを十字架《じゅうじか》につけたことを認めますかといわれました。しかしわたくしは、イエス・キリストを十字架につけるほどの罪はないと思いました。わたくしは至極《しごく》まじめな人間であると自負していたからです。ところがその直後、先生はわたくしに、聖書の言葉を、ただのひとつでも徹底的《てっていてき》に実行してごらんなさいといわれました。わたくしは、良きサマリヤ人のところを読み、自分ならこのような不人情なことはするまい、自分ならよきサマリヤ人になれるのではないかと、うぬぼれました。そして、ある友人のために、ひとつ徹底的に真実な隣人になろうと思いました。

わたくしは彼の隣人になるために、さまざまな損失を承知の上で、その友人のいる旭川に参りました。そして、わたくしが彼《かれ》を心から愛し、真実な友になるのだから、当然相手も喜ぶと思いました。しかし彼はわたくしを受け入れてくれませんでした。わたくしは彼を非常に憎みました。あのサマリヤ人のように、山道に倒《たお》れている、生きるか死ぬかの病人を一所懸命介抱《いっしょけんめいかいほう》しているのに、なぜどなられるのか、わたくしにはわかりませんでした。わたくしは彼を救おうとしました。だが彼はわたくしの手を手荒《てあら》く払《はら》いのけるのです。彼が払いのけるたびに、わたくしは彼を憎み、心の中で罵《ののし》りました。そしてついには、わたくしの心は彼への憎しみで一ぱいに満たされてしまいました。そしてわたくしはやっと気づいたのです。

わたくしは最初から彼を見下していたということに、気づいたのです。毎日毎日が不愉快《ふゆかい》で、わたくしは神に祈《いの》りました。その時にわたくしは神の声を聞いたのです。お前こそ、山道に倒れている重傷の旅人なのだ。その証拠《しょうこ》に、お前はわたしの助けを求めて叫《さけ》びつづけているではないか、と。わたくしこそ、ほんとうに助けてもらわなければならない罪人だったのです。そして、あのよきサマリヤ人は、実に神の独り子、イエス・キリストであったと気がついたのです。

それなのに、わたくしは傲慢《ごうまん》にも、神の子の地位に自分を置き、友人を見下していたのでした。いかに神を認めないということが、大いなる罪であるかをわたくしは体験いたしました。そして、自分のこの傲慢の罪が、イエスを十字架につけたことを知りました。いまこそわたくしは、十字架の贖《あがな》いを信じます。その御復活を信じます。また約束《やくそく》された永遠の命を信じます。わたくしたちのために犠牲《ぎせい》となられたイエス・キリストを思う時、わたくしもまた、この身を神に捧《ささ》げて、真実の意味で神の僕《しもべ》になりたいと思っております。

これをもって、わたくしの信仰告白を終わらせていただきます。

イエス・キリストの御名《みな》によって、アーメン」

何も言わずに、熱心に最後まで読み通した三堀峰吉は、黙ってくるくると巻き紙をまいていたが、

「アーメンか」

そう言って、ポンと信夫の前にその信仰告白文を置いた。

「つまらんものを読んだよ。酔いがさめたじゃないか」

しかしそう言ったまま、峰吉はストーブのそばを離れようとはしなかった。信夫は、心の中で、どうかこの友が、神の真実の愛を知るようにと祈った。

「三堀君、全くぼくは生意気だったね。身のほども知らずに、何とか君の心の生活を向上させたいなんて考えていたんだ。君は、初めてこの家に来た時、ばかにするなと怒《おこ》っていた。ぼくは、その時、ばかにしているつもりじゃないと思っていた。だが、やっぱり上から見下していたんだ。どうか許してくれないか」

信夫は深く頭を垂れた。ストーブの燃える音だけが聞こえ、三堀も黙ってすわっていた。

信夫が洗礼を受けて、ふた月ほどたった夜だった。三月も近い、暖かい晩である。軒《のき》の雫《しずく》が、夜になっても音を立てていた。信夫はストーブにあたりながら、鉄道の規則集を読んでいた。玄関《げんかん》の戸が、ガタピシと鳴った。また三堀峰吉でも来たのかと出てみると、思いがけなく和倉礼之助の大きな体が、狭《せま》い玄関をふさいでいた。

「小ぢんまりとしたいい家じゃないか」

和倉は、机以外何の道具もない部屋を、ぐるりと見まわした。

「どうも弱ったなあ、永野君」

和倉は出された茶を、がぶりとひと口飲んでから言った。

「ハア」

信夫は、和倉が突然《とつぜん》訪ねて来たことで、何かまためんどうな話ではないかと予感がした。

「明るいランプだね。君は几帳面《きちようめん》だから、手入れがいいのかな」

ランプを見上げて、和倉は別のことを言った。

「実はねえ、美沙のことなんだが……」

和倉はうかがうように、信夫の顔をみた。美沙のことなら、とうの昔に断ってあると思いながら、信夫はかすかに眉根《まゆね》をよせた。

「いや、もう君にもらってもらおうとは言わんよ」

信夫の表情を見て、和倉は笑った。

「実は、美沙のむこが決まったんだ」

「それは、それはおめでとうございます」

信夫は、美沙の肉づきのよい体をちらりと思い浮《う》かべた。心の底で、ふっと落とし物をしたような感じがした。

「いや、めでたいっていうのか……。実は相手は三堀なんだ」

信夫は、とっさに返事ができなかった。

「驚《おどろ》いたろう」

「驚きました」

　信夫は正直に答えた。

「遠くて近きは何とやら、永野君、おれも不覚だったよ。実はね、札幌から旭川に来た時、三堀をひと月ほどうちに置いてやったんだ」

　その話は信夫も聞いていた。三堀の母が神経痛とかで、三堀が単身赴任《ふにん》をしたということも聞いていた。だが、和倉の家にいたのはほんの当初だけのことかと、信夫は思っていた。

「一カ月もでしたか」

「親ばかという奴だね。美沙は、世間の娘よりしっかりした娘だと、おれは思っていた。まさか三堀のような奴にほれるとは思わなかったよ」

　三堀の、札幌での詳《くわ》しいことは、和倉は妻にも美沙にも語ったことはなかった。三堀が朝早く信夫と共に謝罪に来たことは妻も美沙も知ってはいる。しかしそれがどんなことかを知るわけはなかった。ただ和倉の機嫌《きげん》を損じたくらいに考えていた。

「美沙という娘はねえ、あれの母親のように、男のかげでひっそりと生きていくというのとは、ちがうんだ。三堀が何となくかしこまって、しょぼんとおれのうちに同居しているのが、かわいそうにみえたらしいんだ。必要以上に三堀に親切にしたらしいよ。三堀がそれを勘《かん》ちがいして受けとったのか、美沙もまた、その勘ちがいがうれしかったのか、そのへんのことはおれにはわからんがね」

「なるほどそうでしたか」

「考えてみりゃあ、若いもん同士が同じ屋根の下にひと月もいりゃあ、何となく妙な気持ちになるのも無理はない。それに気づかなかったおれのほうが、やっぱりうかつということになるんだろうな。その後もちょくちょく人目をしのんで、会っていたらしい。どうやら赤《あか》ん坊《ぼう》が生まれるらしいんだ」

ふだんは豪放磊落《ごうほうらいらく》な和倉も、さすがにまいっているようである。信夫は黙って聞いているより仕方がなかった。とんだことになったとも言えず、さりとて、あらためてめでたいとも言えなかった。いまになってみると、三堀が酔っては自分にからんだ気持ちがわかるような気がした。自分の転勤は、三堀にとっては決して愉快なことではなかったにちがいない。和倉に目をかけてもらっているということだけで、三堀は美沙を奪《うば》われるのではないかと思ったことだろう。

「和倉さん、三堀君も結婚したら、落ちつくんじゃありませんか。根が悪い人じゃないのですから……」

信夫は心からそう思った。もう人にからむこともあるまいと思われた。子供が生まれれば、子煩悩《こぼんのう》なやさしい父親になるような気もした。

「まあ、そうかもしれない。あいつは気の小さい奴だからなあ。あまりでっかい悪いこともできないだろう」

和倉は自分のひざを、手で軽く叩きながら言った。

「しかしなあ、永野君、君のような男に美沙をもらってほしかったなあ。君と三堀じゃ少し差があり過ぎるよ」

和倉は未練らしく笑った。信夫は顔を上げていった。

「和倉さん、そんなことはありません。わたしは、人間はみな同じ者だと、教会で聞かされています。どうかわたしのような者を、何か優《すぐ》れてでもいるように思わないでください。神さまの目から見れば、三堀君のほうが祝福されているかもしれないんです」

信夫は熱心に言った。全くの話、三堀は自分自身が信夫より劣《おと》っていると思いこんで、あんなにからんだりしたにちがいない。そして知らず知らずのうちに、そんな三堀に対して、自分は優越《ゆうえつ》を感じていたのではないかと、信夫は恥《は》ずかしかった。和倉はちょっと驚いたように信夫をみたが、

「いや、いや、あんたと三堀じゃ、月とスッポンだよ」

と、大きな手をふった。信夫はあわてた。

「いや、そうじゃないんです。聖書にはそう書いてありません。〈義人なし、一人だになし〉と、ちゃんと書いてありますから」

「いや、聖書なんかに何を書いていようと、おれの見た目にまちがいはない。いや、おればかりじゃない。だれが見たって、偉《えら》い奴は偉いし、ばかな奴はばかだ」

和倉は、塩せんべいを大きく音を立てて割った。

「どうも弱りました」

「じゃ聞くがね、おれと三堀もおんなじだっていうのかね。冗談《じょうだん》じゃない。おれは三堀よりは少しはりこうなつもりだぜ」

和倉は塩せんべいをボリボリとかじった。

「和倉さん、和倉さんもひとつ聖書を読んでみてくれませんか。人間の目から人間をみると、あっちが偉く、こっちがばかに見えましょうが、さて神の前に自分が立たされたとなると、これはまた別のものです。自分は偉いんだと、神の前ではたして人間は胸を張ることができるものでしょうか」

信夫はあくまで真剣《しんけん》であった。

「さあてなあ、おれは浮気《うわき》にしても、せいぜい五回ぐらいのもんだ。この明治の御代《みよ》に、大の男が女遊びをしたからって、別段悪いことじゃなかろうし、人の物を盗んだことがあるわけじゃなし、むろん人殺しをしたこともない。おれならエンマさんの前でも、神さんの前でも、そう恥ずかしいことはないがなあ」

和倉はそう言って大声で笑った。そして、しばらく仕事の話などをし、やがて帰って行った。帰りぎわに、長靴《ながぐつ》を履《は》きながら和倉は言った。

「永野君、ばかな奴だが、三堀のめんどうをみてやってくれないか。そうだ、あいつにならさっきあんたが言ったヤソの話も聞かせてやってくれよ。おれにはそう必要のない話だがな」

和倉は大きな手をさし出し、信夫の手を堅《かた》く握《にぎ》った。

三堀と美沙は結婚し、先月七月にかわいい女の子が生まれた。三堀は大酒を飲むこともなくなり、勤勉になった。夫婦仲もいいようで、心配することはほとんどなかった。

信夫は日曜学校の教師になったため、札幌のふじ子を見舞《みま》うことはなかなかできなかった。初めは週に一度は見舞うつもりでいたが、その予定がすっかり崩《くず》されてしまった。むしろ、吉川のほうでときどき旭川にやってくるようになった。

きょうも日曜学校で、信夫は生徒たちにイエスの話をして聞かせていた。すると思いがけなく吉川がのっそりとはいってきた。信夫は目でうなずいて、そのまま話をつづけようとした。ところが、吉川の後からもう一人男がはいってきた。

「あ！　隆士にいさん」

信夫は思わず、大きな声を出した。三、四十人の生徒たちがいっせいにうしろを見た。信夫はあわてて話をつづけた。生徒たちはすぐにまた信夫の話にひき入れられた。

「イエス様は、波の上を歩いていらっしゃいました。静かにお弟子《でし》たちのほうに手をさしのべて歩いていらっしゃいました」

子供たちはみなコックリとうなずいた。何気ないようでも、信夫の話は生徒をひきいれる情熱があった。子供たちの目は、暗い波間を歩くイエスを見つめているように真剣であった。

日曜学校が終わると、生徒たちはワッと信夫を取り囲んだ。そして信夫の手にふれ、肩にさわり、満足したように帰っていく。

「ボンボン、けっこう一人前になったもんやなあ」

隆士は相変わらずの大声だった。

「隆士にいさん、よくこんな所までいらっしゃいましたね。吉川、どうして隆士にいさんと……」

「東京のおかあさんが、札幌におりたら、ぼくの所によるようにと、おみやげなどことづけてくださったんだ」

「なるほど、それでわざわざここまで案内してくれたのか。すまなかったねえ」

信夫は、せっかく教会に来たのだからと、つづいてのおとなの礼拝にも、二人に出席してもらった。

「えらいこっちゃ。わけのわからん話を聞かされて」

帰る道すがら、それでも隆士は愉快そうに言った。

「お前のお袋《ふくろ》はんに、いいみやげ話ができたわ。わざわざ旭川くんだりまで、ヤソの説教聞きに行ってきたいうたら、涙《なみだ》流して感激《かんげき》しやはるで。おまけにボンボンが、まじめったらしい顔で、ヤソの話をしていたいうたら、どんなに喜ぶやろな」

信夫と吉川は、声を合わせて笑った。旭川の八月の日ざしが暑かった。三人は二町ほど歩いて信夫の家に来た。

帰りがけに頼《たの》んだ出前のソバを三人で食べながら、信夫は隆士の話を聞いた。待子の子供が大きくなって、あの家の庭をかけ回っていること、待子の夫の岸本が、母の菊をたいせつにしてくれること、菊が信夫に会いたがっていることなど、隆士はにぎやかに話して聞かせた。信夫は急に、隆士と共に東京に帰ってみたいような気がした。

「隆士にいさん、ぼくも一度帰ってみたくなりましたよ」

信夫の言葉に、隆士はニヤリとした。

「そうきてもらわんことにゃ、来たかいがないんやで。ボンボンも、二年も北海道にいたら、ケッコウじゃないか。ソロソロ引きあげいな」

このごろ、東京に出張の多いという隆士は、時々大阪弁と東京弁とをチャンポンに使った。

「今度もな、まあ、仕事いうたら仕事かもしれへんが、お前はんを東京につれて帰ろうと思ったから、札幌が商売になるかどうか見てくるなんて、口実をつけてきたんやで」

信夫は、吉川の顔をみた。吉川は口をはさまず、ニコニコと二人の話を聞いていた。

「隆士にいさん、せっかくですけど、ぼくはもう少し北海道にいるつもりです」

信夫はキッパリと言った。ふじ子のことは受洗の報告と共に、詳しく書き送ってあった。母の菊も二人のことを祈るといく度か便りをよこしている。その話がなぜ隆士には通じていないのかと、信夫は少し不安になった。

「そんなことというたかて、信夫、あんたは長男やで。一家の長男ともあろう者が、二十四にも五にもなって、嫁《よめ》はんももらわん、親もみんでは、世間が通りますかいな」

「まあ、四、五年待ってくださいよ」

　信夫はおだやかに言った。

「へえ、あんたこの田舎《いなか》のどこがよくて、この上四、五年もいるつもりなんや。ま、ここがええなら、それもええ。じゃ東京からいい嫁はんを連れてきてやるわ」

　再び信夫は吉川をみた。吉川は聞かないような顔をして、丸い指で白いまんじゅうを食べていた。

「隆士にいさん、ぼくには結婚する人が決まっています」

　信夫はひざを正した。

「暑い、暑い。旭川って妙な所やな。ほら、今年の正月は零下《れいか》四十一度だなんて、びっくりたまげる寒さやと聞いたのに……。夏でもどんなに寒いんやろと、びくびくして来たんやで。きょうなら、東京とそう変わらんやないか」

　隆士は太い首に流れる汗《あせ》を、ハンカチで拭《ふ》いた。

「隆士兄さん、ぼくには決まった人がいるんです」

　はぐらかされまいと、信夫はくり返した。

「ふん、知ってる知ってる。この吉川はんの妹さんやろ。しかしなあ、わしも札幌で会《お》うて来たが、肺病やもねえ、それにカリエスや。まあ、気の毒やがなおることはないわな。吉川はんかて、話のわからん人やない。まさか一生なおらんおなごを待ってくれなんて、いうはずあらへん」

「そんな無茶な……」

「無茶はあんたや、あんな寝《ね》たっきりのおなごを、嫁はんにきめるなんて、それこそ無茶というもんや。見ただけでも細うて、いまにもこわれそうやないか」

「隆士にいさん。ふじ子さんはきっとなおります。必ず丈夫《じょうぶ》になります」

「ふん、ヤソの神さまは、そんなにご利益《りやく》があるんやろか」

「キリスト教はご利益宗教じゃありません。しかし必ずあの人はなおります。いや、なおらなくてもいい。なおらなきゃあ、ぼくも結婚しないまでです」

「あほや、話にならん」

隆士は遠慮《えんりょ》がなかった。

「あほうです。隆士にいさん、わたしはほんとうにキリストのあほうになりたいんです」

「そやかて、お前、永野家の長男やで。子孫を残す義務はあるんやで」

「家って、そんなに大事なものですか」

「あたりまえや。家柄《いえがら》や、血統を、世間は何より大事にいうんやで。そんなこともわからへんのか。北海道に来て、少し頭が変になったんとちがうか。零下四十一度じゃ、頭のしんまで凍《こお》ったんやろ」

黙って聞いていた吉川が、おもむろに口をひらいた。

「永野、ちょうどいい機会だから、おれも言っておきたいんだ。ふじ子の兄として、君の気持ちはたしかにありがたいよ。しかしなあ、君の友人として、そうありがたがってばかりもいられないんだ。おれとしては、ふじ子もかわいい。しかし君にも幸福になってほしいんだ」

「つまらないことを言っちゃ困るよ」

信夫はキッとした。

「いや、決してつまらなくはないよ。人間の一生は二度とくり返すことができないんだからね。若い時代を、あんなふじ子のような者を待って、むだに過ごすことはないと思うんだ。ここのところはよく考えなおしてもらいたいと思うんだよ」

「吉川君、ぼくの一生は、だれよりもぼくにとって一番大事なんだよ。そのぼくが一番良い道だと思って選んでいることなんだ。ご忠告はありがたいが、ぼくはふじ子さんのなおるのを待っているよ」

「しかしね……」

吉川が言いかけた時、隆士が大きく手をふった。

「吉川はん、言うてもむだや。こいつのお袋はヤソのために、子供を捨てて家まで出たアホやからな。強情《ごうじょう》なところはお袋ゆずりや。言うだけむだや」

隆士はそう言ってから、つくづく信夫の顔をのぞきこむように眺《なが》めた。

「ま、偉《えら》い男ということにしておこうか。な、吉川はん」

大きな扇子《せんす》で隆士はパタパタとあおいだが、その目がかすかにうるんでいた。

それから五年の月日は流れた。

その間、信夫は旭川六条教会の初代日曜学校長として、ほとんど教会を休まなかった。信夫の顔は、だれが見ても、いつも何かの光に照らされているような輝《かがや》きがあった。職場の上司にも部下にも、信夫は絶大な信頼《しんらい》をよせられていた。すでに旭川運輸事務所庶務《しょむ》主任の地位にあった信夫だが、その地位にあることとは別に、信夫に聖書の講義をしてくれという声が、旭川をはじめ、札幌、士別《しべつ》、和寒《わっさむ》などの鉄道員の中に起きた。信夫はできる限りの時間をさいて、休日や出張のたびに、希望者と共に聖書を読む機会を作るようにつとめた。

明治三十七、八年の日露《にちろ》戦争を経た青年たちの中には、戦勝にわく世人とは別に、真剣に生死を考える者も出てきた。その中には戦争から帰ったものもあり、兄弟や知人を戦いに失った者もいた。三堀も、その戦争に行った一人だった。旭川での聖書の研究会には、三堀も必ず出席するようになっていた。しかしなぜか三堀は、鼻の先で冷笑するような表情をみせていた。

札幌に出張する時、信夫は必ずふじ子の病床《びょうしょう》を見舞った。この五年の間に、ふじ子は驚くほど元気になった。かつて臥《ね》てばかりいた病人とは思えないほど、血色もよく、家の中の立ち居も不自由のない状態になった。後一年もしたら、ふじ子を旭川にともない、結婚することもできるのではないかと、信夫はその日を楽しみにするようになった。

聖書の研究会を通じて、各地で信夫を慕《した》う声がさらに高くなり、中には、聖書はむずかしいが、信夫の顔をみるだけでもと、集会に出る者がいるほどになった。上司たちは、少し手に余る部下がいると、信夫の所属に配置し、それが後には慣例とさえなった。永野信夫は、鉄道当局にとっても、旭川六条教会にとっても、もはやなくてはならぬ存在になっていたのである。

かんざし

その日も、毎月定例の旭川《あさひかわ》鉄道キリスト教青年会聖書研究会が鉄道の寮《りょう》で開かれた。講師はいつものように永野信夫だった。

三堀は、その十五、六人の片隅《かたすみ》にいたが、やはりきょうも絶えず冷笑するような表情をしていた。聖書講義の後、みんなが真剣《しんけん》に話し合っている間、三堀はひざ小僧《こぞう》をかかえたまま傍観《ぼうかん》していた。信夫は、その三堀の態度が何に原因するのか見当がつかなかった。

やがて閉会となり、人々は帰って行った。しかし三堀は、その場にじっとすわったままである。

「いつも熱心に出て来てくれるねえ」

信夫は三堀に笑顔《えがお》を向けた。

「なあに、おもしろ半分ですよ」

はぐらかすように三堀は言った。

「おもしろ半分でも、欠かさず聞いていれば、いまにほんとうにおもしろくなりますよ」

「さあ、どんなものかね。たしかに永野さんは話はうまいよ。しかしあんたは本気になって神がいると信じているんですかね」

茶色に毛ばだった畳《たたみ》に、三堀は素足《すあし》を伸《の》ばして言った。七月も半ばのむし暑い夜である。

「神をぼくが信じないで、みんなに話していると思っていますか」

「言っちゃ悪いけど、どうも眉《まゆ》つばだと思って、わたしはいつも聞いていますよ」

「まあ、あるかなきかの信仰《しんこう》ですから、三堀君にそう言われても、返す言葉はありませんがねえ」

信夫は柔和《にゅうわ》な微笑《びしょう》を浮《う》かべていた。三堀は、神がいるかいないか、自分で迷っているのだろうと信夫は思っていた。いずれにせよ集会に出るからには、神を信じたいとは思っているにちがいない。戦争に行く前に一人、帰って来てから一人、三堀は一男一女の父親になっていた。

「話は変わりますがね、永野さん。あんた、わたしが戦争に行っている間、ちょくちょく美沙のところに顔を出してくれたそうですね」

美沙は三堀の出征《しゅっせい》当時、三堀の母と子供と三人で暮《く》らしていた。三堀が発《た》ってから半年ほど後に、三堀の母は脳溢血《のういっけつ》で倒《たお》れ、美沙の手厚い看護を受けたが、四日ほどして死んでしまった。その後美沙は里の和倉礼之助の家に、子供と共に身をよせていた。むろん三堀は永野信夫の部下であったから、時おり信夫が訪ねたことはあった。しかしそれは、職場の上司として、他の出征家族を見舞《みま》うのと同様、決して一人で見舞ったのではない。常に職場の部下を同伴《どうはん》した。それとは別に、和倉個人からの招きで訪ねたことはいく度かあった。

「お礼を言われるほど、いくどもうかがいませんでしたがね」

だが三堀はせせら笑った。

「いや、たびたび来ていただいたそうですよ。美沙は、わたしが戦争から帰ったというのに、何となくわたしをばかにするようになりましてね。ふたことめには永野さんは立派な方だ。永野さんは立派な方だと、よくほめていますよ」

「そうですか。どうもそれはいたみいりますね」

信夫はさり気なく頭を下げた。三堀が集会に出るようになったのは、そんな美沙の言葉が強く心にひっかかっているせいなのかと、信夫は三堀の気持ちがわかったような気がした。

「いや、お邪魔《じやま》しました」

三堀は妙《みよう》に気にかかる言葉を残して、しかしおとなしく帰って行った。昔《むかし》は酒を飲んではよく、自分にからみに来たものだと信夫は思い出していた。いまでは三堀も、酒を飲まずにそうとうからむことができるようになったのだと、信夫はそれを喜ぶべきかどうかと苦笑した。結婚《けっこん》してからの三堀は結構しあわせな夫であり、職場でもそう暗くはなかった。それが妙に陰気《いんき》な人間になってしまったのは、戦争から帰ってからだった。激戦《げきせん》の中で、三堀が多くの死を見、そんなふうに変わったのかと信夫は思っていた。聖書研究会を欠かさないのも、深く求めるところがあるのだと思っていた。

だが三堀はそうではなかった。第一に、出征中に母が死んだことが何か美沙のせいのように腹立たしかった。自分がいたなら、決して母を死なせないですんだと三堀は思う。次に不満なのは、美沙が自分の留守中に実家に帰っていたことだった。自分は和倉のむこ養子になったわけではないという反撥《はんぱつ》が常にむらむらと胸の中で燃えていた。第三に、美沙も、和倉も永野信夫のうわさをし過ぎることであった。三堀も内心信夫を尊敬しないわけではない。だが、信夫のことになると口をきわめてほめる和倉が腹立たしく、あいづちを打つ美沙も妙に小憎《こにく》らしくなってくる。二人は決して三堀をくさしているのではないが、三堀には永野をほめて、暗に自分をくさしているような気がするのである。

そのうちに三堀は、ふと、美沙が信夫に心をよせているのではないかと、勘《かん》ぐるようになった。三堀が聖書研究会に出るのも、キリストの話を聞きたいからではなかった。信夫の語ることぐらい、自分も語れるようになりたいという気がひとつ、信夫の信仰はどれほど真実なものか突《つ》きつめたい気持ちのふたつであった。

信夫は雄弁《ゆうべん》だった。聞いていると、三堀も思わず話の中に引き入れられることがある。集会の帰りに、ほんとうに神はいるのだろうかと、つい考えこむこともある。それがまた三堀にはいまいましかった。

ある時こんなことがあった。

その日、信夫は出張で職場にはいなかった。ひる休みにだれかがこう言った。

「おい、永野さんはどうして嫁《よめ》をもらわないんだろう」

「あの人は、われわれ凡人《ぼんじん》とはちがって、女なんかいらないんだよ」

「まさか、かたわ者じゃあるまいし、女がいらないっていうことがあるもんか」

三堀は、和倉と美沙からちらっと聞いたふじ子のことを思い浮かべた。いま時カリエスの女を何年も待っているなどとは、三堀にも信じられなかった。それは美沙を断るための口実であって、案外信夫はかたわ者なのかもしれないと三堀は思った。

「いやあ、健全なる精神は、健全なる身体に宿るというからね。主任さんがかたわ者のわけはないよ」

たちまち反論したのは、つい二カ月ほど前、札幌《さっぽろ》から赴任《ふにん》して来た原健一であった。原は激《はげ》しい気性《きしょう》で、すぐに上司や同僚《どうりょう》と口論した。いたって心のやさしいまじめな人間なのだが、カッと興奮しやすいために、札幌の職場ではみんな扱《あつか》いかねていた。旭川の永野信夫なら、どんな人間でも使いこなすという定評だったから、原は信夫のもとに回されて来たのである。純情な原は、ただちに信夫の人柄《ひとがら》に魅了《みりょう》された。信夫は、どんなにいそがしい仕事があっても、五時にはキチンと部下を帰した。そして残りの仕事は、自分一人で何時まででもやるのである。その一事だけでも原は感激《かんげき》した。だれが悪いことをしても、その非は全部信夫がかぶった。信夫は人を責めない。しかもうまく統率《とうそつ》していく。優《やさ》しいようだが、どこか犯《おか》しがたいきびしさがある。原にとって、永野信夫のなすことは、すべて全く正しく思われた。

「主任さんが、かたわ者だなんて、あんまりですよ」

この職場に移ってからおとなしかった原も、この時だけはその激しい気性をむき出しにした。

「じゃねえ、原君。どうして永野さんは結婚しないんだい。もう永野さんはおっつけ三十になるはずだよ。いま時若い者が、三十近くまで一人でいれば、おかしいと思うほうがほんとうじゃないのか」

三堀は原をからかった。原の顔は首をしめられたように充血《じゅうけつ》した。

「何だって、主任さんの悪口を言ってみろ、おれはただでおかないからな」

原は椅子《いす》から立って三堀に詰《つ》めよった。

「三堀さん、あんた証拠《しょうこ》があるのか。主任さんがかたわ者だという証拠がどこにある」

「あの年になって、嫁をもらわないのが何よりの証拠だよ」

「そんなものが証拠になるか。主任さんの奥《おく》さんになるような人は、そんじょそこらにころがっていてたまるかい。いまにみろ、拝みたいような天女《てんにょ》と結婚するに決まってるんだ」

妙にその言葉には説得力があった。だれかが同感して言った。

「なるほどなあ。永野さんはいまに、とてつもない立派な女と結婚するかもしれないなあ」

その言葉に原は、少し気が静まったようである。

三堀はその日以来信夫を不具者ではないかと思うようになった。一人前の健康な男が、女も買わずにただ教会と仕事だけで生きていけるとは信じられなかった。男には男の欲求というものがある。それは食欲と同じものだと三堀は考えていた。

信夫が食事をする以上、性的な欲求もあるのが当然だと思った。それを聖僧《せいそう》のように行いすましているというのは、いかにも偽善者《ぎぜんしゃ》めいて見えた。信夫はかつて猥談《わいだん》をしたことがない。口を開けば信仰の話である。どこかにうそがあると三堀は思った。

（いつか化けの皮をひんむいてみせる）

三堀は意地悪くそんな目で信夫を見てもいた。

信夫が教会から帰ると、母の手紙が待っていた。この間、毎月の小遣《こづか》いを送った手紙への返事である。信夫は服を脱《ぬ》ぎ浴衣《ゆかた》に着替《きが》えた。信夫の外出着は鉄道の服ただ一着である。職場にも教会にも、色あせたこの一着の服で事は足りた。服の色をみただけで信夫だとわかるほど、色あせていた。

信夫は浴衣のひざを正座して、鋏《はさみ》でていねいに封《ふう》を切った。相変わらず菊の字は美しい。巻き紙に墨《すみ》の濃淡《のうたん》も鮮《あざ》やかに、流れるように書いている。

「毎日暑い日がつづいておりますが、御地《おんち》も時には東京のように暑くなるとのこと、くれぐれも暑さあたり、水あたりのないようお体にお気をつけください。毎月貴重なげます。お給料の中から、わたくしにお小づかいをたくさんくださり、ありがたくお礼申しあげます。

岸本さんも待子も、上の子も下の子も、暑さにまけず元気で過ごしておりますからご安心ください。お手紙によりますと、ふじ子さまがたいそうお元気になられ、来年春にはご結婚なされたき由《よし》、一同心から喜んでおります。よくいままで、重い病気の方をお待ちになられました。わが子ながらあっぱれのことと、うれしく存じます。

こんなこと申しあげては、あるいはお気を悪くなさるかもしれませんが、ご結婚の暁《あかつき》は、神許し給《たま》わば、お二人そろって、東京にお帰りくださいますよう、心からお待ち申しあげております。何と申しましても、ふじ子さまは東京生まれの方であり、寒さのきびしい旭川よりは、東京のほうがしのぎやすいことと存じます。炊事《すいじ》、洗濯《せんたく》にしても、あなたがしてあげたいとのこと、お心持ちはよくわかりますが、男には男の仕事がございます。こちらにお住まいになれば、わたくしが少しでもお助けできると思います。

なお、岸本さんは近いうちに大阪で開業なさることになり、この家もわたくし一人となります……」

信夫は、二、三年なら北海道に行ってみるのも悪くないと言ってくれた岸本の言葉を思い出した。岸本は去年博士号を取っていた。二、三年もすれば帰ってくると思ったこの自分が、なかなか帰らないので、岸本は本郷《ほんごう》の家を出るにも出られず、困っていたのかもしれないと、信夫はすまない気持ちだった。母の菊が言うとおり、ふじ子の体のためにも、東京に帰ったほうがいいと信夫は思った。ただ、いま盛《さか》んになった日曜学校を去るのはつらかったが、といって、母を北海道に呼びよせるのもかわいそうな気がした。旭川から東京に転任するのはむずかしいかもしれないが、場合によっては職を退いてもよいと思った。

信夫は、できたら神学校にはいり牧師になりたい気持ちがあった。母とふじ子をかかえて牧師になることはたいへんだったが、しかしこの二人なら、その苦労に耐《た》え、立派に協力してくれると思った。生活のことは、どうにでもなると、信夫は日ごろから考えている。

〈何を食《くら》い、何を飲み、何を著《き》んとて思い煩《わずら》うな。是《これ》みな異邦人《いほうじん》の切に求むる所なり。汝《なんじ》らの天の父は凡《すべ》てこれらの物の汝らに必要なるを知り給うなり。まず神の国と神の義とを求めよ、然《さ》らば凡てこれらの物は汝らに加えらるべし。この故《ゆえ》に明日《あす》のことを思い煩うな、明日は明日みずから思い煩わん。一日の苦労は一日にて足れり〉

このキリストの言葉を、信夫はいく度か人にも聞かせ、自分でもいく度感じて来たかわからなかった。

この前の出張で札幌に行った時、ふじ子も言ってくれた。

「信夫さんは、いまのお仕事がほんとうに自分のお仕事だと思っていらっしゃる？　あなたは、ほんとうはもっとちがう道に生きたいと思っていらっしゃるんじゃない？」

ふじ子はくるりとした明るい目を輝《かがや》かしながら言った。その時信夫は、さすがにふじ子だと思った。

「わかりますか、ふじ子さん」

「わかるわ。信夫さんって、神さまのために生き、神さまのために死ぬことにしか、生きがいを感じていらっしゃらないと思うの。信夫さんが何よりも欲《ほ》しいのは、お金でもなく、社会的な地位でもないわ。ただ信仰に生きることだけだと思うの。牧師さんになるばかりが信仰に生きることだとは思わないけど、でもあなたは牧師さんになるために生まれて来たような方だと思うの」

そのことを信夫はずっと思っていたが、いまの母の手紙で信夫の決心はきまった。すでに鉄道は来年の春、東京に転任できるかどうか、和倉に聞いてみたいと思った。すでに鉄道は全国官営になっていて、旭川も、鉄道会社から国有に変わっていた。

とにかく、来年四月にはふじ子を連れて東京に帰ろうと信夫は思った。いずれにしても結納《ゆいのう》をふじ子のもとに持って行かなければならない。金で女を売買するような感じがして結納金を持って行くのは好まなかった。しかしあまり豊かでもない吉川の家に、何かと出費がかさんでは気の毒だった。それでなくても、吉川も子供が一人おり、何かとたいへんである。信夫は暮《く》れの賞与《しょうよ》を結納金にあてようと考えた。すると、結納をおさめるのは年が明けてからということになる。まだ半年は間があるが、和倉夫妻に仲人《なこうど》を頼《たの》もうと信夫は考えた。

十一月の末、信夫は吉川修と共に、和倉の家に行った。もう根雪になった街を、二人は肩《かた》を並《なら》べて歩いていた。吉川のほうが背も高く、ふとっている。どう見ても吉川は信夫より年上に見えた。

「何だか、ふしぎな気がするなあ」

吉川が言った。

「何が？」

「いや、君とおれとは、どこか血がつながっているような気がしてね。さっきからおれは、あの小学校四年の時の、お化け退治のことを思い出していたんだ」

「ああ、あれはお化け退治だったかなあ。高等科の女子の便所で泣き声が聞こえるとかなんとか、幽霊《ゆうれい》がいるとかってみんなさわいだっけ。雨のふるまっ暗な晩だったね」

堅《かた》く約束《やくそく》した友だちのうち、約束を守ったのは、吉川と自分のただ二人だったと、信夫は思い出した。しかしその自分も、父に叱《しか》られて約束を守るために仕方なく雨の夜の校庭に行ったのだった。だが吉川はちがった。吉川は約束を守るために来たが、べつだんそのことを誇《ほこ》ってはいなかった。それ以来吉川と信夫の間に友情が生まれた。もしあの晩、父が叱ってくれなかったなら、自分と吉川は、こんなふうに仲よくならなかったことだろう。

「吉川君、君のおかげで、ぼくは北海道に来ることができたね。そして、信仰と、ふじ子さんを与《あた》えられたんだね」

深い感謝のこもった声であった。

「ふじ子はしあわせな奴《やつ》だなあ……」

長い年月を待ってくれた信夫の真心が、あらためて吉川の心をゆさぶった。

「ぼくのほうこそしあわせだよ。君が兄貴で、ふじ子さんがお嫁さんだ。それ以上のことはないよ」

「ほんとうにそう思ってくれるのか」

吉川の声がうるんだ。

訪ねることは前もって和倉に知らせてあった。信夫は吉川を和倉に紹介《しょうかい》した。

「なるほどなあ。この人の妹さんか。永野君の待っていた気持ちもわかったよ」

ひと目で和倉は吉川を気に入ったようであった。

「それで、まことに恐《おそ》れいりますが、来年の春には結婚式を挙《あ》げたいと思いますので、ご媒酌人《ばいしゃくにん》になっていただきたいと思うのですが」

あらためて吉川と信夫は頭を下げた。

「ほう、もうそんなになおったのかね」

和倉は驚《おどろ》いたように、お茶を運んで来た妻をかえりみた。

「おい、聞いたか。永野君の待っていたあの人が、なおったんだとよ。偉《えら》いもんだなあ。いや偉いもんだ」

和倉はしきりに驚いた。

「しかし、待つ身は長かったろう。君の名は永野だが、何にしても長い話だったなあ。六、七年は待ったんじゃないか」

冗談《じょうだん》を言いながら、その大きな指を和倉は折って数えた。

「ほんとうにねえ、うちの美沙も聞いたら喜ぶことでしょうねえ」

美沙は一町ほど離《はな》れた鉄道官舎にいまは住んでいた。

「美沙か。うん、美沙もなあ……まあ、いいや。とにかくおめでとう」

和倉はすわりなおして、頭をさげた。


明けて正月の三日、信夫は札幌《さっぽろ》にふじ子の家を訪ねた。雪の降るあたたかい静かな午後であった。茶の間には、吉川夫婦も、吉川の母もいて、いかにも正月らしいなごやかなふんいきだった。しかしかんじんのふじ子の姿が見えない。

「ちょっとそこまで使いに出たんですよ。すぐ戻《もど》ってきますよ」

愛想《あいそ》のよい吉川の妻の言葉に、信夫は思わず微笑《びしょう》した。うれしかった。暖かい日と言っても真冬である。あのふじ子が真冬に外出できるようになったかと思うと、何か夢《ゆめ》のような気がした。やがてふじ子は、えんじの角巻《かくまき》を着て帰ってきた。色白のふじ子の顔が、寒い外気で紅潮している。それがいかにも健康になったしるしのようで、信夫はうれしくてならなかった。

新年のあいさつをすませたふじ子は、ふかふかの角巻を信夫に見せて言った。

「永野さん、いい角巻でしょう。おにいさんとおねえさんが、去年の暮れに買ってくれたのよ。生まれて初めてきょう角巻を着てみたの」

ふじ子の桃割《ももわ》れの前髪《まえがみ》に、銀色のかんざしがきらきらと揺《ゆ》れた。

「外に出て、風邪《かぜ》をひきませんか」

「大丈夫《だいじょうぶ》よ。この冬になってから、一度も風邪をひかないんですもの。今度永野さんがおいでになる時は、わたし駅までお迎《むか》えにいきますわ」

そう言ってから、ふじ子は恥《は》ずかしそうに真っ赤になった。初々《ういうい》しい表情が愛らしかった。

「ほんとうか、ふじ子」

吉川もひやかすように言った。信夫はふじ子がこのえんじの角巻を着て、改札口《かいさつぐち》に立っている姿を想像した。臥《ね》たっきりだった何年間かのふじ子の姿を思うと、うそのようなしあわせだった。

話は結納の日取りのことに及《およ》んだ。できたら一月中に結納を入れたいと信夫は思った。だが吉川の妻が臨月である。二月にはいってからでは、信夫の日曜学校と仕事の関係で、なかなか休暇《きゅうか》は取れない。吉川と信夫は、真新しい日めくりを繰《く》りながら、ついに二月二十八日の夕方ということに決めた。

「少し遅《おそ》いかなあ。いろいろと仕度《したく》もあるんだろうになあ」

信夫は思案顔になった。

「なあに、店屋はどうせ盆《ぼん》と暮れでなければ、払《はら》いはないんだから、仕度は金なんかなくてもできるよ」

吉川はのんきに言った。信夫は安心した。

「それもそうだね。じゃそれまで結納は待っていてもらおうか。二月二十七日は名寄《なよろ》で、例の鉄道キリスト教青年会の支部が結成されるんでね。ぼくはどうしてもそこに出かけなければならないんだよ」

信夫は翌二十八日の朝、名寄を発ち、旭川で仲人の和倉夫婦と同乗して札幌に来ることに決めた。

「永野さん。ふじ子のような娘《むすめ》をもらってくださるなんて……」

吉川の母は、涙《なみだ》ぐんだ。ふじ子が元気になってから、安心したのか急に老いたような感じがする。その吉川の母を見ると、信夫は母の菊も老いこんだのではないだろうかと思わずにはいられなかった。だが四月には、ふじ子を伴《ともな》って東京に行くのだ。ふじ子と二人で、母を一所懸命《いっしょけんめい》大事にしようと信夫は思った。

「わたしも東京に帰りたくなりましたよ」

吉川の母は珍《めずら》しく愚痴《ぐち》っぽく言った。

「そのうちにかあさんも、東京に行くさ。来年のいまごろは、ふじ子がお産扱《あつか》いに来てくれなんて手紙をよこすにきまってるよ」

吉川はまたひやかすように言った。

「いやなおにいさん」

ふじ子は真っ赤になって顔をおおった。かんざしがまた揺れた。吉川の母も、妻も声を合わせて笑った。楽しいひと時であった。信夫が暇乞《いとまご》いのあいさつをすると、ふじ子が駅まで送って行くと言い出した。

「ありがたいけどね、ふじ子さん。今度来る時迎えに来てくれるのを楽しみにしますよ」

「でも、その時はその時よ。わたしお送りしたいわ。ね、おにいさん」

「うん、そうだなあ」

ふじ子にしては珍しく執拗《しつよう》な言葉に、吉川は信夫の顔をみた。

「ありがたいけれど、きょうはもう、一度外へ出たんでしょう。やっぱり寒い間は自重してくださいよ。せっかくここまで元気になったんですからねえ」

いわれてふじ子は、やっと素直《すなお》にうなずいた。いつものふじ子に似合わないことであった。どんなことでもふじ子は、すぐに素直に信夫の言葉を聞いた。

「どうしてこうふじ子さんは素直なんだろう」

いつか信夫がそう言った時、はにかんでふじ子は答えた。

「エペソ書の五章よ」

「なるほどね、これはまいった」

「だって、信夫さんだって、エペソ書の五章ですもの」

聖書のエペソ書五章には、次の言葉があった。

〈妻たる者よ、主に服《したが》うごとく己《おのれ》の夫に服え。夫はその妻を己の体のごとく愛すべし〉

そのことをふじ子は言ったのである。そのふじ子が、しきりに送りたいと言い張ったことが、信夫は妙《みょう》に気にかかった。

旭川に帰ってからも、もしかふじ子が風邪でもひいて病気をぶり返すのではないか。あるいは急性肺炎《はいえん》にでもかかって、ポックリと死ぬのではないかと、不吉《ふきつ》なことまで思ったりした。

峠《とうげ》

「永野さん、あした結納《ゆいのう》だってね」

信夫と三堀は、向かい合って夜の食事をとっていた。もう時計は九時を回っている。名寄《なよろ》の鉄道の寮《りよう》の一室だった。きょう出張で旭川《あさひかわ》を出た時から、三堀は妙《みよう》に不機嫌《ふきげん》だった。信夫が何を話しかけても、三堀はろくろく返事をしなかった。それがいま、食事をしながら三堀から話しかけてきたので、信夫はホッとして答えた。

「おかげさんでね」

「おかげさんか。別におれのおかげでもなんでもないでしょう」

三堀は手酌《てじやく》で酒を注ぎながら、意地悪い返事をした。このごろの三堀は、特に和倉の娘《むすめ》むこを鼻にかけるかのように、何かにつけて信夫に突《つ》っかかってくる態度を見せた。

「いやあ、どんなことでも、神と人々とのおかげですよ」

信夫は、三堀にかまわずしんみりと言った。信夫としては、特にふじ子との結婚《けつこん》は、だれにでも感謝したいような気持ちだった。

三堀はこの一週間ほど、美沙の機嫌が悪いのを気にしていた。その原因が、どうも信夫の婚約にあるような気がしてならない。特に昨夜はひどかった。和倉が三堀のところに来てこう言ったのだ。

「おれとかあさんはね、二十八日の晩は札幌《さっぽろ》泊まりだ。永野の結納を持っていかなきゃあならないんだ。家が留守になるから、美沙でも泊まりによこしてくれないか」

「いやですよ、わたし」

三堀が返事するより先に美沙はにべもなく断った。

「美沙がいやなら、三堀君でも来てくれないか」

和倉は美沙の態度など意にも介《かい》していないようだった。大方夫婦げんかでもしているところに、折り悪《あ》しく自分が飛びこんでしまったとでも思ったのだろう。

「なんせ、永野は偉《えら》いよ。明治の御代《みよ》になって、世は軽佻浮薄《けいちょうふはく》だというが、あいつはどうしてどうして……」

いいかけた和倉の言葉を、美沙は遮《さえぎ》るように言った。

「そんなにいい人なら、わたしのむこさんにしてくれたらよかったじゃないの」

「ばかを言え」

和倉は笑った。

「ええ、ばかですよ。どうせわたしは、ばかなんだから……」

そう言うやいなや、父と夫の前もはばからず、美沙は声を上げて泣いた。美沙はもともと勝気ではあっても、話のわからない女ではない。結構三堀には妻として仕え、やりくりも上手だった。めったに愚痴《ぐち》もこぼさない明るい気性《きしょう》の女である。それが、この一週間ほど妙にふさいでいたと思うと、この態度である。三堀は美沙の心の底がわかったような気がした。不快だった。いままでの美沙は、ともかく信夫が独身でいることに慰《なぐさ》められていたのだろう。それが信夫の結納を前に、感情が思いがけなくかぶってしまったのだ。三堀は打ちのめされたような気がした。

そのことを昨夜からずっと根に持っていた三堀は、信夫が不愉快《ふゆかい》でならなかった。

「永野さん、あんたの嫁《よめ》さんになる人って、肺病で、カリエスで、その上ビッコだってねえ」

三堀は、酒がはいっていっそう大胆《だいたん》になった。

「そうですよ」

信夫は三堀の非礼になれていた。しかし、ふじ子をさげすまれたのには、さすがに腹立たしかった。

「永野さんほどの人が、よりによって、何もそんな女と結婚しなくてもいいんじゃないですか。うちの美沙のような女のどこが気にいらなかったんですかね」

信夫は黙《だま》って箸《はし》を動かした。

「え？　永野さんよ。うちの女房《にょうぼう》より、その足の悪い女のほうがいいなんて、いったいどういうことなんです。糞《くそ》おもしろくもない」

「………」

「え、うちの美沙の何が気にくわねえかって、聞いているんですよ。美沙は体もきりようも申し分がない。その美沙より、かたわもんの女のほうがいいなんて、ばかにしてらあ。美沙の怒《おこ》るのも無理がねえや」

しゃべりながら、三堀は少し気分がすっきりしてきた。美沙の不機嫌は、信夫に執《しゅう》着《じゃく》があったからではなく、足の悪い、病気の女に見返られた女の口惜《くや》しさではないかと、にわかにそう思われて来たからである。そうでもなければ、いくら何でも夫の自分の前で、あんなに泣いたりするわけはないと、三堀は思った。

「何でもその人は、キリスト信者だってねえ」

三堀は急に機嫌がよくなった。

「ああ、りっぱな信者ですよ」

信夫は三堀が憐れになった。いつも心の中に鬱屈した思いを抱いている三堀の生活を思いやった。あの同僚《どうりょう》の月給を盗《ぬす》んで以来、三堀は変にひねくれてしまったような気がしてならない。それだけこの男は善人と言えるのかもしれないと、信夫は三堀を励《はげ》ましてやりたいような気がした。

「りっぱな信者か。どうもいただけないなあ。りっぱな信者がりっぱな永野さんといっしょになって、朝から晩までアーメンアーメンじゃ、およそおもしろいことはないですねえ」

信夫は笑った。

「そうかもしれないね」

「しかし、キリスト信者だって、子供は作るんでしょう。永野さんが子供を作るのか、ハハハ……」

大声で笑った三堀は、酒にむせた。信夫はちょっと赤くなった。

「うぶだね、永野さん。おれはひとつ、永野さんに前から聞きたい聞きたいと思っていたことがあるんだがね。聞いても怒らないかな」

「何でも聞いてくださいよ」

信夫は、食べ終わった茶碗《ちゃわん》に番茶をゴボゴボと注いだ。

「永野さんは、どうして女遊びをしないんです？」

三堀は酔《よ》った目を信夫にすえた。信夫は言われて考えてみた。信者だからという言葉は、信夫の場合成りたたなかった。信夫は信者になる前から、女を買ったことはない。

「永野さん、ね、あんた女をいままで買ったことがないんですか」

「ないですね、一度も」

「へえー、一度もね」

あきれたように三堀は信夫を見た。

「じゃ、女を見て、ムラムラッと感ずることもないんですか」

「それは感じますよ、始終」

信夫はまじめに答えた。

「ホウ、始終感ずるんですか。その顔で……」

じっと信夫の端正《たんせい》な顔を眺《なが》めてから、三堀は言葉をつづけた。

「女なんか、糞食らえという顔をして、チーンとすましていて、感ずることは感ずるんですねえ。人が悪いよ、永野さんは」

信夫は苦笑した。

「それで、どうして一度も女を買わないですむんですかねえ。おれにはわからない。うす気味の悪い話だね。そんなの偽善者《ぎぜんしゃ》っていうのかな」

　三堀は何本目かの空《から》になった銚子《ちょうし》を逆さにして口に当てた。

「チェッ、一滴《いってき》も出やがらない」

　銚子をゴロリと倒《たお》すと、三堀もそのまま横になった。

「あんた、その娘《むすめ》さんのつまりは犠牲《ぎせい》になるっていうことかい」

　三堀は再び、話をふじ子のことに戻《もど》した。

「犠牲なんかじゃないよ。好きでいっしょになるんだからね」

「そうかな、おれはまだ永野さんていう人、信用しきれないんだ。どこか、いかさま臭《くさ》いんだ。あんたがりっぱに見えれば見えるほど、ますます信用がおけないような気がするんだよ。その娘さんは、財産でもドッサリあるんじゃないのかな」

　ふじ子のことを詳《くわ》しく知らない三堀は、そう言って鼻の先で笑った。

　間もなく三堀はいびきを立てて眠《ねむ》った。信夫は三堀のためにふとんを敷《し》いてやり、ふとんの中に引きずるようにして寝《ね》せてやった。口では何とか言っていても、寝顔を見ているとしみじみと三堀がかわいいような気がする。信夫は、低い声で聖書を読んだ。

「兄弟よ、世は汝《なんじ》らを憎《にく》むとも怪《あや》しむな。われら兄弟を愛するによりて、死より生命《いのち》に移りしを知る、愛せぬ者は死のうちに居《お》る。おおよそ兄弟を憎む者は即《すなわ》ち人を殺す者なり、凡《おおよ》そ人を殺す者の、その内に永遠《とこしえ》の生命なきを汝らは知る。主《しゅ》は我らの為《ため》に生命を捨てたまえり、之《これ》によりて愛ということを知りたり、我等《われら》もまた兄弟のために生命を捨つべきなり……」

信夫はくり返して二度読んだ。自分ははたして他の人のために命を捨てるほどの愛を持つことができるだろうか。口をあけて大いびきをかいている三堀の顔を信夫は見た。

やがて寝床《ねどこ》にはいった信夫は、明日の結納のことを思った。えんじの角巻《かくまき》を着て、桃割《ももわ》れに結《ゆ》ったふじ子が、駅に迎《むか》えにくる姿を思い浮《う》かべた。もう桃割れを結うこともなくなるのだ。艶々《つやつや》とした丸まげが似合う新妻《にいづま》となることだろう。たとえ足が悪かろうが、病弱であろうが、自分にとってはふじ子はかけがえのない妻になるのだと、信夫はいとしさで一ぱいになった。白い頰《ほお》が目に浮かぶ。はにかんだ愛らしい表情が忘れられない。信仰《しんこう》の話をする時の、生き生きと輝《かがや》く目が美しい。賢《かしこ》く愛らしく素直《すなお》な、申し分のない女性だと思う。やがてだれにはばかることなく、自分の腕《うで》の中にあのふじ子を抱《だ》ける日がくるのかと思うと、信夫はしみじみとしあわせだった。長い間待っていただけに、喜びは深かった。やはり結納の前日のせいで、こんなにもふじ子のことが思われるのかと、信夫は苦笑した。

明日は三月だというのに、翌朝は思った以上に気温が下がった。信夫は名寄の駅で、名物のまんじゅうを二箱買った。一箱は吉川の家に、一箱は旭川から乗る和倉夫婦のためにであった。

三堀は、昨夜自分が言ったことを忘れてはいなかった。酔いが覚めると、信夫に言い過ぎたような気がして、気がとがめ、またムッツリと無口になった。名寄の、鉄道キリスト教青年会の会員たちが、早朝にもかかわらず、七、八人見送りに来ていた。

「やあ、永野さん、昨日はありがとうございました。大盛会でしたね」

支部長の村野が、若者らしい感激《かんげき》をこめて言った。昨日午後五時から七時まで行われた結成会には、和寒《わっさむ》、士別《しべつ》などからも集まり、町の青年も加えて、五十人という多数の人々が一堂に会したのである。田舎《いなか》の小さな駅としては、こんなにたくさんのキリスト教青年会員を勧誘《かんゆう》できるとは、考えられないことだった。

「昨日の永野さんのお話は、すごい力がこもっていましたね。いつものお話もいいですけど、昨日のお話は特に感銘《かんめい》しました」

他の会員が言うと、人々は口々に、ほんとうによかったと口をそろえて讃《ほ》めた。

昨日信夫は、「世の光たらん」という題で、熱弁をふるった。

「お互《たが》いにこのくり返しのきかない一生を、自分の生命を燃やして生きて行こう。そしてイエス・キリストのみ言葉を掲《かか》げて、その光を反射する者となろう。安逸《あんいつ》を貪《むさぼ》るな。己《おの》れに勝て。必要とあらば、いつでも神のために死ねる人間であれ」

そんな話を、一時間ほど信夫は語ったのである。ふだんはおだやかな信夫だが、一度壇上《だんじょう》に上がると、全身これ炎《ほのお》のようになる。聞く者の胸に、信夫の言葉は強く迫《せま》って止《や》まなかった。

「ありがとう。支部がいよいよ発展するように祈《いの》るよ。町の青年たちも、どんどん君たちの支部に誘《さそ》ってくれたまえ」

「わかりました。がんばります。来月もまた来てくださるんでしょうね」

支部長が言った。信夫はふっと、四月に北海道を去る自分を思った。その前に一度は来てみたいと思った。

「待ってます。ぜひ、おねがいします」

発車の汽笛《きてき》が鳴った。動き出した汽車を追って、青年たちは手をふりながら駆《か》けて来た。

「世の光たらんか」

だれにも言葉をかけられなかった三堀は、皮肉な笑いを口に浮かべた。

朝早い汽車だが、満席だった。みんないかにも朝らしい生き生きとした車内の空気だった。まさか、この一時間余り後に、恐《おそ》ろしい事件が待ち受けていようとは、乗客のだれ一人想像することもできなかった。

雪原に影《かげ》を落として汽車は走っていた。汽車の煙《けむり》の影も流れるように映っている。信夫は白く凍《い》てついた窓に息を吹《ふ》きかけた。窓が滲《にじ》んだ。二度三度息を吹きかけると、窓は小さく丸く解けた。トドマツやエゾマツの樹氷が朝の陽《ひ》に輝《かがや》いている。清潔な朝だと、信夫は今夜の結納のことを思ってなにかうれしかった。三堀は椅子《いす》の背に頭をもたせて、うつらうつらしていた。

やがて汽車は士別に着いた。タコ帽子《ぼうし》をかぶった男や、大きな荷物を背負った角巻姿の女などが、七、八人乗りこんで来た。松葉杖《まつばづえ》をつき、よれよれの軍服を着た男がその中にいた。

「あ、廃兵《はいへい》だ」

客車のまん中あたりで、五つ六つの男の子が叫《さけ》んだ。男はじろりとその声のするほうに目をやり、コッコッと松葉杖の音をさせながら、信夫の二つほど前の椅子に腰《こし》をおろした。

汽車が動き出そうとしたころ、五十近い男が、背中にから草模様のふろしき包みを背負って駆けこんで来た。

「やれやれ、もう少しで遅《おく》れるところでしたよ」

三堀の隣《となり》にすわった男は、前にいる信夫に笑いかけた。信夫は、その人のよさそうな男の顔にハッとした。

「失礼ですが、あなたは東京の方じゃありませんか」

「おや、どうしてわかります？」

言ってから男は信夫の顔をまじまじと見た。

「どこかでお見かけしたような……」

男は呟《つぶや》くように言って首をかしげた。

「もしかしたら、あなたは六さんじゃありませんか」

信夫は、なつかしさに声を弾《はず》ませた。

「へえ、わたしは六造ですが……あなたさまは」

「わたしは、ホラ、本郷《ほんごう》の永野の……」

言いかけた信夫のひざを、男はポンとたたいた。

「ああそうそう、永野さまの坊《ぼ》っちゃまでしたな。そうだ。たしかに坊っちゃまですよ。お小さい時の面影《おもかげ》が、残っております。しかしりっぱに大きくなられましたなあ」

六さんは思いがけない邂逅《かいこう》に、顔を紅潮させた。

「坊っちゃま、お久しぶりでございます」

六さんは立ち上がってあらためて頭をていねいに下げた。そのとたん、汽車の動揺《どうよう》に足がよろけて三堀の肩《かた》に手をついた。

「や、これはどうもとんだご無礼をいたしました」

三堀はニヤッと笑って、頭をふった。坊っちゃまと呼ばれている信夫の育ちに、三堀はかすかな反発を覚えた。

「ところで坊っちゃま。どうしてこんなエゾなんぞにいらっしゃいました」

「友だちが札幌にいましてね」

「ほう、で、鉄道にお勤めで」

服装でそれはひと目でわかる。

「旭川に勤めています」

「へえー、旭川にねえ。本郷のお屋敷《やしき》は、それでは……」

「母と妹夫婦が住んでおりますよ」

「おかあさまが？　ああ、そうそう、ごいんきょ様が突然亡《とつぜんな》くなられてから、どうもわたしは足が遠のいてしまいまして。そうでしたな。きれいな奥《おく》さまという評判でしたなあ。しかし、なんですな。お宅のごいんきょ様は、わたしみたいな者にも、ずいぶんとご親切でしたな」

信夫は本郷の家の勝手口で、六さんといつまでも話していた祖母の姿をなつかしく思い出した。

「坊っちゃま。あれから何年になりますかなあ」

「わたしが十の時に祖母が亡くなったのですから、もうかれこれ二十年になりますね」

「ほう、二十年！　二昔《ふたむかし》も前のことになりましたかねえ。それじゃわたしの頭がはげるのも無理はありませんわ」

六さんは額をたたいた。

「いいえ、ちっとも変わっておりませんよ。ひと目みて六さんだとわかりましたから」

信夫は内心、虎雄のその後を聞きたかった。だが、あの裁判所の廊下《ろうか》で会った捕縄《ほじよう》を取られた姿が思い出されて、聞くことがはばかられた。

「うちの虎雄も、坊っちゃまに仲よく遊んでいただいたものでしたなあ」

問うより先に六さんが言った。

「お元気ですか、虎ちゃんは」

「ありがとうございます。あいつも一時は、ぐれましてねえ。家内がだらしのない奴《やつ》で、そっちに似たんでしょうかねえ。坊っちゃま、虎雄には泣かされましたよ。しかしおかげさんでね、いま札幌の小間物屋《こまものや》に勤めましてね。子供も二人おります。まあ何とかまじめにやっておりますよ」

「それはよかった。札幌にいるとはちっとも知らなかったですね」

ホッとして信夫はうなずいた。しかし、あの裁判所の廊下で顔をそむけた虎雄が、自分に素直に会いたがるだろうかと思いもした。

「ところで坊っちゃまは、お子さんは何人で？」

「いや、まだ独《ひと》り身《み》ですよ」

「ほう、まだ奥さまをおもらいにならない？」

きせるにたばこをつめる手をとめて、六さんはあらためて信夫の顔を見た。信夫は、きょう結納をいれることを思い微笑《びしょう》した。

「しかし坊っちゃま。坊っちゃまは亡くなった旦那《だんな》様によく似てまいりましたなあ。いや、ごりっぱにおなりになりました」

「おやじにですか」

母親似と思っていただけに、信夫は意外であった。

「さようでございますよ。旦那様はよくできたお方でいらっしゃいました。わたしどもにも頭が低くて、いつぞやはホラ両手をついて、わたしなんぞにあやまってくださったことがございましたな」

「そう言えば、そんなことがありましたね」

信夫は頭をかいた。そのことは、信夫もけっして忘れてはいない。物置の屋根から、なにかのことで虎雄に突き落とされた時のことだった。信夫は、虎雄に落とされたのではない、町人の子になんか突きおとされたりはしないと言って、父親に頰を力一ぱい打たれたことを覚えている。どうしてもあやまらない自分に代わって、父が、虎雄と六さんにあやまった姿を、信夫はなつかしく思い出した。

「坊っちゃま、お気を悪くなさらないでくださいよ。坊っちゃまは、きかん気のどこか鋭《するど》い子供さんでしたが、いまはすっかり円満なお顔になられましたなあ」

三堀は、またニヤリと笑って信夫を見た。車内には、ひとつしかダルマストーブが燃えていないが、凍《い》てついていた窓の氷もいつのまにかとけ、乗客たちはそれぞれなごやかに話し合っていた。

「おや？ もう和寒をとうに過ぎたんでしょうかね」

六さんは、妻が五年前に死んだこと、虎雄の短気な性格に手こずったことなどをしばらく話した後、ひょいと窓に顔を向けて言った。

汽車はいま、塩狩峠《しおかりとうげ》の頂上に近づいていた。この塩狩峠は、天塩《てしお》の国と石狩の国の国境にある大きな峠である。旭川から北へ約三十キロの地点にあった。深い山林の中をいく曲がりして越える、かなりけわしい峠で、列車はふもとの駅から後端《こうたん》にも機関車をつけ、あえぎあえぎ上るのである。

「ええ、もう頂上近いはずですよ」

「おや、この汽車はうしろに機関車がついていませんよ」

六さんは後部の方を見たまま言った。

「ああ、車両が少ないからでしょうね。しかしうしろに機関車がつかないで上るのは、珍《めずら》しいですね」

信夫は六さんにあいづちを打った。汽車はいまにもとまるかと思うほど、のろのろと峠をのぼっていく。客車が下から突き上げられるようで、すわっていてもきつい勾《こう》配《ばい》をのぼっていくのが体にじかに伝わってくる。雑木林やエゾマツ・トドマツの原始林がゆっくりとうしろに流れていく。

「いつ通っても、けわしい峠ですな」

六さんがキセルの灰をぽんと掌《てのひら》に落とした。

「そうですね。かなりの急勾配ですよ」

窓の外にカラスが一羽、低く飛び去った。

「このあたりは、なかなかひらけませんな。虎雄なんかは、札幌から出たことがないんで、一度このあたりも見せてやらなくちゃあ」

「虎ちゃんには、ぜひ会ってみたいですねえ」

汽車は大きくカーブを曲がった。ほとんど直角とも思えるカーブである。そんなカーブがここまでにすでにいくつかあった。

「ありがとうございます。坊っちゃま、虎雄がどんなに……」

六さんがこう言いかけた時だった。一瞬《いっしゅん》客車がガクンと止まったような気がした。が、次の瞬間、客車は妙《みょう》に頼《たよ》りなくゆっくりとあとずさりを始めた。体に伝わっていた機関車の振動《しんどう》がぷっつりととだえた。と見る間に、客車は加速度的に速さを増した。

いままで後方に流れていた窓の景色がぐんぐん逆に流れていく。無気味な沈黙《ちんもく》が車内をおおった。だがそれは、ほんの数秒だった。

「あっ、汽車が離《はな》れた！」

だれかが叫んだ。さっと車内を恐怖《きょうふ》が走った。

「たいへんだ！　転覆《てんぷく》するぞ――！」

その声が、谷底へでも落ちていくような恐怖を誘った。だれもが総立ちになって椅子にしがみついた。声もなく恐怖にゆがんだ顔があるだけだった。

「ナムマイダ、ナムマイダ……」

六さんが目をしっかりとつむって、念仏をとなえた。信夫は事態の重大さを知って、ただちに祈った。どんなことがあっても乗客を救い出さなければならない。いかにすべきか。信夫は息づまる思いで祈った。その時、デッキにハンドブレーキのあることがひらめいた。信夫はさっと立ち上がった。

「皆さん、落ちついてください。汽車はすぐに止まります」

壇上で鍛《きた》えた声が、車内に凛《りん》とひびいた。

「三堀君、お客さんを頼む」

興奮で目だけが異様に光っている乗客たちは、食いつくように信夫のほうを見た。

だがすでに信夫の姿はドアの外であった。

信夫は飛びつくようにデッキのハンドブレーキに手をかけた。信夫は氷のように冷たいハンドブレーキのハンドルを、力いっぱい回し始めた。

ハンドブレーキは、当時の客車のデッキごとについていた。デッキの床《ゆか》に垂直に立った自動車のハンドルのようなものだった。

信夫は一刻も早く客車を止めようと必死だった。両側に迫《せま》る樹々《きぎ》が飛ぶように過ぎ去るのも、信夫の目にははいらなかった。

次第《しだい》に速度がゆるんだ。信夫はさらに全身の力をこめてハンドルを回した。わずか一分とたたぬその作業が、信夫にはひどく長い時間に思われた。額から汗《あせ》がしたたった。かなり速度がゆるんだ。

信夫はホッと大きく息をついた。もう一息だと思った。だが、どうしたことか、ブレーキはそれ以上はなかなかきかなかった。信夫は焦燥《しょうそう》を感じた。信夫は事務系であった。ハンドブレーキの操作を詳《くわ》しくは知らない。操作の誤りか、ブレーキの故障か、信夫には判断がつかなかった。とにかく車は完全に停止させなければならない。いま見た女子供たちのおびえた表情が、信夫の胸をよぎった。このままでは再び暴走するにちがいない。と思った時、信夫は前方約五十メートルに急勾配のカーブを見た。

信夫はこん身の力をふるってハンドルを回した。だが、なんとしてもそれ以上客車の速度は落ちなかった。みるみるカーブが信夫に迫ってくる。再び暴走すれば、転覆は必至だ。次々に急勾配カーブがいくつも待っている。たったいまのこの速度なら、自分の体でこの車両をとめることができると、信夫はとっさに判断した。一瞬、ふじ子、菊、待子の顔が大きく目に浮かんだ。それをふり払《はら》うように、信夫は目をつむった。と、次の瞬間、信夫の手はハンドブレーキから離れ、その体は線路を目がけて飛びおりていた。

客車は無気味にきしんで、信夫の上に乗り上げ、遂《つい》に完全に停止した。

吉川は、午後から仕事を休もうと思っていた。きょうは、長い間待っていたふじ子の結納の日である。吉川はつい頬のゆるむのをこらえることができなかった。

「おい、吉川。思い出し笑いは高いぞ」

同僚《どうりょう》にからかわれるほど、吉川はいく度か信夫とふじ子のことを思って微笑《びしょう》した。夕方には、信夫と仲人《なこうど》の和倉夫妻が札幌に着くはずである。吉川はふじ子と共に駅まで迎《むか》えに出る約束《やくそく》になっている。

吉川のいまの仕事は小荷物係だ。吉川が客の荷物を受け付けている所に、運輸事務所の山口という友人が駆けこんで来た。山口は、鉄道キリスト教青年会の会員である。

「吉川さん！　たいへんだ」

「なんだい、弁当でも忘れて来たのか」

吉川は冗談《じょうだん》を言った。

「吉川さん。驚《おどろ》くなよ。いいか、驚くなよ」

「何だい」

客から受け取った小荷物をぶら下げたまま、吉川は眉《まゆ》をひそめた。山口の顔が真っ青だった。

「あのね、永野さんが……永野さんが……」

山口の声が涙《なみだ》で消えた。

「何！　永野がどうしたって？」

「死んだ」

「死んだ⁉」

吉川がどなるように聞き返した。山口は吉川の肩にしがみついて泣いた。山口は、他の青年会の会員たちと同様に、心から信夫を慕《した》っていた。

「そんな馬鹿《ばか》な！」

きょうは信夫とふじ子の結納の日ではないか、死んでたまるかと吉川は思った。

「何かのまちがいじゃないのか」

山口は力なく頭を横にふった。

「まちがいじゃありません。旭川から電話が来たんです。事務所に行って聞いてください」

吉川は、持っていた小荷物を床《ゆか》にほうり投げると、運輸事務所の方に走り出した。途中《とちゆう》でだれかに突《つ》き当たった。しかし、吉川はそれにも気づかなかった。

事務所に一歩はいると、吉川はひと目で信夫の死を知った。机に向かっている者は一人もいない。あっちに一かたまり、こっちに一かたまり、だれもが興奮していた。号泣《ごうきゆう》している者もある。吉川の顔を見て、三、四人走って来た。

「永野さんが……」

「どうしたんだ!?」

「犠牲《ぎせい》の死です」

若い青年が叫んだ。そこで吉川は、人々から事件のあらましをきかされた。吉川は呆然《ぼうぜん》とした。線路の上に飛びおりた信夫の姿が鮮《あざ》やかに目に浮かんだ。純白の雪に飛び散った信夫の鮮血《せんけつ》を、吉川は見たような気がした。信夫にふさわしい死に方のような気がした。とうの昔に、こんな死を、吉川は知っていたような気がした。激《はげ》しい衝《しょう》撃《げき》と共に、心のどこかに、揺《ゆ》らがないひとところがあった。全身をゆさぶられるような衝撃のはずなのに、心のひとところだけは、きわめて静かだった。それは、信夫を知っている吉川の友情であったかもしれない。

「旭川に行かせてください」

「ぼくも行きます」

「いや、ぼくが行きます」

運輸主任を囲んで、興奮した青年たちが哀願《あいがん》していた。その中をかきわけるように、吉川は運輸主任の前に立った。

「主任さん、永野は、ふだんいつも内ポケットに遺言《ゆいごん》を持っていたはずです。すぐ調べるように連絡《れんらく》してください」

「ああ、そうだってね。遺言のことも聞いたよ。永野君の血が、ベッタリと滲《にじ》んでいたそうだ」

吉川は黙《だま》って頭を下げ、ボンヤリと運輸事務所を出た。ふじ子のことを思うと、吉川は文字どおり腹わたを断たれる思いだった。上司に事情を告げ、信夫の葬式《そうしき》まで休《きゅう》暇《か》をもらって、吉川は家に向かった。どこをどう歩いて帰ったか、自分にもわからなかった。

「あら、お帰んなさい、おにいさん。どうしたの？　とても顔色が悪いわ」

ふじ子は、心配そうに吉川を見た。

「うん、頭が少し痛いんだ」

「あら、おねえさん。おにいさんが頭が痛いんだって」

ふじ子は、台所の方に向かって嫂《あによめ》を呼んだ。

「いやねえ、せっかくお祝いの日だっていうのに」

障子の向こうで、明るい声だけが返って来た。

「修が頭が痛いって。へその緒《お》を切って以来の話だね。風邪《かぜ》でもひいたんじゃないの」

今夜の祝いの仕度《したく》にいそがしい吉川の母も、吉川の妻も、台所から声をかけただけであった。

「おふとん敷《し》いてあげましょうか」

ストーブのそばに、どっかとあぐらをかいた吉川の顔を、ふじ子がのぞきこんだ。

「いいよ」

吉川は、せめて昼食が終わるまで、信夫の死を知らせるまいと心に決めた。信夫の死を聞いたならば、あといく日も食事をとらなくなることだろう。せめてこの昼だけでも、しあわせな食事をさせてやりたいと、吉川は思った。

「あのね、おにいさん。きょうね、とっても変なことがあったのよ。屋根の上に、大きな石でも落ちたみたいに、ドカーンって、それはたいへんな音がしたの」

「それは何時ごろだ？」

吉川は、うつむいたままつぶやくように低い声で聞いた。ここで驚いてはならないと、自分の首の根を、自分自身でおさえつけるように、吉川は自分のあぐらの中に目を落としていた。

「おかあさん、さっきの変な音、何時ごろだったかしら？」

「さあ、十時ごろだったかしらね、文明開化の世になると、いつどこに大砲《たいほう》が落ちるかわかりゃしない」

くったくのない声だった。

昼食が始まった。

「永野さんたちは、旭川を出たころかねえ、修」

吉川は黙って、飯を口に運んだ。何の味もなかった。

「お前、ほんとうに工合《ぐあい》が悪そうだねえ」

吉川の母は、初めて心配そうに言った。

「うん」

「今夜はおめでたいんですからね。元気を出してくださいよ」

吉川は、耐《た》えかねてガラリと箸《はし》を落とした。

ハッとして、ふじ子も母も、吉川の妻も彼を見た。

「どうしたの、あなた？　工合が悪いの」

吉川の妻は、手を伸《の》ばして吉川の額に手をあてた。

「少し疲《つか》れたんじゃないのかい、修」

「おにいさん、おやすみになったら？」

母とふじ子が、口々に言って心配そうに吉川の顔をのぞきこんだ。うつむいている吉川の肩がふるえた。これ以上黙っていることはできなかった。

「ふじ子！　おかあさん！」

思い切ったように吉川は顔を上げた。

「実は二時の汽車で、旭川に行って来ようと思うんだ」

どう切り出してよいか吉川にはわからなかった。

「旭川に？　いったい、どうしたの」

母は不安そうに吉川を見、ふじ子を見た。

「おにいさん、あの……もしかしたら永野さんが……結納のことで……」

ふじ子は言いよどんだ。

「まさか、永野さんがいまになって、ふじ子をいやだなんて言い出すわけはありませんよ」

吉川の母は、ふじ子を慰《なぐさ》めるように言った。下唇《したくちびる》をかんだ吉川の顔が歪《ゆが》んだ。

「実はね……実は……」

何としても次の言葉が出なかった。

「どうしたというの、修」

「うん、実はきょう、塩狩峠でね、鉄道事故があったんだよ。一番うしろの汽車が離れて、あの峠を暴走したんだ」

「まあ、じゃ転覆でもしたの。永野さんがそれに乗っていたの」

母親はたたみかけた。

「客はね、全員助かったんだよ。永野が助けたんだ」

「助けるって、どうやって？　おにいさん」

「うん、永野はね……。永野はね……。ふじ子、永野は自分が汽車の下敷《したじ》きになって、汽車をとめたんだ。そして乗客全部の命を助けたんだ」

吉川は、ふじ子の顔を見ることができなかった。

「じゃ、修！　永野さんは亡《な》くなったの!?」

叫んだのは母親だった。

「うん、死んだ。ふじ子、永野は立派に死んだんだよ。立派になあ」

ふじ子は、唇まで蒼白《そうはく》だった。驚愕《きょうがく》が極《きわ》まって、能面のように無表情だった。

「ふじ子！」

「ふじ子さん！」

母親と吉川の妻が、ワッと泣き伏《ふ》した。吉川は恐《おそ》る恐るふじ子を見た。呆然と、うつろに目を見ひらいているふじ子に、吉川は叫んだ。

「ふじ子！　しっかりするんだ」

ふじ子はまばたきもしなかった。


夕刻まで、ふじ子は同じ場所に凝然《ぎょうぜん》とすわっていた。ふじ子の一切の機能が全く停止したようであった。驚くことも悲しむことも、ふじ子にはできなかった。吉川は、きょう旭川に行くことを取りやめた。文字どおり魂《たましい》のぬけがらのようになっているふじ子のそばに、吉川は付き添《そ》っていた。

話しかけても、肩をゆすぶっても、ふじ子は何の反応も示さない。吉川は内心、ふじ子が信仰《しんこう》を持っていることにいくらか安心していた。一時は悲しんでも、信仰はふじ子を支えるだろうと思っていた。

だが、吉川は不安になって来た。ふじ子は悲しみもせず、泣きもしない。

(気が狂《くる》ったのか!)

いく度かそう思いながら、吉川は大きな拳《こぶし》で涙をぐいと拭《ぬぐ》った。

夕方になって、ふじ子がふらふらと立ち上がった。

「どこへ行くんだ、ふじ子」

ふじ子は黙って、角巻《かくまき》を着た。

「どこへ行くんだ?」

「駅まで」

かすかな声だった。吉川と母たちは顔を見合わせた。完全に気が狂ったと思った。

「ふじ子! 駅まで何しに行くの」

涙で真っ赤にはれあがった瞼《まぶた》を、吉川の母はふじ子に向けた。

「永野さんをお迎えに」

ふじ子は障子をあけて、影《かげ》のように玄関《げんかん》に出た。

「ふじ子、おれも行く」

吉川は外套《がいとう》をひっかけてふじ子につづいた。もう暮《く》れ始めている街を、吉川はふじ子を抱《かか》えるようにして歩いて行った。僅《わず》か四、五町程《ほど》の駅までの道が、吉川にはひどく遠い道に思われた。

ふじ子は駅につくと、改札口《かいさつぐち》によりかかって、ぼんやりと立った。やがて汽車が、定刻どおりにプラットホームに入って来た。定時に汽車が着いた事実にも、吉川の胸は張り裂《さ》ける思いだった。

両手に荷物を持った男、丸髷《まるまげ》の女、どじょうひげの官員、紫《むらさき》の袴《はかま》をはいた女学生、ぞろぞろと汽車をおりてくる一人一人に目をやりながら、吉川の顔がくしゃくしゃに歪《ゆが》んだ。当然、永野信夫もこの人たちにまじって、改札口に近づいてくるはずだった。あのいつもの、にこやかな笑顔《えがお》を見せて、「よう、ごくろうさん」と声をかけて近よってくるはずだった。そして、初めて信夫を駅に迎えるふじ子に、やさしい言葉をかけてくれるはずだった。しかも一時間後には、めでたく結納の祝宴《しゅくえん》が張られるはずではなかったか。吉川は涙を流すまいとして、目を大きくひらきながらふじ子を見た。

ふじ子は、熱心に伸び上がるように、改札口に近づいてくる一人一人を見つめている。

ふじ子は、信夫の死を信ずることができなかった。約束どおりこの汽車で、信夫が来るにきまっている。えんじの角巻を着て、迎えに出ると約束した以上、自分は改札口で信夫を待っていなければならないと、ふじ子は思った。だがどの顔も、信夫の顔ではなかった。最後の一人も改札口を出て行った。

と、その時だった。ふじ子は、汽車から信夫がおりてくるのを見た。ハッキリと見た。いつものやさしい笑顔をふじ子はハッキリと見た。

「あ、信夫さん」

ふじ子はニッコリと笑って手を上げた。だが、信夫の姿はたちまちかき消すように見えなくなった。次の瞬間、ふじ子は崩《くず》れるように吉川の腕《うで》の中に気を失った。

ふじ子と吉川は、塩狩峠の信号所で、汽車からおろしてもらった。

「ポーッ」

汽車は二人に別れを告げるように、大きく汽笛《きてき》を鳴らして信号所を離れた。汽車の黒い煙が、落ち葉の匂《にお》う雑木林に消えるまで、二人はおり立った所に立ちつくしていた。

五月二十八日、信夫が逝《い》った二月二十八日から、ちょうど三カ月たったきょうである。

信夫の死は、鉄道員たちは勿論《もちろん》、一般《いっぱん》の人たちにも激《はげ》しい衝撃を与《あた》えた。ふろ屋に床屋《とこや》に、信夫のうわさは賑《にぎ》わい、感動は感動を呼んだ。

「ヤソは邪教《じゃきょう》だと思っていたが、あんな立派な死に方をする人もあるんだなあ。ヤソも悪い宗教とは言えんなあ」

そう人々は語り合った。キリスト信者になれば、勘当《かんどう》もされかねない時代である。だが信夫の死は、その蒙《もう》を切りひらいた。そればかりではなく、旭川・札幌を中心とする鉄道員たちは、一挙に何十名もキリスト教に入信した。その中にあの三堀峰吉もあった。

三堀は、信夫の死を目《ま》のあたり見たのだった。客車が暴走し、誰《だれ》もが色を失い、三堀もまた夢中《むちゅう》で椅子《いす》の背にしがみついた。しがみつきながら、ひょいと見た三堀の目に、静かに祈《いの》る信夫の姿があった。それはほんの二、三秒に過ぎなかったかも知れない。しかしその姿は、実に鮮《あざ》やかに三堀の脳裡《のうり》に焼きつけられた。つづいて凛然《りんぜん》と、いささかの乱れもなく乗客を慰撫《いぶ》した声。必死にハンドブレーキを廻《まわ》していた姿。つとふり返って、三堀にうなずいたかと思うと、アッという間もなく線路めがけて飛びおりて行った姿。そのひとつひとつを、客車のドア口にいた三堀は、ハッキリと目撃《もくげき》したのだった。

人々は、汽車が完全にとまったことが信じられなかった。恐怖《きようふ》から覚めやらぬ面持《おもも》ちのまま、誰もが呆然としていた。

「とまったぞ、助かったぞ」

誰かが叫んだ時、不意に泣き出す女がいた。つづいて誰かが信夫のことを告げた時、乗客たちは一瞬沈黙し、やがてざわめいた。ざわめきはたちまち大きくなった。バラバラと、男たちは高いデッキから深い雪の上に飛びおりた。真っ白な雪の上に、鮮血が飛び散り、信夫の体は血にまみれていた。客たちは信夫の姿にとりすがって泣いた。笑っているような死に顔だった。

三堀は、死の直前まで信夫を嘲笑《ちようしよう》し、信夫に反発していた自分が責められてならなかった。この信夫の死が、三堀を全く一変させた。

葬儀《そうぎ》は三月二日、旭川の教会においてとり行われた。会衆は会堂の外にまで溢《あふ》れ、その中には信夫を慕って泣く日曜学校の生徒の可憐《かれん》な姿もあった。司会者が信夫の遺言状を読みあげた。その遺書は、入信以来新年毎《ごと》に書きあらため、信夫が肌身《はだみ》離さず持っていた遺言状であった。血糊《ちのり》がべっとりとついていたありさまを司会者は語った後、その遺言状は読みあげられた。

遺言

一、余は感謝して凡《すべ》てを神に捧《ささ》ぐ。

一、余が大罪は、イエス君に贖《あがな》はれたり。諸兄姉よ、余の罪の大小となく凡てを免《ゆる》されんことを。余は、諸兄姉が余の永眠《えいみん》によりて天父に近づき、感謝の真義を味ははれんことを祈る。

一、母や親族を待たずして、二十四時間を経ば葬《ほうむ》られたし。

一、吾家《わがや》の歴史（日記帳）その他余が筆記せしもの及《および》信書（葉書共）は之《これ》を焼棄《しょうき》のこと。

一、火葬となし可及的虚礼《きょれい》の儀《ぎ》を廃《はい》し、之《これ》に対する時間と費用とは最も経済的たるを要す。湯灌《ゆかん》の如《ごと》き無益なり、廃すべし。履歴《りれき》の朗読、儀式的所感の如き之を廃すること。

一、苦楽生死、均《ひと》しく感謝。

余が永眠せし時は、恐縮ながらここに認《したた》めある通り宜《よろ》しく願上候《ねがいあげそうろう》　頓首《とんしゅ》

永　野　信　夫

愛兄姉各位

遺言状が読みあげられると、全会衆のすすり泣く声が会堂に満ちた。

柩《ひつぎ》が会堂を出た時、人々はそれを担《にな》おうとして吾《われ》先にと駆けよった。郊外《こうがい》の墓地まで担って行こうというのである。その中に父を助けられた虎雄の姿があった。三堀も、吉川もその一部をかついでいた。大勢が担っているので、柩は軽かったが、その死は心にめりこむように重かった。

一カ月後に、信夫の遺言状と写真が、鉄道キリスト教青年会から絵葉書となって関係知人に配られ、更《さら》に多大の感銘を与えた。

吉川は三堀が言った言葉を思い出した。

「ぼくの見た永野さんの犠牲の死は、遺言状よりも何よりも、ぼくにとってずっと大きな遺言ですよ」

その後の三堀の人格の一変が、それを如実《にょじつ》に物語っている。

和倉礼之助は、それまで聖書を手にとったこともなかったが、信夫を愛することにおいて人後に落ちなかった。彼《かれ》は信夫の死後一カ月というもの、毎朝一里余の道を信夫の墓地まで日参した。和倉は、息子にでも死なれたかのように、ゲッソリと痩《や》せた。

だが近頃《ちかごろ》は、聖書を読み始めたということを、吉川は聞いた。

「これからは、ふじ子さんに時々聖書の勉強を習いに行きますよ」

この間、四十九日の席で会った時、和倉は痩せた自分の頬《ほお》をなでてそう言った。

塩狩峠はいま、若葉の清々《すがすが》しい季節だった。両側の原始林が、線路に迫《せま》るように盛り上がっている。タンポポがあたり一面に咲《さ》きむれている。汗ばむほどの日ざしの下に、吉川とふじ子は、遠くつづく線路の上に立って彼方《かなた》をじっと眺《なが》めた。かなりの急勾配《こうばい》だ。ここを離脱《りだつ》した客車が暴走したのかと、いく度も聞いた当時の状況《じょうきょう》を思いながら吉川は言った。

「ふじ子、大丈夫《だいじょうぶ》か。事故現場までは相当あるよ」

ふじ子はかすかに笑って、しっかりとうなずいた。その胸に、真っ白な雪柳《ゆきやなぎ》の花束《はなたば》を抱《だ》きかかえている。ふじ子の病室の窓から眺めて、信夫がいく度か言ったことがある。

「雪柳って、ふじ子さんみたいだ。清らかで、明るくて」

そのふじ子の庭の雪柳だった。

ふじ子はひと足ひと足線路を歩き始めた。どこかで藪《やぶ》うぐいすがとぎれて啼《な》いた。ふじ最初信夫の死を聞いた時、ふじ子は驚きのあまり、自失した者のようになった。ふじ子は改札口で、たしかに信夫を見たと思った。信夫はふじ子にとって、単なる死んだ存在ではなかった。失神から覚めた時、ふじ子は自分でもふしぎなくらい、いつもの自分に戻《もど》っていた。大きな石が落ちたようなあの屋根の音は、まさしく信夫の死んだ時刻に起きたふしぎな音だった。改札口で見た信夫と言い、あの大きな音と言い、やはりふじ子は、信夫が自分のもとに戻って来たとしか思えなかった。そして、そう思うことで、ふじ子は深く慰《なぐさ》められた。

ふじ子は、ふだん信夫が語っていた言葉を思った。

「ふじ子さん、薪《まき》は一本より二本のほうがよく燃えるでしょう。ぼくたちも、信仰の火を燃やすために一緒《いっしょ》になるんですよ」

「ぼくは毎日を神と人のために生きたいと思う。いつまでも生きたいのは無論だが、いついかなる瞬間に命を召《め》されても、喜んで死んでいけるようになりたいと思いますね」

「神のなさることは、常にその人に最もよいことなのですよ」

いまふじ子は、思い出す言葉のひとつひとつが、大きな重みを持って胸に迫るのを、あらためて感じた。それは信夫の命そのままの重さであった。

ふじ子は立ちどまった。このレールの上をずるずると客車が逆に走り始めた時、この地点に彼はまだ生きていたのだと思った。そう思うと言いようのない気持ちだった。だが彼は、自分の命と引き代えに多くの命を救ったのだ。単に肉体のみならず、多くの魂をも救ったのだ。いま、旭川・札幌において、信仰ののろしが赤々とあがり、教会に緊張《きんちょう》の気がみなぎっている。自分もまた信仰を強められ、新たにされたとふじ子は思った。ふじ子の佇《たたず》んでいる線路の傍《かたわら》に、澄《す》んだ水が五月の陽《ひ》に光り、うす紫のかたくりの花が、少し向こうの木陰《こかげ》に咲きむれている。

ふじ子はそっと、帯の間に大切に持って来た菊の手紙に手をふれた。信夫の母菊は、本郷《ほんごう》の家をたたんで、大阪の待子の家に去った。大阪は菊のふるさとでもある。

「ふじ子さん。

お手紙を拝見いたしまして、たいそう安心をいたしました。あなたが、信夫の生きたかったように、信夫の命を受けついで生きるとおっしゃったお言葉を、ありがたくありがたく感謝いたします。信夫は幼い時からキリスト教が嫌《きら》いでございました。東京を出る時も、まだキリストのことを知りませんでした。これはすべて、わたくしの不徳のいたすところでございます。ふじ子さんの純真な信仰と真実が、信夫を願いにまさる立派な信者に育ててくださったのです。

ふじ子さん、信夫の死は母親として悲しゅうございます。けれどもまた、こんなにうれしいことはございません。この世の人は、やがて、誰も彼も死んで参ります。しかしその多くの死の中で、信夫の死ほど祝福された死は、少ないのではないでしょうか。ふじ子さん、このように信夫を導いてくださった神さまに、心から感謝いたしましょうね……」

暗記するほど読んだこの手紙を、ふじ子は信夫の逝《い》った地点で読みたいと思って、持って来たのだった。

郭公《かっこう》の啼く声が近くでした。郭公が低く飛んで枝《えだ》を移った。再びふじ子は歩き出した。いたどりのまだ柔《やわ》らかい葉が、風にかすかに揺《ゆ》れている。

(信夫さん、わたしは一生、信夫さんの妻です)

ふじ子は、自分が信夫の妻であることが誇《ほこ》らしかった。

吉川は、五十メートル程先を行くふじ子の後から、ゆっくりとついて行った。

(かわいそうな奴《やつ》)

不具に生まれ、その上長い間闘病《とうびょう》し、奇跡的《きせきてき》にその病気に打ち克《か》ち、結婚が決まった喜びも束《つか》の間、結納が入る当日に信夫を失ってしまったのだ。

(何というむごい運命だろう)

だが、そうは思いながらも、吉川はふじ子が、自分よりずっとほんとうのしあわせをつかんだ人間のようにも思われた。

「一粒《つぶ》の麦、地に落ちて死なずば、唯《ただ》一つにて在《あ》らん」

その聖書の言葉が、吉川の胸に浮かんだ。

ふじ子が立ちどまると、吉川も立ちどまった。立ちどまって何を考えているのだろう。吉川はそう思う。ふじ子がまた歩き始めた。歩く度《たび》に足を引き、肩《かた》が上がり下がりする。その肩の陰から、雪柳の白が輝《かがや》くように見えかくれした。

やがて向こうに、大きなカーブが見えた。その手前に、白木《しらき》の柱が立っている。大方受難現場の標《しるべ》であろう。ふじ子が立ちどまり、雪柳の白い束を線路の上におくのが見えた。が、次の瞬間、ふじ子がガバと線路に打ち伏《ふ》した。吉川は思わず立ちどまった。吉川の目に、ふじ子の姿と雪柳の白が、涙《なみだ》でうるんでひとつになった。と、胸を突《つ》き刺《さ》すようなふじ子の泣き声が吉川の耳を打った。

塩狩峠は、雲ひとつない明るいまひるだった。

あとがき

昭和十四年、わたしたちの旭川《あさひかわ》六条教会月報に、当時の小川牧師はこう書いている。

「いまを去ること満三十年前、明治四十二年二月二十八日は、私共の忘れることのできぬ日であります。即《すなわ》ちキリストの忠僕《ちゆうぼく》長野政雄兄が、鉄道職員として、信仰《しんこう》を職務実行の上に現し、人命救助のため殉職《じゆんしよく》の死を遂《と》げられた日であります」

死後三十年と言えば、普通《ふつう》近親の者にも忘れ去られる年月ではないだろうか。長野政雄氏の死は、いかに後々まで多くの人に大きな感銘《かんめい》を与《あた》えたことであろう。

他教会から六条教会に転じたわたしが長野政雄氏のことを知ったのは、昭和三十九年七月初めのことであった。同じ旭川六条教会の、現在八十九歳《さい》になられる藤原栄吉氏宅を訪問した際、氏はわたしに信仰の手記を見せてくださった。その中に、若き日の藤原氏を信仰に導いた長野政雄氏の生涯《しようがい》が書かれてあった。わたしは長野政雄氏の信仰のすばらしさに、叩《たた》きのめされたような気がした。深く激《はげ》しい感動であった。

「そうか、こんな信仰の先輩《せんぱい》が、わたしたちの教会に、現実に生きておられたのか」

わたしは、それ以来毎日長野政雄氏のことを思いつづけた。そして、小説の構想を考え、氏に関する資料を調べてみた。残念ながら資料は少なかった。氏の遺言《ゆいごん》により、その手紙や日記帳は一切焼却《しょうきゃく》されたということだったし、血縁《けつえん》の人の行方《ゆくえ》もわからなかった。ただ僅《わず》かに、氏の死後発行された「故長野政雄君の略伝」という小冊子、氏の写真と、遺言の載《の》っている記念の絵葉書が二枚、そして旭川六条教会史の氏に関する短い記録、及《およ》び追悼《ついとう》の言葉に過ぎなかった。

わたしの書いた「塩狩峠《しおかりとうげ》」の主人公永野信夫は、いうまでもなく小説の中の永野信夫であって、実在した長野政雄氏その人そのままではない。実在の長野政雄氏のほうが、はるかに信仰厚く、且《か》つ立派な人であった。わたしはさらに、長野氏の人柄《ひとがら》やエピソードを、先に述べた資料の中から少しく紹介《しょうかい》して後記に代えようと思う。なぜなら長野政雄氏は、永野信夫の原型であるからである。

長野政雄氏は実に質素な人であった。

「庶務《しょむ》主任と言えば、相当の地位であったが、いつもみすぼらしい風態《ふうてい》をしておられた」

と、同じ下宿だったある信者が述懐《じゅつかい》しているとおり、洋服などもほとんど新調しなかったらしい。また非常に粗食《そしょく》で、弁当のお菜なども、大豆《だいず》の煮《に》たものを壺《つぼ》の中に入れておき、一週間でも十日でもその大豆ばかり食べていたという。というと、甚《はなは》だ吝嗇《りんしょく》に思われるかも知れないが、決してそうではなかった。氏は国元の母に生活費を送り、その外に教会には常に多額の献金《けんきん》をしていた。その献金額は、裕福《ゆうふく》な実業家信者よりも多かったときく。日露《にちろ》戦争の功により、金六十円を下賜《かし》された時、氏はこれをそっくりそのまま旭川キリスト教青年会の基本金に献じた。当時の六十円と言えば、いまのどれほどにあたるか、氏は決して金を惜《お》しんで質素だったのではない。

長野政雄氏の信仰に熱心だったことは、その教会の各集会のすべてに出席したという一事でもわかる。しかもその集会の往復には、計画的にその道を考え、必ず人々を教会に誘《さそ》ったとのことである。また、しばしば自費で各地に伝道し、鉄道キリスト教青年会を組織した。その話は火のように激しかったと伝えられる。

しかし氏は、教会にだけ熱心であったのではない。職場においても、氏はまことに優秀な職員であった。氏の在職中、運輸事務所長は幾度《いくど》か代わったが何《い》れの所長にも、得難《がた》い人物として深く信頼《しんらい》された。

「ある所長の如《ごと》きは、後任の所長に『旭川には長野といふクリスチャンの庶務主任あり。これに一任せば、余事顧慮《こりょ》するを要せず』とさへ言ひぬと伝へられたり」

と、略伝の中に記されているのを見ても、その一端《いったん》がうかがえる。

但《ただ》し、単に上司にうけがよいというだけの人ではなかった。どんなに多忙《たぼう》でも、午後五時になれば部下を全部帰し、その残した仕事を深夜に至るまでも処理して怠《おこた》らなかったという。何しろ現代とちがい、超勤《ちょうきん》手当など一銭も出なかった時代である。しかもそれが、ほとんど毎晩のことだったというから、これだけでも部下を心服させずにはおかなかったのであろう。

氏はまた極《きわ》めて温容の人であった。小説の中にも引用したが、略伝の言葉を再び引用しておこう。

「其《そ》の立ちて道を説くや猛烈《もうれつ》熱誠、面色蒼白《そうはく》なるに朱《しゅ》を注ぎ、五尺の痩軀《そうく》より天来の響《ひび》きを伝へぬ。然《しか》るに壇《だん》をくだれば、靄然《あいぜん》たる温容うたた敬慕《けいぼ》に耐《た》へざらしむ」

この長野政雄氏は、いかなる部下をもよく使いこなした。どこの職場にも、いわゆる余され者といわれる怠惰《たいだ》な、あるいは粗暴《そぼう》な者がいるものだが、長野政雄氏の所には、これら問題のある職員がいつも回されて来た。氏の所に送れば、すべて解決できるという定評になっていたためであった。氏の配下になると、その余され者たちはたちまちよく働くようになったというから、氏は確かに稀《まれ》にみる人格の持ち主であったにちがいない。

特に次のエピソードは、わたしの心を強く打った。これは氏が札幌《さっぽろ》に勤務中の時の話である。

職場にAという酒乱の同僚《どうりょう》があった。彼は、同僚や上司からは無論のこと、親兄弟さえからも、甚《はなは》だしく忌《い》み嫌《きら》われていた。Aは益々《ますます》酒を飲み、遂《つい》には発狂《はっきょう》するに至った。当然職を退かざるを得ない。Aの親兄弟は病気の彼《かれ》を見捨てた。ところが一人長野政雄氏は、親兄弟も顧《かえり》みない狂人のAを、勤務の傍《かたわ》ら真心こめて看護し、彼に尽《つ》くしてやまなかった。飲めばからみ、乱暴を働くだけのAを、氏は決して見捨てなかった。しかも遂に全治するまで看護しつづけたのである。

全治するやいなや、長野氏は上司に対してAの復職を懇願《こんがん》した。これは小説の中の三堀の場合よりも、(この三堀の一件も、長野氏の体験をもとにして書いた)はるかに困難なことであったろう。しかし長野氏のふだんがふだんである。上司も氏の人格と熱誠に打たれ、遂にこれを聞きいれ、その復職を認めた。氏は直ちに苗穂《なえぼ》村に一軒《けん》の家を借り受け、Aと共に自炊《じすい》生活を営み、その指導援助をつづけ、遂に全くAを立ち直らせたのである。略伝にはこれについて次のように書いてある。

「ともかく、子供よりも導くに困難なる友を、一身に引受けて教導訓育せるの美挙に至っては、天父の愛を実行せる者にして、はじめて可能なるところにして、情に激《げき》して一時を救済する者などの到底《とうてい》なし得ざるところなり。ああ君は、かくの如くにして実行的信仰の階段を歩一歩昇り得て、遂に純金の生涯に達せられたるなり」

また、六条教会員の山内氏は語っている。

「君は愛の権化《ごんげ》と言ひて可なり」と。

純金の生涯、愛の権化とまで、当時の友人たちが書き記さずにはいられなかった長野氏の日常生活は、実に想像に余りある。

氏はまた甚だ勇気の人でもあった。北海道の伝道に尽くされた宣教師ピアソン先生が、スパイの嫌疑《けんぎ》を受けたことがあった。日露戦争前後の頃《ころ》のことである。たちまち人々の反感と憎悪《ぞうお》を買い、小学生までがピアソン先生の家に投石するという事態におちいった。

長野氏はこれを深く憂《うれ》い、直ちに新聞に投書してピアソン先生の人格と使命を訴《うった》え、また警察に自ら出頭して誤解を解くために努め、奔走《ほんそう》した。それが当時、いかに勇気のいることであったかは想像に難くない。

この長野政雄氏が、塩狩峠において犠牲《ぎせい》の死を遂げたのである。鉄道、教会等の関係者はもちろんのこと、一般《いっぱん》町民も氏の最後に心打たれ、感動してやまなかった。氏の殉職直後、旭川・札幌に信仰の一大のろしが上がり、何十人もの人々が洗礼を受けた。藤原栄吉氏なども、感動のあまり、七十円の貯金を全部日曜学校のために捧《ささ》げたという。

きょうもまた、塩狩峠を汽車は上り下りしていることであろう。氏の犠牲の死を遂げた場所を、人々は何も知らずに、旅を楽しんでいることだろう。だが、この「塩狩峠」の読者は、どうかあの峠を越《こ》える時、キリストの僕《しもべ》として忠実に生き、忠実に死んだ長野政雄氏を偲《しの》んでいただきたい。そして、氏が新年毎《ごと》に書き改めては、肌身《はだみ》離《はな》さず持っていた遺言の、

「余は諸兄姉が、余の永眠《えいみん》によりて、天父（神）に近づき、感謝の真義を味ははれんことを祈《いの》る」

という一条を心をひそめて思い出していただきたい。

最後に、この小説を書くために何かと御配慮《はいりょ》くださった藤原栄吉氏、草地カツ姉、祈りをもって励《はげ》ましてくださった教会内外の諸兄姉、一年半にわたる小説連載《れんさい》中、数々のご協力をいただいた「信徒の友」編集部の方々、挿絵《さしえ》を描いてくださった中西清治兄、単行本発刊のために、ひとかたならぬお心くばりをいただいた新潮社の桜井信夫氏にあらためて厚く御礼を申しあげたい。

（一九六八年九月）

補遺

「塩狩峠」を出版した後、ある人から疑問が寄せられた。それは、長野政雄氏の死は、ハンドブレーキの操作の誤りによる過失死であって、自らその命を投げ出したのとは違《ちが》うのではないか、作者は殊更《ことさら》に事実を美化したのではないか、という疑問であった。

長野政雄氏の死には、幾通りかの説があったようだ。一つは自殺説。これは彼が遺言をその内ポケットに秘めてあったということによる憶測《おくそく》から出たものらしい。つまり長野氏が、クリスチャンとして、いつでも神と人とのために死ぬ心構えを持っていたということが、一般の人には理解され難かったために出た説であろう。

二つにはハンドブレーキ操作ミスの過失死説である。この説を取った背景には、少々複雑なものが考えられる。調べたところによれば、当時官権力の強い時代にあって、連結器の不備を他から衝《つ》かれることを避《さ》けようと謀《はか》らったふしがある。これは私が、直接長野氏の部下藤原栄吉氏から聞かされたことでもあった。

第三の説は、私が小説に書いたとおり覚悟《かくご》の上の犠牲説である。私はいたずらに事実を美化しようとしたのではなく、当時をよく知っていた藤原氏に、幾度も念を入れて尋《たず》ねた結果を描いたまでである。藤原氏は、長野氏が線路に飛びこむ寸前、うしろを振り向きうなずいて別れの合図をしたのを目撃《もくげき》した者があったと語った。これは正に覚悟の死を意味していると私は受けとったのである。

さて、次に藤原栄吉氏が書かれた「旭川六条教会六十五年史」（一九六六年発行）の文章の一部と、事故当時の旭川六条教会の牧師杉浦義一氏の三男杉浦仁氏の手紙の一部を引用してみたい。杉浦仁氏の手紙は「塩狩峠」を見て著者に寄せられたものである。

藤原氏は次のように書いている。

〈……塩狩峠の上り急勾配《こうばい》を進行中、突然分離《とつぜんぶんり》し、兄《けい》の乗っていた最後部の客車が急速度で元の峠の方に逆に逸走《いっそう》するので、脱線転覆《だっせんてんぷく》は免《まぬか》れまいと乗客は総立ちとなって、救いを求め叫《さけ》ぶ有様に車内は騒然《そうぜん》たる大混乱であった。斯《か》かる時神を信ずる者と然《しか》らざる者との相違《そうい》が現われるのであろう。その時長野兄の覚悟は既《すで》に決まっていたと見え、聊《いささ》かの動揺《どうよう》する態度はなく、思いは只《ただ》乗客を救助することにのみに馳《は》せていた時、神が示し給《たま》いしか、その客車のデッキにハンドブレーキの装備あるが目に止まるや、兄は直ちにデッキ上に出でブレーキを力一杯《いっぱいし》締め付けたため、客車の逸走速度は緩《ゆる》み、徐行《じょこう》程度になった一瞬、ハンドブレーキの反動により体の重心を失い、デッキの床上の氷に足を滑《すべ》らしたのであろう、兄はもんどり打って線路上に真逆様に転落し、そこへ乗りかかった客車の下敷《したじき》となり、そのため客車は完全に停止して、乗客全員無事を得たるも、兄は哀《あわ》れ犠牲の死を遂げられた。この兄の犠牲の死こそは鉄道の過失の罪を負って尚《なお》余りあり、乗客は兄の死に感泣《かんきゅう》せざりしものなかりしとのことである〉

長野氏が線路に身を投ずる寸前、合図を送ったのを目撃した者があったと私に語ったとおり、この文章の前半においても、その覚悟の死を認める表現を取っている。にもかかわらず、藤原氏は後半において、結局は事故説に傾《かたむ》いている。それは一体何故《なぜ》なのか。氏の亡《な》き今、その真意を尋ねる術《すべ》もないが、これはやはり長野氏と同信のクリスチャンである藤原氏は、長野氏の死を単なる自殺と見られることを極度に恐《おそ》れたからではあるまいか。遺品の中に妹への土産《みやげ》の饅頭《まんじゅう》があったことを書き添《そ》えてあるのも、自殺説への配慮であろう。

さて、次に杉浦仁氏の手紙を抄出《しょうしゅつ》する。

〈……無情な世評は「遺言」の表示に捉《とら》われて、単なる投身自殺とも伝えましたが、同乗の鉄道職員の言明によってようやく実情と真意が判明し、発生を避けられなかった多数の死の悲惨事《ひさんじ》を、一身を捨てて救い得た人間業《わざ》とは覚えぬ尊さに皆々《みなみな》只胸を打たれ、感動を強くしたのであります〉

以上、私が取った覚悟の死説が決して根拠《こんきょ》のないものではないことを改めて思うものである。尚、長野氏の人柄や、その夜のことについての杉浦仁氏の手紙を、今少し引用して終わりたい。

〈……長野政雄先生は、父杉浦義一の最も信頼していた愛弟子《まなでし》であり、片腕《かたうで》でもあった関係で、ひとしお感銘深いものがあります。一個の人間像において、長野氏のようにあらゆる美徳を兼ね備えた人物は、絶無と言っても過言ではありません。どんな悪意をもってしても、長野氏の一つの欠点を指摘《してき》することはむずかしいと思います。上司、同僚、下僚、友人……彼を知る限りの人から敬され、愛され、親しまれた事実は、そのことを雄弁《ゆうべん》に物語っています。自己に対しては非常に厳格でしたが、他に対しては寛大《かんだい》でした。長野氏がかつて人を非難し批評したことを私は知りません〉

〈……塩狩峠の変が伝えられた夜、札幌駅の改札口《かいさつぐち》に信夫の姿を見た記述が小説にありますが、同様の事実が当時教会内に起こりました。ちょうどその日二月二十八日、集会の終りに近い午後九時前後（註・事件が実際起きたのは夜であった）かと思いますが、駅からの使いで急変が知らされました。しかし、最初一同は、いっこうに驚《おどろ》きませんでした。なぜなら先程長野氏が遅《おく》れて来て、前方のいつもの座席で、お祈りしていたからです。改めてその席を見ると影《かげ》も形もなく、初めてびっくりしたという事件がありました。私の父母がそのまま寒い雪の夜、駅に向かった記憶は今尚私の脳裏《のうり》

に刻まれています。〈後略〉

（一九八三年三月十六日記す）

解説

佐古純一郎

一

『塩狩峠《しおかりとうげ》』は一九六六年（昭和四十一年）の四月から二年半にわたって、日本基督《キリスト》教団出版局から出ている月刊雑誌『信徒の友』に連載《れんさい》された小説である。そのことについて、私自身少しくかかわりがあったので、因縁《いんねん》ばなしを記しておくと、当時私はその『信徒の友』の編集委員長として編集の責任を負うていたのである。新しい連載小説を誰《だれ》に頼《たの》むかということになったとき、編集委員の一致《いっち》した意見で三浦綾子さんに白羽の矢が立てられたのである。たしか私が交渉《こうしょう》したように思うが、三浦さんが引き受けてくれたときは、ほんとうにほっとした。連載中も大変好評であったが、私自身、ずいぶん多くの読者からこの小説を読んでの感動をきいてきた。今度、あらためて読みかえして、これは三浦さんの本音が表白されている作品であることを確信したことであった。

主人公の永野信夫に原型としてのモデルがあることは三浦さん自身が「あとがき」にくわしく書いていることだから、そのことについてはすべて省略することとするが、三浦さんもいっているように、長野政雄というモデルはあくまでこの小説の主人公の原型であって、永野信夫という人物は作者の三浦さんが創《つく》りあげたひとりの人格であることを、しっかりと心にとどめておくことが大切な心構えであろう。長野政雄が属していた、そうして三浦さんが現在所属している日本基督教団の旭川《あさひかわ》六条教会には、私自身も訪ねたことがあるが、若い日に長野政雄から信仰《しんこう》にみちびかれたという教会の古老から長野政雄のことを聞いたとき、叩《たた》きのめされたように、深く激《はげ》しい感動を経験した、と三浦さんは告白しているが、それは少しも誇張《こちょう》ではないだろう。そのすばらしい感動経験をモチーフとしてこの小説が書かれているからこそ、読者もまた感動を共感することができるのである。作者自身に何ひとつ感動経験がなくして、小手先の器用さだけで書かれる作品があまりにも多い今日、このことは貴重な文学的真実であるというべきである。

二

それでは、三浦さんはこの小説で何を書こうとしたのであろうか。つまりこの小説のテーマは何なのか。そのことについて、三浦さんはこう語っている。

この小説で私は犠牲《ぎせい》について考えてみたいと思っている。現代にはいろいろと欠けたものが多い。愛、然《しか》り。節、然り。犠牲にいたっては、現代人の辞書にはもうこの言葉は失われているかのように、私には思われる。「人の犠牲になるなんていやだ」とか、「そんな犠牲的な精神はつまらないわ」というように、犠牲という言葉につづいて否定の言葉が続けて用いられているのが、みられる程度ではないだろうか。（「『塩狩峠』の連載の前に」）

この小説が「犠牲」という問題をテーマとして書かれていることは明白であるが、その場合、三浦さんが考えてみようとした「犠牲」が、どこまでも聖書が示している「神への捧《ささ》げもの」としての犠牲であることを忘れてはならない。しかも、三浦さんが「犠牲」というとき、それは旧約聖書の律法が規定する牛や羊や鳩《はと》などの犠牲のことではなくて、自らの命を捨てて、人間の罪のために、永遠の犠牲になった十字架《じゅうじか》のイエス・キリストが、そこにはっきりとさし示されていることを了解《りょうかい》しなければならない。

人がその友のために自分の命を捨てること、これよりも大きな愛はない。

このヨハネ福音書《ふくいんしょ》のイエスのことばこそ、『塩狩峠』の主題聖句といってよいのであろう。この小説全体が、じつは、このイエスのことばの講解になっているといっても少しもおおげさないいかたではないと思う。もちろん、それは私自身の了解であって、作者の三浦さん自身がそういっているわけではない。

三

そうすると、「犠牲」とは「ほんとうの愛」を実行することであり、この小説を書くことで三浦さんが追求していることは、友のために命を捨てるまでほんとうの愛を生きることの真実、ということになるのであろう。永野信夫という主人公は、じつに、そういう人間像のことではなかろうか。

信夫が伊木一馬という伝道師の路傍《ろぼう》伝道を聴《き》く場面で、三浦さんは伊木一馬をしてこのように語らせている。

みなさん、愛とは、自分の最も大事なものを人にやってしまうことであります。最も大事なものとは何でありますか。それは命ではありませんか。このイエス・キリストは、自分の命を吾々《われわれ》に下さったのであります。彼《かれ》は決して罪を犯《おか》したまわなかった。人々は自分が悪いことをしながら、自分は悪くはないという者でありますのに、何ひとつ悪いことをしなかったイエス・キリストは、この世のすべての罪を背負って、十字架にかけられたのであります。彼は、自分は悪くないと言って逃《に》げることはできたはずであります。しかし彼はそれをしなかった。悪くない者が、悪い者の罪を背負う。悪い者が悪くないと言って逃げる。ここにハッキリと、神の子の姿と、罪人の姿があるのであります。……

作品を読んでいると、いつの間にか、伝道師の伊木一馬のことばが、作者の三浦綾子さんの声になって、私の耳にひびいてくるのである。多くの読者が、きっとそういう経験を持っているのではなかろうか。そこに三浦さんの小説、いや、三浦綾子の文学の不思議な魅力《みりよく》、不思議な力があるのだと私は考えている。小説として虚構《きよこう》される世界が、そういう力を持って、読者の魂《たましい》に働きかけることができるということは、じつに大変なことなのである。

三浦綾子さんにとって、小説を書き、作品を発表するということは、「この世と戦う」ことなのである。文学はこの世と戦う武器である、といった内村鑑三の言葉をふまえて、三浦さんは『氷点』を発表したときの経験をつぎのように語っている。

朝日新聞の文芸時評で、江藤淳氏が、私の小説「氷点」に文壇《ぶんだん》への挑戦《ちようせん》を感じたと書かれてあった。私自身、それほどの気負いもなかったように思うけれど、結果としてそのような評をいただいたということに私は、クリスチャンの生き方は、文学であれ、絵画であれ、また日常生活であれ、この世的なものに挑《いど》んでいるのだということを、改めて思い知らされた。内村鑑三先生の言葉を、私はこのごろ新たな思いで想《おも》い起している。(「『塩狩峠』の連載を前に」)

私たちは、『塩狩峠』の主人公永野信夫の生きかたそのものが、この世的なものへの挑戦であることを感じないであろうか。長野政雄という実在の人を原型としながら、永野信夫は、結局、作者のつくり出した人物であるということは、それがまた三浦綾子さんの分身にもなっているということなのである。伝道師の伊木一馬にすら、私は、三浦さんの分身を感じずにいられない。お世辞をぬきにして、三浦綾子さんはみごとな婦人伝道師であると、私は思っているのである。たとえば、罪の意識が明確でないという信夫に対して、伊木一馬は、「聖書の中の一節を、とことんまで実行してみよ」というのであるが、このことは三浦さん自身の持論ともいうべきことなのである。

四

『塩狩峠』を書きはじめる三浦さんの心に「悲願」ともいえるようなひとつの祈《いの》りがあったようである。それは、小説が終った時、読者のひとりびとりの胸の中に、永野信夫というこの主人公が、いつまでも、いつまでも生きつづけてほしいという願いであった。まさしく、三浦さんの願いは成就《じょうじゅ》している、といえまいか。なぜなら、この小説を読んで感動したという多くの読者の心の中に、永野信夫が生きつづけている実例を、私はずいぶんと知っているのだから――。

「真っ白な雪の上に、鮮血《せんけつ》が飛び散り、信夫の体は血にまみれていた」、去年も今年も、そうして明年の冬も、塩狩峠を旅する人々は、純白の雪一色の塩狩峠に、飛び散っている犠牲の鮮血を見るであろう。『塩狩峠』というこの作品が、長野政雄の犠牲の死を、そのように人々の心によみがえらせてくれたのである。

「一粒《ひとつぶ》の麦、地に落ちて死なずば、唯《ただ》一つにて在《あ》らん」

その聖書の言葉が、吉川の胸に浮《う》かんだ。

と三浦さんは書いているが、おそらく、塩狩峠を旅する人々の心に、今日も、この聖書の言葉が、くっきりと浮んだことであろう。

（昭和四十八年三月、文芸評論家）

この作品は昭和四十三年九月新潮社より刊行された。

新潮文庫の新刊

窪 美澄著
夏日狂想
才能ある詩人と文壇の寵児。二人の男に愛され、傷ついた礼子が見出した道は——。恋愛に翻弄され創作に生きた一人の女の物語。

佐藤厚志著
荒地の家族
芥川賞受賞
あの災厄から十数年。40歳の植木職人・坂井祐治の生活は元に戻ることはない。多くを失った男の止むことのない渇きを描く衝撃作。

澤村伊智著
怪談小説という名の小説怪談
疾走する車内を戦慄させた怪談会、大ヒットホラー映画の凄惨な裏側、禁忌を犯した夫婦。小説ならではの恐ろしさに満ちた作品集！

笹木一著
鬼にきんつば
—坊主と同心、幽世しらべ—
強面《こわもて》なのに幽霊が怖い同心・小平次と、死者の霊が見える異能を持つ美貌の僧侶・蒼円が、霊がもたらす謎を解く、大江戸人情推理帖！

松本清張著
捜査圏外の条件
—初期ミステリ傑作集㈢—
完全犯罪の条件は、二つしかない——。妹を見殺しにした不倫相手に復讐を誓う黒井は、注意深く時機を窺うが。圧巻のミステリ八編。

山本暎一著
大江戸春画ウォーズ UTAMARO伝
幻の未発表原稿発見！『鉄腕アトム』『宇宙戦艦ヤマト』のアニメーション作家が、歌麿と蔦屋重三郎を描く時代青春グラフィティ！

新潮文庫の新刊

三國万里子著
わたしはわたしになっていった
編めば編むほど
あたたかい眼差しに守られた子ども時代。生きづらかった制服のなか。少女が大人になる様を繊細に、力強く描いた珠玉のエッセイ集。

D・B・ヒューズ
野口百合子訳
ゆるやかに生贄は
砂漠のハイウェイ、ヒッチハイカーの少女。いったい何が起こっているのか——？ アメリカン・ノワールの先駆的名作がここに！

C・R・ハワード
高山祥子訳
罠
失踪したままの妹、探し続ける姉。彼女が選んだ最後の手段は……サスペンスの新女王が仕掛ける挑戦をあなたは受け止められるか?!

C・S・ルイス
小澤身和子訳
ナルニア国物語6
魔術師のおい
ルーシーの物語より遥か昔。ディゴリーとポリーは、魔法の指輪によって異世界へと引きずり込まれる。ナルニア驚愕のエピソード0。

五条紀夫著
町内会死者蘇生事件
「誰だ！ せっかく殺したクソジジイを生き返らせたのは!?」殺人事件ならぬ蘇生事件、勃発!? 痛快なユーモア逆ミステリ、爆誕！

川上未映子著
春のこわいもの
容姿をめぐる残酷な真実、匿名の悪意が招いた悲劇、心に秘めた罪の記憶……六人の男女が体験する六つの地獄。不穏で甘美な短編集。

塩《しお》狩《かり》峠《とうげ》

新潮文庫　み-8-1

昭和四十八年五月二十五日　発行
平成十七年二月二十五日　七十七刷改版
令和七年五月三十日　百五刷

著者　三《み》浦《うら》綾《あや》子《こ》
発行者　佐藤隆信
発行所　株式会社　新潮社
郵便番号　一六二―八七一一
東京都新宿区矢来町七一
電話　編集部(〇三)三二六六―五四四〇
読者係(〇三)三二六六―五一一一
https://www.shinchosha.co.jp

価格はカバーに表示してあります。
乱丁・落丁本は、ご面倒ですが小社読者係宛ご送付ください。送料小社負担にてお取替えいたします。

印刷・錦明印刷株式会社　製本・加藤製本株式会社

ISBN978-4-10-116201-0　C0193